悲惨世界

[法] 维克多·雨果 著
赵广娜 编译

江西美术出版社
全国百佳出版单位

Book Navigation

如何使用本书

1 精美插图

以图解文，直观、趣味，既增加学生的阅读兴趣，也使学生引发联想，加深对故事的理解。

2 阅读导航

故事背景和前情介绍，帮助学生了解故事脉络，让学生对故事的情节发展大胆地想象，提高阅读兴趣。

阅读导航

芳蒂娜被抓起来了，但遇到马德兰的搭救，到底是怎么回事呢？步步紧逼的沙威警长有天宣告，冉·阿让被捕，但人并不是之前一直怀疑的马德兰先生，这又怎么解释呢？

6. 真假冉·阿让

一个妓女被沙威抓了起来，理由是她竟然侮辱了一名有产者。

这个妓女就是芳蒂娜。一位风流雅士每次从芳蒂娜面前经过，总是用烟喷她，还不断地辱骂她，芳蒂娜一直以来并不理睬。这一次，这位风流雅士觉得不过瘾，乘芳蒂娜转身时，从地上抓了一团雪塞进了她的后背里。芳蒂娜大吼一声，扑到那人身上，抓他的脸，破口大骂。

吵架声引来了行人，还有警察。

忽然，一个身材魁梧的男人冲了进来，抓住了芳蒂娜。芳蒂娜抬头一望，吓得浑身颤抖，脸色苍白，她认出那是沙威。那位风流雅士乘乱逃跑了，而她将被带到警察局。

“芳蒂娜朝马德兰市长的脸上吐了一口唾沫。”

沙威说要关她6个月。芳蒂娜苦苦哀求，但沙威丝毫不为所动。

马德兰市长正好来到了这里，听到了芳蒂娜的哀号。正当他们要将这个可怜的女人带走时，马德兰先生制止了他们。

沙威有点生气，很不自然地说：“市长先生……”

芳蒂娜听到这四个字，突然冲了过去：“啊！原来是你！”她放声大笑，然后猛地朝马德兰先生说：“最高的法律是良知，沙威警长，我很清楚我在做什么样的决定。”

1816年，法国医生雷奈克根据声透学理论，用一个长30厘米、半径0.5厘米的空心圆木管，制成了世界上第一个听诊器。有了听诊器，医生就能诊断出各种不同的胸腔疾病了。同时为了方便携带出诊，雷奈克将木管的中间分成两段，有螺纹可以旋转链接，就像当今的笛子一样。这样的单耳听诊器在医学界用了20多年，在本故事中，医生给芳蒂娜检查身体时应该就是用这种听诊器。

沙威还想反驳，但马德兰市长不给他这个机会，将他斥责了一顿。

芳蒂娜看到眼前的一切，已经有些承受不住了，一下子昏了过去。

马德兰先生将芳蒂娜安排到他家里的医务所休养，并派医务所的两个修女照顾她。不过，她的病一天比一天重。现在，她只想见见自己的孩子小珂赛特。

马德兰先生亲自给泰纳迪埃夫妇写信，并随信寄去了300法郎，替芳蒂娜还了欠他们的120法郎。信中说芳蒂娜病了，要泰纳迪埃夫妇将孩子带来。

泰纳迪埃喜出望外，自然不会放过这样的机会，他伪造了一张五百零几法郎的账单。马德兰先生又寄过去300法郎。

芳蒂娜天天惦记着自己的孩子，病情毫无起色。马德兰先生宽慰她说小珂赛特很快就会被接来。医生在最后一次为芳蒂娜做检查时，对马德兰先生说：“既然她想见孩子，我看还是赶紧接过来吧。”

但泰纳迪埃觉着这孩子变成了摇钱树，他有一百条不放孩子的歪理由。

比喻

泰纳迪埃将孩子比作摇钱树，说明了孩子只是他获取利益的一个工具，生动地讽刺了他的贪婪成性和无耻卑鄙。

马德兰先生决定亲自去接。他让芳蒂娜口述了一封信，并签上名字。信上说将孩子交给来人，欠的债也会一并还清。

就在这个关口，一件意外的事情发生了。

有一天的早晨，沙威来求见马德兰先生。马德兰先生想起芳蒂

我的好词好句

⊙不可告人　规规矩矩　桅桁　心惊肉跳　齐声欢呼

⊙滨海蒙特勒伊的繁荣不见了，那天夜里冉·阿让在纠结和挣扎中想到的，都变成了事实，滨海蒙特勒伊失去他，就像没了灵魂一样。

4 好词好句

选取学生日常学习、生活经常用到的好词、好句，一则积累写作素材，二则提高口语表达能力。

5 名师解析

通过对内文的分析，解析作者所运用的写作手法，引导学生深入思考，提升理解能力，并积累写作技巧。

3 百科知识点

作者介绍、时代背景、衣食住行、风俗礼节方面的知识，让学生了解作品所处年代的点点滴滴。

出版寄语

书者，述也，以载道，以寄情，以解惑，以明智。读书，需读经典。

何谓经典，即跨越了时间、空间的界限，为人们所一直追求的事物。

“立身以立学为先，立学以读书为本。”经典名著凝聚了人类思想艺术的精华，通过引人入胜的情节描写、令人深思的人生道理、积极向上的精神观念，陶冶人们的情操，给人以多元的思维空间，为我们的生活、工作提供有益的借鉴。

经典名著蕴含的强大感染力足以影响读者的一生。诺贝尔文学奖获得者莫言说过：“读过十大名著，犹如拥有一笔财富。”

文学的魅力是无穷的，千万本书有千万种意境，千万个奇伟瑰丽的世界。

让我们打开经典之门，从现在开始，从阅读本书开始。

名师推荐

Recommendation

李煜晖 **北京师范大学教育博士，北京师范大学第二附属中学语文高级教师。**

阅读世界文学名著，积累语言知识，提高文学修养，增强文化底蕴，是青少年学习和成长不可或缺的重要内容。《世界文学名著拓展阅读·名师导读版》（系列）精选世界名著，邀请名校名师细致梳理知识点，生动解析创作艺术，深度探究主题思想，是培养青少年独立阅读能力的好帮手。

李煜晖

潘海燕 **“本然课堂”课程总设计师。原北京市朝阳区骨干教师、语文学科带头人，北京市第八十中高级教师。**

《世界文学名著拓展阅读·名师导读版》系列图书，为学生文学阅读提供了一种更丰富、更自由、更开放的选择——将百科知识与文学名著中的人物、情节融为一体，不仅能帮助学生增长知识，而且能让学生全方位地走进文学世界，拉近学生和文学经典之间的距离，增强学生的多元思维。在阅读各种信息的同时，整合思维，形成新的认知图谱。

潘海燕

朱月玲 **北京市十一学校一分校语文学科主任，海淀区语文学科带头人。**

名师导读版文学名著系列添加了对阅读和写作方法的指导，使学生们能更好地学习表达策略和技巧，提高自己的口语交际和书面写作能力。同时还有对时代背景的解读版块，对孩子们理解经典名著起到强有力的助推作用。另外，图文并茂的形式不仅可以缓解视觉疲劳，更重要的是文字与图片相互辉映，使读者如身临其境，近距离感知名著所演绎的社会生活。

朱月玲

前言

preface

维克多·雨果（1802—1885 年），法国作家，19 世纪前期积极浪漫主义文学的代表作家，人道主义的代表人物，法国文学史上卓越的资产阶级民主作家，被称为“法兰西的莎士比亚”。

《悲惨世界》是雨果在 1862 年发表的一部长篇小说，涵盖了拿破仑战争和之后十几年的时间，是 19 世纪最著名的小说之一。故事的主线围绕主人公冉·阿让的个人经历，融进了法国的历史、革命、战争、道德哲学、法律、正义、宗教信仰等主题，同时，小说将法国大革命后近半个世纪历史过程中广阔的社会生活画面都一一展现了出来：外省偏僻的小城，滨海的新兴工业城镇，黑暗可怕的法庭，恐怖的监狱，巴黎悲惨的贫民窟，阴暗的修道院，藏污纳垢的下水道……其细节描写真切入微，形象鲜明突出，色彩浓重瑰丽，气势磅礴浩大，堪称文学史上现实主义与浪漫主义结合的典范。无论从内容的丰富性、思想的深刻性、对现实的批判性以及作品整体的艺术性而言，《悲惨世界》都堪称不可超越的经典著作之一。

本书在保持原著精髓的基础上，采用平实流畅、简洁生动的语言风格，情节紧凑清晰，让孩子更好地领略名著的魅力。本书还配有大量百科知识点，从社会历史背景、风俗民情到衣食住行等各方面进行全方位解读，同时，根据情节需要绘制了大量彩色插图，让孩子在阅读故事的时候，可以直观地感受内容，从而了解到 19 世纪人们鲜活的生活，更能与文学大师们做跨越时空的思想交流与情感交流，从而感染到人类高尚的情感和珍贵的品质，获得心灵滋养与审美满足。

主要人物介绍

冉·阿让

因为偷一块面包而坐牢 19 年的囚犯，假释后，改名当上市长，抚养珂赛特，救了马里尤斯，一生受警探沙威追捕。

芳蒂娜

工厂女工，珂赛特的生母，因私生女的事情败露被赶出工厂，为了养活女儿不幸沦为妓女。

珂赛特

芳蒂娜的私生女，后来在冉·阿让的保护下长成为一位善良美丽的少女，与马里尤斯是一对恋人。

沙威

警探，为人冷酷残暴，却又十分正直，一生都在追捕冉·阿让，最终选择跳河结束一生。

目录

contents

·第一卷·

·第二卷·

阅读导航

小说开篇讲述了主教米里埃先生，这位传奇人物有着怎样的身世、经历和性格呢？他与一位匪帮首领及一位神秘的 G 先生的相遇，又会发生什么样的交锋呢？

第一卷

1. 米里埃先生

1815 年，夏尔—弗朗索瓦—比安维尼·米里埃先生 75 岁，他已出任迪涅主教有九年的时间。

米里埃先生相貌出众，出身也高贵，他的父亲是埃克斯法院的一个参事。参事在当时可是司法界的贵族。本来这个职位铁定会由他来继承，但完婚之后的米里埃先生恰逢革命爆发，司法界的贵族受到了打击，他只得逃亡意大利。一切平息后，米里埃先生回到故乡，当上了一名神父。后来机缘巧合，他又升任迪涅主教，直到今天。

社会环境描写

文中介绍司法界的情况和革命的爆发，交代了人物所处的社会环境，也交代了小说的时代背景。

人们对于米里埃主教的过去不甚了解，并且由于主教深居简出，人们只知道比他小十岁的妹妹巴蒂斯蒂娜跟他住在一起，此外还有一个女用人马格卢瓦太太。

米里埃先生的主教府建于 18 世纪初，是一座石头建筑，富丽气派，庄重美观。相比之下，和主教府相邻的医院就显得颇为寒酸。米里埃主教上任之后立即视察了该医院。

维克多·雨果（1802—1885 年），法国文学史上卓越的资产阶级民主作家，被称为“法兰西的莎士比亚”。雨果的创作历程超过 60 年，其作品合计 79 卷之多。其代表作有长篇小说《巴黎圣母院》和《悲惨世界》。

“您这里住了多少病人？”米里埃先生问道。

“26 人，”院长答道，“病房很拥挤，空气十分不好。仅有的一个小花园也还是太小了，不利于病人的康复。”

“我能感受到。”米里埃先生回答。

“有什么办法呢，大人？”院长无奈地说，“多少年了都是

主教是基督教中的高级圣职人员的职称。主教的服饰在礼仪上有特别的标志，因身份层级的不同，礼服颜色也不同：教皇为白色，又称白衣主教；枢机主教为红色，又称红衣主教；总主教为紫色，又称紫衣主教。故事中的米里埃先生为紫衣主教。

这样。”

米里埃先生有办法。他命令院长将医院的病人转移到他的主教府，而他们主仆三人则搬到了医院里。

米里埃先生的年金是15000法郎（货币单位，既有纸币形式也有银币形式），但他只留下1000法郎，余下的都捐了出去。加上巴蒂斯蒂娜小姐每年领取的500法郎，他们主仆三人就靠这仅有的1500法郎度日。鉴于生活拮据，马格卢瓦太太建议主教大人申请一笔车马费，主教大人遵从了。3000法郎车马费到手后，主教大人又全数用在了穷人身上。

米里埃先生虽然身为主教，但他宽以待人，从不说教，谈话也十分随和亲切，令人感到愉快。有时他也说一些俏皮话，一点架子也不拿。马格卢瓦太太总是尊敬地称他为“大人”，于是在一次取书架上的书时，米里埃先生开玩笑地说道：“马格卢瓦太太，给我搬把椅子，本大人没有大到不用椅子就能够到书的地步。”

一个富商做生意赚了很多钱，却从不舍得捐一分钱。有一次主教大人看到他捐了一个铜板给六个穷人分，于是笑着对巴蒂斯蒂娜小姐说：“这位先生买了一个铜板的天堂。”

只要事关慈善，米里埃先生就会不遗余力，即使碰了钉子也不退缩。尚泰西埃侯爵富有而吝啬，主教向他募捐，他冷言以对。

“主教大人，我有自己的穷人。”

“那就把你的穷人捐给我吧。”

主教大人不但劝人行善，而且对妇女和穷人十分宽容。他认为是社会造就了黑暗，而穷人是受压迫的群体，他们理应得到帮助。他说：“谁使人的心灵黑暗，谁才是那个犯罪的人。”

一天，他听到一宗正在调查中的刑事诉讼案。一个穷人，为了心爱的女人和孩子，在走投无路的情况下铸造了假币。那个女人是第一个使用假币的人，结果被抓了。检察官手里只有女人的犯罪证据，她却坚决不愿供出她的情人。后来检察官欺骗她说那个男人变了心，并且伪造了一些他变心的证据。可怜的女人相信了，悲愤嫉恨中的她将自己知道的和盘托出。大家纷纷称赞检察官的精明，正义因而得到伸张。

听完之后，主教问道：“他们将在何处受审？”

“重罪法庭。”

主教的日常生活清贫而有规律。他先是早起默默祷告一个小时，之后做弥撒，吃早餐，然后开始处理教区的各种教务工作。繁忙的工作结束后，他会首先想到被苦难折磨的人们，跑去给予他们帮助。

午餐之后经常去散散步。凡他经过的地方，无不是一片欢乐。有钱时，他总是探望穷人；没钱时，就会去看望富人。他的教袍很旧，外出时总要套一件还过得去的紫色棉袍。

对比

用对比的方式写出主教对穷人和富人不同的做法，突出了他乐善好施和富有智慧的形象。

晚上八点半是晚餐时间，晚餐是水煮蔬菜和素油汤，吃得跟苦修教士一样。有时会有本堂神父做客，马格卢瓦太太便趁机为主教做些美味可口的佳肴，例如湖鱼或野味。

主教的卧室在一楼，那房间很大，由于迪涅的木材十分昂贵，使得酷寒季节取暖困难。主教府的园子里有一个牛棚，冬天主教就在里面隔出来一个小房间，在那里过夜。牛棚里饲养着两头奶牛。奶牛产的奶有一半是为医院的病人准备的，主教说那是自己缴纳的什一税。

什一税是封建时代欧洲基督教会向成年教徒征收的宗教税。公元6世纪教会利用《圣经》中有农牧产品1/10属于上帝的说法，开始鼓吹征收什一税，要求教徒将各项收入的1/10缴付教会，作为维持教会活动、神职人员生活及举办社会救济之用。1789年法国资产阶级革命后废除什一税，欧洲其他国家也逐渐以其他税制代替什一税。

祈祷室里的祭台实际上是一个旧碗柜，贵妇人们看不过去，纷纷捐钱给主教换个新祭台。主教收下了钱，但却全数送给了穷人。他说：“最漂亮的祭台应该是那些感谢上帝眷顾的苦难心灵。”

主教家里仅有十一把椅子，一旦同时接待许多客人，主教大人就得搬空一个房间的椅子。要是客人超过十一人，主教的办法就是自己站到壁炉前面，或者提议大家到园子里转一转。

主教卧室的简朴是很容易想见的，医用铁床、常年不生火的壁炉、掉了银的耶稣像十字架、堆着厚厚书籍和纸张的书桌、朴实无华的书柜，仅此而已。

主教府里的所有房间都和医院、兵营一样，无一例外地被刷成白色。主教唯一允许的奢侈便是干净，因为干净于穷人没有什么损害。屋里的房门全都是没有锁的，只有大门上有一个插销。房门上原来的锁被主教统统铲除了。任何人随时推门即入。他说：“上

当时法国贵族家庭大多饰以精湛的挂毯、人像和精致的家具，而银烛台、白色的桌布和精美的银餐具则是餐桌上必不可少的配置。
上图为当时常见的两款银烛台。

帝会看守这里。有人求宿时就接纳他，不要问他的名字。”

虽然我们不止一次说过，米里埃主教生活清贫，但仍有一点需要说明的是，他不是一点个人财产也没有。在他从前的东西里，还留着六副银质餐具和一只银质汤勺。他对这几件物事非常依赖，曾多次说：“我不敢想象没有它们的生活。”马格卢瓦太太最喜欢干的家务活儿就是收拾银质餐具和汤勺。与这些银器配套的还有两个银烛台，平时是不舍得用的，只有有客人来访的时候，马格卢瓦太太才将银烛台拿出摆在餐桌上，点上两支蜡烛。用完之后，她会小心地将它们放在主教卧室床头旁边的壁橱里。正如房门从不上锁一样，壁橱门上的钥匙也从不拿下来。

关于主教先生，有两件事是必须着重提一下的。

先说第一件事。克拉瓦特是奥利乌尔峡谷一个匪帮的首领，作恶多端，多次逃脱追捕，曾流窜于意大利、法国各地，带领他的匪众在附近村庄肆意抢劫，为非作歹，甚至连昂布伦的大教堂和圣母院里的圣器室都扫荡一空。当地乡民非常惶恐。就在这个时候，米里埃主教要去那里巡视。

夏斯特拉镇的镇长找到主教大人，劝他放弃这个疯狂的念头。因为就算派三四个宪兵保护他也无济于事。

主教大人说：“我不要护卫，一个人就行。”

“您真要去？”

“对，马上就要动身。”

“大人，那里有可怕的强盗呀。”

“不，那里还有我的牧羊人朋友，他们温和而正直，放的三十只羊中，只有一只是他们自己的。我已经三年没有见到他们了，他们需要我。”

“但是，那些强盗怎么办？”

“强盗也是人，他们也需要上帝。”

“但他们首先是一群狼呀。”

“镇长先生，这正是耶稣交给我的任务，也许我就是这群狼的牧人。接受主的旨意吧！”

“您不怕他们抢劫您，甚至杀了您吗？”

“或许我会替当地的穷人向他们募捐几法郎。”

镇长拗不过主教，只好看着他一个人出发了。没有人愿意跟着，除了一个自愿当向导的孩子。

主教骑着驴走过那片危险的山谷，一个匪徒都没有碰见，顺利地来到了牧人朋友家里。

他在那里巡视，传道，尽心传达上帝的福祉。临走的时候，他还想主持一场赞美诗仪式，可是没有祭服。大家正一筹莫展，好运气便来了。两个陌生人送来了一只大箱子，声称是送给主教大人的礼物。他们打开箱子，发现里面正是昂布伦圣母院被盗的华丽的主教法衣以及器物。除此之外，箱子里还有一张土匪克拉瓦特亲手写的纸条，上书：“克拉瓦特献给米里埃大人。”

“或许我会替当地的穷人向他们募捐几法郎。”

主教笑着说：“我说过，上帝会有办法的。”

神父笑着摇头说：“主教大人，是上帝，或者是魔鬼。”

主教看着神父，坚定地重申：“是上帝。”

语言描写

通过对主教的语言描写，表现出他巡视乌尔山谷的决心之大，在幽默的话语中显示出他内心信仰的坚定，对穷人不变的关怀。

主教做完弥撒，返回夏斯特拉的临时住处，人们纷纷表示崇敬和赞叹。

相比而言，发生在主教身上的另一件事就有点让人无法理解了。

迪涅附近的一个乡村住着一个G先生，他曾做过国民公会议员。虽然他在判处国王路易十六死刑的那次投票中没有投赞成票，但在迪涅这种小地方，一个国民公会议员，在人们眼中差不多就和魔鬼一样。所以，G先生的住处远离城区，远离村落，远离道路。人们不清楚他在那里的生活，也不愿意清楚，提起他就好像提起刽子手一样。如果不是主教大人要造访他，人们或许已经意识不到他的存在了。

人们可以忘记G先生，但主教不能，对于他来说，那是一个孤独的灵魂。

不过主教下这样的决定不是一件容易事，因为他和大家一样，对这位国民公会议员感到十分反感和抵触。不过，最终使主教下定决心的是这样一个消息。伺候G先生的牧童到城里找医生，说G先生得了重病，就快死了。消息很快在城里传开，有人高呼："谢天谢地！"于是主教很快便出发了。

对比

通过描写众人听到G先生重病后的欢呼，与主教迅速出发探望的行动作对比，突出表现了主教的博爱胸怀。

那是一所极其简陋的小木屋，木屋前面还有一排葡萄架。一个老人正坐在里，笑看着站在他身旁的牧童。

老人注意到了四处张望的主教，露出无比惊讶的神色，大声说："先生，您是第一个上这里的人，您是谁？"

"比安维尼·米里埃。"

"这么说，您是本地的主教？"

"是的。"

"那么，您也是我的主教了？"

"也可以这么说。"

"请进，先生。"

说着，老人伸出了手，但主教并没握住那只手。

"我很高兴自己上当了，看起来您并没有病。"

"不，我确实病了，也许再过几个钟头，我就要死了。我自己懂得一些医术。这几天，我的脚、膝、腰相继开始发冷，冷到胸口我就会死的。今天，我让这孩子把我推到外边，就是想最后再看看那美丽的太阳。您在这个时刻来看一个快死的人，很好。我也希望有一两个人在场。"

路易十六是法兰西波旁王朝复辟前最后一任国王，也是法国历史中唯一一个被处死的国王。法国爆发资产阶级革命打破君主立宪制度，虽然保留了君主，但路易十六拒绝签署《人权宣言》。后法国与奥地利开战，路易十六与奥地利达成协议，将作战计划告诉奥地利，以保住自己的王位。战后，法国建立法兰西第一共和国，路易十六东窗事发，于第二年，也就是1793年被处死。

老头又对牧童说："你累了，先去睡吧。"

牧童走后，老人自言自语道："他睡觉，我长眠，正好在梦中做个伴。"

主教大人对老人的话不以为然，因为这样死去的人感受不到上帝的存在。他讽刺地对他说："祝贺您，您总算没有在判处国王死刑的会议上投赞成票。"

老人也严肃起来，回答道："没什么值得祝贺的，先生。虽然我没有投票处死国王，但我曾投票表决过消灭暴君。”

“您这话是什么意思呢？”

“这意思就是，愚昧是人类的暴君，它使王权诞生。人们应认识到，王权绝不是真正的权力，唯有知识才是真正的权力。”

“那么，良心又置于何处呢？”

“良心和知识是一回事。我之所以不赞同处死路易十六，是因为我认为我没有处死一个人的权力。但人人都有消灭愚昧和罪恶的权力，帮助被奴役和压迫的人们消除不幸。所以我投票赞成共和制度，赞成博爱、和平和光明。只有打破旧世界，才能为人们带来欢乐。但是我承认我们的革命并不彻底，我们没能摧毁腐朽的思想和习气。”

“他睡觉，我长眠，正好在梦中做个伴。”

“摧毁可能会带来好处，可是愤怒的报复性的摧毁我不敢苟同。”

“正义的愤怒也能促成进步，主教，无论世人怎么看，法兰西革命都是人类社会迈向文明的一大步。尽管它有未尽之处，但它起到了荡涤污秽、开化人民的作用，它必将使这股前进的洪流流遍世界。”

“您说的是九三年？”

“对，正是！我们头顶乌云忍耐了一千五百年，现在革命终于驱散了乌云，您却把罪名加在那怒吼的惊雷上。

“那路易十七呢？”

“他是个无辜的孩子，唯一的罪名就是做了路易十五的孙子。您若为这个孩子悲伤，那么我和您一样感到悲伤。不过如果您是为王权的继承人而悲伤，那我可就不认同了。”

主教有点后悔来到此地，因为他感觉自己的思想

“九三年”是一个以大规模的处死和谋杀而为人所知的时期，这一恐怖时期主要从1793年持续到1794年，期间几千人死亡，约15万人移居国外。那些主张温和的人们都被清除了。
下图展示的是当时处决现场的场景。

“我是来为您祝福的。”

在默默发生动摇。他说：“我为所有的孩子哭泣。”

“没有分别！”老人大声说，“即便要有所倾向，也应当偏向平民这边，他们受苦的年代太长了。”

一阵沉寂。

“是的，先生，平民受的苦太多了。”说到最后，老人已经在喊叫了。

比喻

把封建统治压迫比喻为乌云，把革命者比喻为惊雷，形象地表现了统治者的腐朽，革命者的正义，同时也为自己做了有力的申辩。

主教大人感到自己几乎完全被打败了，但他还剩下最后一块必须坚守的阵地，于是便说：“背弃上帝的人是做不到除恶扬善的，想要进步必须信仰上帝。”

老人的精神已经快耗尽了，他喃喃道：“理想的境界，也只有你才能达到。”

主教被感动了。但老人这时似乎已经耗尽了气力，最后的时刻即将来到。主教赶紧走过去，握住老人的手，说：“剩下的事情，让我们交给上帝吧。”

老人重新抬起头，神情严肃而庄重。

“我为这个国家的明天贡献了毕生的精力，那些生活在愚昧中的人认为我是魔鬼，但我不憎恨任何人。如今我要死了，您还需要我做什么？”

“我是来为您祝福的。”

主教跪了下来，老人停止了呼吸。

主教回到家后，沉思许久。此后，他对处在苦难中的人更增添了一份慈爱与责任。

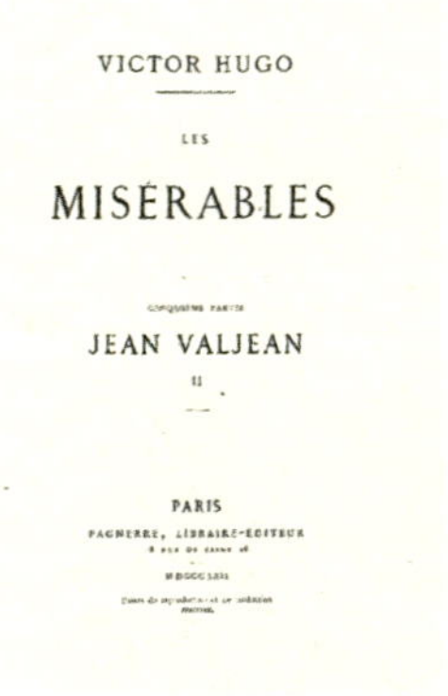

《悲惨世界》第一版的发行并非在法国，而是在比利时的布鲁塞尔，出版商是比利时人拉克鲁瓦，公司名为Verboeckhoven&Ce。该出版公司于1861年10月4日与雨果签订合同，小说前2卷于1862年4月3日正式出版，其余部分在同年5月15日出版。
上图为《悲惨世界》第一版的扉页。

我的好词好句

⊙深居简出　宽以待人　冷言以对　碰了钉子　福祉　一筹莫展

⊙谁使人的心灵黑暗，谁才是那个犯罪的人。

⊙主教唯一允许的奢侈便是干净，因为干净于穷人没有什么损害。

⊙我们头顶乌云忍耐了一千五百年，现在革命终于驱散了乌云，您却把罪名加在那怒吼的惊雷上。

阅读导航

本章出现了文章的主人公冉·阿让，冉·阿让因姐姐的孩子饥饿偷取面包和屡次逃狱后，在监狱里待了19年。出狱后备受歧视的他遇到了主教，主教仁慈地帮助了他。但随后不久，冉·阿让又犯了两次罪，他还能改邪归正吗?

2. 被“偷”的银餐具

悬念

作者通过叙述一个疲惫的旅客不断被拒绝的情形设置了悬念，引发读者的阅读兴趣。同时为后文的故事情节做了铺垫。

1815年10月初的一天，一位旅客从南方一路步行到迪涅，非常疲劳，迫切需要一个住处歇歇脚。他找到了一家旅馆，很快就被拒绝了。然后他又找了一家小酒店，依然被拒绝了，甚至连纯朴的农户也拒绝留宿他。这一切的理由都是：因为他是冉·阿让。

这位旅客就是冉·阿让。冉·阿让父母死得早，由姐姐养大。姐姐是个寡妇，有七个孩子。冉·阿让长大后也帮着姐姐抚养她的七个孩子。他做着辛苦的工作，但报酬微薄，一家人生活很贫困。

1795年的冬天对这一家人来说非常难熬，冉·阿让找不到活儿干，家里断了粮，没有面包，面对七个可怜的孩子，冉·阿让只好铤而走险，到面包店偷面包，不幸被抓住了。

冉·阿让因“夜间破门盗窃居民”罪被判五年苦役。

1796年4月22日巴黎全城正欢呼胜利。而就在同一天，冉·阿让正式开始苦役生活。他被押送到土伦，穿上了红色的囚衣。他不再是冉·阿让，而成了24601号。姐姐怎么样了？七个孩子怎么样了？监牢外的一切都与他无关了。冉·阿让只在服刑第四年的时候听人提起过他姐姐的境况。只有那么一次，之后就再也没有他们的任何消息。

1769年4月22日，巴黎全城欢呼意大利方面军总指挥在蒙特诺特大获胜利。当时欧洲盟军从意大利和莱茵河两方面进攻法国，拿破仑从意大利出击，在意大利境内击溃了奥地利军，直逼维也纳，用一年时间，迫使奥地利求和。下图展示的是1796年4月拿破仑亲率兵士冲锋陷阵，在意大利境内勇夺阿达河桥的情景。

第四年末，冉·阿让在同伴的帮助下逃离了监狱，可是第二天晚上又被抓了回来，法庭决定加判3年徒刑。第六年末，他又试图逃跑，但没有成功，刑期又加了5年。第十年，他再次越狱，依然没有成功，刑期又加3

年。到第十三年，他做了最后一次失败的尝试，又换来3年刑期。前后一共是19年。

在这个过程中，冉·阿让对社会最大的破坏就是打破了一块玻璃，偷了一块面包。社会对冉·阿让做的唯一补偿，就是他出狱时的109法郎15苏（货币单位，铜币）。

1775年出版的《新乡村》中的插图——犁地并翻起土壤，翻晒干草。18世纪80年代，法国经历了一连串的歉收，导致很多地区饥荒。土地所有者通过降低工资、增加租金和圈起土地等方法来保持他们的利润，衰退的主要压力落在了农民头上。

必须要说明的是，冉·阿让不是个愚笨的人，他白天受着牢狱之苦，晚上则沉思默想，反省自己。他愿意辛勤工作，但是没有工作，他愿意努力劳动，但是没有面包。他虽然犯了错，但惩罚是不是太残忍，太过分了些？他偷那个面包，甚至不是为了自己，而是为了姐姐的7个孩子。正是出于这样的考虑，冉·阿让开始审判整个社会所犯下的罪行，他认为社会对他是不公正的，他要算账。他甚至还定了上帝的罪。

在监狱里，冉·阿让就已经在做着各种准备了。他在土伦监狱的囚犯学校里学习，学会了读书识字。

19年后，他出狱了，但他很快就明白了拿一张黄色通行证的自由意味着什么。他走出了监狱，但并没有走出判决。到迪涅后，他四处碰壁，连一个住处都找不到。

他四处溜达，路过监狱，门口挂着一口钟，于是他敲响了钟。门上的一扇小窗打开了。

“先生，您愿意打开门，让我借住一宿吗？”

“监牢又不是旅馆。”

那扇小窗又关上了。

时间已经是晚上8点钟了，冉·阿让还没有找到住处。他漫无目的地四处乱走，走到位于大教堂广场一角的印刷厂时，已经精疲力竭，困顿不堪，恰好印刷厂门口有一个石凳，于是他躺了下来。

这时，一个声音说道：“您在这里干什么？”

说话的是一个老太太。冉·阿让本想好好休息一下，被打扰之后很不高兴，气呼呼地回答：“您看不见吗？我要睡觉。”

“这可不是睡觉的地方。”

“我睡了19年木板，今天要睡一睡石板。”

“您是没钱住旅馆吗？我这里有几个苏，您拿去吧。”

老太太拿出4个苏，4个苏是不够住旅馆的。于是她又说道：“也许您可以找一个好心的人家借助一宿。”

“我敲遍了所有的门，没人愿意收留我。”

“那么，那扇门呢？”

老太太指的是主教米里埃先生的房子。

“没有。”

“那就去敲吧。”

“那么，那扇门呢？”

这个时候，主教家里正好也在谈论冉·阿让。

晚餐前，马格卢瓦太太边忙着开饭，边同巴蒂斯蒂娜小姐聊天。主教到餐桌前就座时，马格卢瓦太太正讲得起劲。她说城里来了一个可疑的家伙，主教应该让锁匠把门上的锁修好，紧闭门户，不然晚上可能会出事。

“会出什么事呢？马格卢瓦太太。我们难道会有什么危险吗？”主教抬头看着马格卢瓦太太，语气充满友善和关切。

“是的，主教大人。一扇没有锁的门，谁都可以进来。而且平时不管谁敲门，您总是随口就说‘请进’……”

这时，有人在大门上敲了一下。

“请进。”主教说。

敲门的是冉·阿让。

他走进来，背着布袋，拿着木棍，神情粗鲁又疲惫，看起来凶恶可怕。主教正要开口问些什么，他就抢先大声说：“我叫冉·阿

神态描写

通过对冉·阿让的神态描写突出显示了他出狱后的不幸遭遇和困难境况，将他的神态与主教的反应做对比，也衬托出主教的博爱和仁慈。

让，是个苦役犯。”

主教大人平静地说：“您不用告诉我您是谁，您有痛苦，又饿又渴，您就是受欢迎的人。我为什么要知道您的名字呢？再说，在您告诉我之前，我就已经知道您的一个名字了。”

“您知道？”

“是的，您叫‘我的兄弟’。”

主教回头吩咐马格卢瓦太太拿来一套餐具，又让她把那一对银烛台拿了出来，点上蜡烛放在餐桌上。餐厅里明亮了许多。

“您是个好人，您是店主吗？”

“不，我是这里的神父。您一定吃过很多苦吧？”

“我穿红色囚衣，戴着镣铐做工，整天挨打，睡的地方只有一块木板，整整 19 年。”

“您吃了那么多的苦，如果还能怀有仁慈善良之心，那么您就比我们中的任何人都要更高贵。但如果您怀有愤怒憎恨之心，那您就是可怜人。”

这时候，马格卢瓦太太已经将晚餐摆好了。一盆汤，一点肉，还有一块奶酪和一大块面包。主教大人看着这些，突然想到差了点什么。

对，就是那几套银质餐具。马格卢瓦太太领会了主教大人的意思。不一会儿，闪闪发光的餐具便摆在餐桌的台布上。

冉·阿让饿极了，狼吞虎咽地吃了起来。吃得差不多了，才偶尔和主教交谈几句。

主教得知冉·阿让要去蓬塔利埃，便饶有兴致地谈起了自己的经历。他说蓬塔利埃是个好地方，大革命失败后，他在那里做过工。那里各种各样的工厂都有，只要你肯干，就不会养不活自己。主教特别说到那个地方的乳酪厂很有名。

主教说了很多，到后来，冉·阿让已经显得非常疲倦了。主教便吩咐马格卢瓦太太给他铺床。和妹妹道过晚安后，主教拿着银烛台，带冉·阿让去休息。

摆在中央的称为摆饰盘或称展示盘，餐巾置于装饰盘的上面或左侧。盘子右边旁摆刀、汤匙，左边摆叉子。可依用餐顺序、前菜、汤、料理、鱼料理、肉料理、视用餐者所需而由外侧至内使用。欧洲贵族家中使用的餐具背面往往刻有家徽，所以会特别把叉齿向下露出其纹饰。如果是银质餐具，需要定时擦拭，以防止氧化变黑。

银餐具在欧洲的使用历史甚为久远，关于银餐具的地位为何如此重要的原因有很多。一方面是由于传统，另一方面银质餐具是贵族们高贵身份和地位的象征。此外，欧洲基督教认为银是很神圣的，可以消灭恶魔。

主教把客人安顿在凹室里，去里面的房间得经过主教的卧室，出来也是如此。马格卢瓦太太正在安放银餐具，这是她结束一天工作的最后一件事。

“您好好休息一晚吧，”主教说，“明天起床后再喝一杯热牛奶。”

“谢谢。”

刚说完，冉·阿让忽然转身凶横地说：“您真的让我睡在离您这么近的地方？您想清楚了吗？也许我真的杀过人呢！”

主教说：“那是上帝的事情。”

随后，主教为冉·阿让祝福，冉·阿让头也不低，径直回到自己屋子里去了。

凌晨两点钟的时候冉·阿让就醒了，他很难再次入睡，许多思绪纷至沓来。其中有一件事，此时说出来也无妨，就是主教大人的六套银餐具和银质汤勺，那至少可以卖到两百法郎！

偷，还是不偷。冉·阿让在心里进行着激烈的斗争。最终，魔鬼占了上风，他偷了这些银餐具，飞也似的逃跑了。

第二天，马格卢瓦太太慌张地向在花园中散步的主教大人汇报说银器都不见了。

“被人偷了！一定是昨天晚上那人干的。”马格卢瓦太太办事很有效率，她很快跑到冉·阿让昨天睡觉的地方，又很快跑了回来。

“大人，他不见了！果然是那个无耻的家伙偷了我们的东西。”

当时人用的牛奶杯，杯上的花纹及图案均具拿破仑喜爱的古希腊、古罗马风格。

主教沉默了一会儿，和颜悦色地说：“马格卢瓦太太，那些东西本来就不是我们的，它们属于穷人。那个人就是个穷人啊！”

没了银餐具，主教大人在用早餐的时候，直接用手将面包浸在牛奶里，吃得津津有味。

早餐快吃完的时候，又有人敲门。

三个宪兵揪着一个人出现在门口，被揪着的人正是冉·阿让。

领头的宪兵说：“主教大人……”

听到这个称呼，冉·阿让吃了一惊，他一直以为他只是个普通的神父，没想到却是高贵的主教大人。

而这时主教大人快步上前，热情地对冉·阿让说：“先生，看到您我真高兴，您把我送您的东西忘在这里了。您只带走了银餐具，那一对银烛台，您为什么没有一同带走呢？”

冉·阿让简直不敢相信自己的耳朵。那一瞬间，任何文字都无法表述他内心的感受。

“主教大人，”领头的宪兵说，“这么说这些银器是您送给他的？我们看到他鬼鬼祟祟，像是逃跑的样子，身上还带着这些银器，所以……”

主教大人笑着说：“这完全是个误会。”

“这么说，我们要放了他？”

“当然。”

主教拿起那两个银烛台，递到冉·阿让的手上。

“不要忘记，用这些钱做一个诚实的人。”

冉·阿让逃跑一样地出了城。他不问大路小路，瞎跑了一早晨，一点东西没吃，也感觉不到饿。他有一肚子怒气，却又不知

按照西餐礼仪，吃面包时的正确方法是：首先用左手拿面包，用右手把面包撕成小块；然后用刀切下黄油，并将其放在餐碟或盘的左角；随后用左手拿着小面包，用右手拿刀或扁平勺涂抹黄油；最后用左手将面包送入口中。

“这完全是个误会。”

“那是我的钱，先生！”

道怒为谁发，心里说不出是受了感动还是受了侮辱。过去，他遭受了那么多的不公平，他早已决心为恶。但现在，他动摇了。这样他感到不安。

落日西沉，冉·阿让坐在一丛荆棘后面，望着远处的阿尔卑斯山，正在胡思乱想，忽然听到一阵欢乐声。

他转头看去，一个十岁左右的小孩顺着小路走来，腰间带着一只摇琴，背上背着一个箱子，一面唱歌，一面又不时拿着手中的几枚硬币玩儿。这大致就是他的全部财产，其中有一枚 40 苏的硬币。

孩子在那丛荆棘旁边停了下来，他没有看见冉·阿让，只管玩自己的抛硬币游戏，可是这一次他那枚 40 苏的硬币落了空，掉到了地上，一直滚到了冉·阿让的脚边。

冉·阿让踏上一脚，将硬币踩在脚下。这地方除了他俩，再没其他人了。那孩子背朝太阳站着，顺着日光，可以看见冉·阿让蛮横的脸。

“先生，我的钱呢？”那孩子的语气充满天真和信任。

“你叫什么？”冉·阿让问道。

“小热韦尔，先生。”

“滚开！”冉·阿让说。

最早在 1360 年法国国王约翰二世铸造叫法郎的硬币，法国大革命后推行公制，1795 年，法郎开始作为标准货币在法国流通，取代原有的里弗尔。

下图为法国 1992 年发行的 1 法郎纪念币，硬币上是代表自由与理性的玛丽安娜的肖像。

“那是我的钱，先生！”

冉·阿让的眼睛盯在地上，好像全没听见。

孩子哭了起来。“先生，”那孩子嚷道，“请您把我的40个苏还我！”

摇琴也称绞弦琴，出现于12世纪的欧洲，之后广为流传。当用手转动琴尾的曲柄时，摇琴体内的轮子就会转动，使琴弦振动发声。轮子提供给摇琴持续发声的动力，而演奏者则用另一只手来按动琴提下面的按键，来敲击不同的弦发出不同音高。

冉·阿让忽然站起来，脚仍旧踏在硬币上，说道：“你还不走！”

那孩子吓坏了，发了一会儿呆，拼命逃跑了。冉·阿让心里在沉思，他听到了孩子的哭声。

太阳落下去了，黑暗渐渐笼罩着冉·阿让的四周。冉·阿让哆嗦了一下，意识到寒夜已经来临，他紧了紧布衫，弯腰拾起他的棍子。这时，他忽然看见了那枚半埋在土中的硬币。

冉·阿让好像触着电似的，向后退了三步，停下来，紧盯着那枚硬币。几分钟后，他慌忙地扑向那枚硬币，抓住它，站起身来，向远处张望。

冉·阿让什么也瞧不见。他向那孩子逃跑的方向走了百来步，使出全身力气，喊道：“小热韦尔！小热韦尔！”

没有人回答。四处除了黑影和寂静，一个人也没有。

一阵寒冷的北风吹来，四周的一切显得十分愁惨。周围的几棵矮树，摇动枯枝，仿佛在威胁一个人似的。

他向前跑起来，跑跑停停，寂寥的原野上，他的声音透着巨大的悲痛：“小热韦尔！小热韦尔！”

那孩子如果听见这个声音，一定会害怕地躲起来。不过毫无疑问，那孩子已经走远了。

冉·阿让遇见一个骑马的神父。他问道：

“神父先生，您看见一个孩子走过去吗？”

“没看见。”神父说。

“一个叫小热韦尔的？”

“我一个人也没看见。”

他取出两枚五法郎的钱，交给神父。

“神父，这是给您的穷人的。那孩子十岁左右，身上带着一把摇琴，您没看见吗？”

“确实没有看见。”

随后，冉·阿让有些失态，他迷乱地说：

“神父，您去叫人来捉我吧。我是一个小偷。”

神父狠狠地踢了踢马，飞也似的逃了。

冉·阿让向前跑去，但是再也没有碰见一个人。有两三次，他看见一点像是卧着或蹲着的东西，就迅速跑过去，不过那都是一些野草，或是石头而已。他在一个三岔路口停了下来，最后一次喊道：“小热韦尔！小热韦尔！小热韦尔！”

声音渐渐消失在暮霭中，冉·阿让双腿一软，良心上的负担已成了一种无形的威力突然把他压倒，他瘫坐在一块大石头上，两手揪着头发，喊道：“我是一个混蛋！”

“他难过地哭了起来。”

他难过地哭了起来，这是他第一次流泪。

比喻

将心中的恶念比喻成野兽，化抽象为具体，更好地表现了主人公内心的挣扎。

冉·阿让从主教家里出来时，已完全摆脱了从前的那种思想，不过他一时还分辨不清。他遇到了小热韦尔，抢了他的钱。这也许是他从监牢里带来的那种恶念的最后影响，也许还有其他的原因。其实，抢东西的并不是他，而是他心底的那只野兽。当时他正在做思想斗争，不自觉地把脚踏在那枚硬币上了，等到心智清醒以后，冉·阿让才认识到了那种野蛮的行为，于是惊骇得大叫起来。

主教的形象出现在冉·阿让的脑海中，越来越高大，光辉灿烂，他自己却越来越小，越来越模糊。突然，自己消失了，只剩下主教。

那个可怜人的全部心灵被主教灿烂光辉的形象充实了，那种光的明亮是他生平从未有过的。

冉·阿让哭了很长时间。之后他做了什么，没有人知道。不过，有一件事似乎是可以肯定的，就在那天晚上，有一个车夫看见一个人跪在米里埃大人家大门外的路旁，仿佛是在祈祷。

阅读导航

本章出场了女主人公芳蒂娜和她的情人托洛米埃，他们和其他朋友——共四对男女一起举行星期天聚会，托洛米埃神秘地透漏，届时会有惊喜，到底会是什么惊喜呢?

3.1817 年

1817 年，是路易十八登基的第二十二个年头。1817 年，拿破仑已经在圣赫勒拿岛上。由于英国人不提供绿呢，他只好把自己的旧衣服翻过来穿。1817 年，图凯为伏尔泰出版了选集。1817 年，宪章被刻在了鼻烟壶上。1817 年，路易十八通过读《贺拉斯》，开始对木鞋匠感兴趣，他还在书上留下许多指甲印，原因是拿破仑和马蒂兰·布吕诺。1817 年，法兰西学院举行名为“读书之乐”的大奖赛。1817 年，法兰西学院撤销了已被流放的拿破仑·波拿巴的院士资格。1817 年，海军学校在昂古莱姆市建立。国王之所以下令在此地建校，原因是昂古莱姆公爵是海军大臣，那么昂古莱姆市理应享有这样的殊荣，这是保护君主体制不受损害的完美表现。1817 年，马戏表演的图案出现在弗朗科尼的海报上，引起内阁会议不休的争论。1817 年，任何有常识的人都知道，路易十八这个“不朽的宪章缔造者”将革命时代的大门永远关上了。

路易十八（1755—1824 年），法国波旁王朝复辟后的第一个国王，是被送上断头台的法国国王路易十六的弟弟，被封为普罗旺斯伯爵。路易十六当国王时，因为独生子年幼，立他为摄政王。1795 年，路易十七死于狱中，路易十八被奉为继承人。但路易十八在位期间，有一大段时间是居于法国国外。

1817 年，发生了太多太多的事件，正是这些具体的事件，将历史的面貌细致地刻画出来。

在 1817 年，还有一件事值得一提，那就是由四个巴黎大学生导演的一出“闹剧”。

这四个人都是在巴黎求学的学生，一个叫费利克斯·托洛米埃，图卢兹人；一个叫法默伊，利摩日人；第三个叫利斯托利埃，卡奥尔人；第四个叫布拉舍韦，蒙托邦人。他们每个人都有自己的情妇。布拉舍韦的情妇是法武丽特；利斯托利埃则喜欢大丽花，大丽花是她的假名；法默伊的挚爱是瑟芬，“瑟芬”是“约瑟芬”的简称；托洛米埃的那一位则是金发美人芳蒂娜，与前三位不同的是，芳蒂娜还沉睡在初恋的美梦中。

是的，芳蒂娜的爱是初恋，是专一且忠贞的，她也是唯一一个只允许自己心爱的人称呼自己为“你”的人。

社会环境描写

“无数次发生”说明这样的风流韵事是很常见的，这样的爱情悲剧也不是偶然的，而是社会常态，这样也把我们的思考引向了更深、更广的社会层面。

芳蒂娜出身底层，身上带着无名无姓无身世的印记，没人知道她父母是谁，只知道她生在滨海蒙特勒伊，叫芳蒂娜。连芳蒂娜这个名字，都是第一个遇见她的人随便给起的。15 岁时，她来到巴黎做工，碰上了托洛米埃，陷入了深深的爱恋中。

但托洛米埃只是逢场作戏，这样的事情在巴黎的拉丁区太常见了，大学生和轻佻女工的风流韵事，或称之为“爱情”，无数次发生在先贤祠山坡上的长街曲巷里。

托洛米埃很有钱，足足有四千法郎年金，他已 30 岁了，整日花天酒地，脸上已经有了皱纹，头顶也秃了一些，但是他毫不在意。他不但有钱，还自命不凡。

先贤祠位于巴黎市中心塞纳河左岸的拉丁区，于 1791 年建成，是永久纪念法国历史名人的圣殿。它原是路易十五时代建成的圣·热内维耶瓦教堂，1791 年被收归国有脱离宗教后，改为埋葬“伟人”的墓地。先贤祠内安葬着伏尔泰、卢梭、维克多·雨果、爱弥尔·左拉、马塞兰·贝托洛、让·饶勒斯、柏辽兹、马尔罗、居里夫妇和大仲马等。

一天，托洛米埃对另外三个人说：“芳蒂娜、大丽花、瑟芬和法武丽特缠着我们给她们一个惊喜，都快一年了，我觉得时机到了，咱们应该好好合计一下这事。”

其实托洛米埃早就有了主意，当他神秘兮兮地说出来后，另外几个人哈哈大笑，布拉舍韦夸奖托洛米埃说这是个好主意。

他们四个人走进一个烟雾腾腾的小咖啡馆，密谈的结果是邀请那四位姑娘参加一次别出心裁的聚会，于下星期天举行。

聚会无疑给姑娘们带来了巨大的欢乐。四位姑娘结伴而行，各有各的美丽。但芳蒂娜才是最美的那一个，只是她自己并不知道。漂亮的牙齿，浓密的金发，粉红色的小嘴，她手里经常拿着一顶手缝的小草帽，长长的白飘带垂下来。她身上穿的薄呢裙是淡紫色的，再配上金褐色的厚底皮鞋和细软的镂空白袜，真是水灵极了。

芳蒂娜不但很美，她更是贞洁的化身。

四对年轻人欢天喜地地走在一起。

姑娘们在深草中边跑边唱，追蝴蝶，采牵牛花，

脚上的粉红镂花袜都弄湿了。她们清新而疯狂，对小伙子们的亲吻从不拒绝。但芳蒂娜是例外的，她似乎放不大开。

“芳蒂娜不但很美，她更是贞洁的化身。”

午饭过后，四对情侣来到一个叫“国王园圃”的地方，观赏一种从印度引进来的奇怪灌木。看完树后，托洛米埃出钱请大家骑着毛驴，从旺夫和伊西往回走。之后来到塞纳河，乘船过去后又步行到星形城门。

将近下午 3 点，他们赶到了博戎游乐场。

法武丽特时不时地嚷嚷说：“说好的惊喜呢？”

“不要着急，惊喜会有的。”托洛米埃回答说。

对话描写

作者通过此处的对话描写设置了悬念，吸引了读者的好奇心，使故事情节一波三折。

到了晚饭时间，八个年轻人也累了，就来到邦巴达小酒馆里休息一下。

大家边喝酒，边说笑。

布拉舍韦对法武丽特开了一个玩笑，说假如自己不爱她了，她怎么办？

法武丽特大声喊道：“如果你不爱我了，我就不顾一切地扑到你身上，抓花你的脸，撕破你的皮，并且让警察抓走你。”

布拉舍韦很满意这个回答，因为这让他的虚荣心得到了满足。

酒神，即狄俄尼索斯，是宙斯和塞梅莱的儿子，以会酿葡萄酒和狂欢聚乐的潇洒性格而著称。据说他乘坐着一辆由野兽驾驶的四轮马车到处游荡，他走到哪儿，乐声、歌声、狂饮就跟到哪儿。酒神是古希腊人民最喜欢的神明之一，后人用酒神祭祀来纪念他。

托洛米埃开始说话：“你们不要信口胡说，随兴而谈时大脑往往没有有效思考，要想语惊四座，就得先想一想再说。”

看托洛米埃说个没完，布拉舍韦说：“你们看我多安静。”

托洛米埃马上接过来说：“你就是安静侯爵。”

托洛米埃接着谈到了女人，他说：“要当心女人，女人的心容易变化不定，你要是相信她们，你就会倒霉。女人是恶毒的，善于算计别人。知道为什么女人讨厌蛇吗？那正是她们嫉妒的表现，蛇是她们的同行。”

布拉舍韦打断他说:“托洛米埃，别说了，很显然你喝醉了！”

“是的！”托洛米埃回答。

“既然喝醉了，为什么不乐一乐呢。”布拉舍韦说。

“完全同意，”托洛米埃边说边站了起来，斟满一杯酒，“荣誉属于美酒！现在我要给酒神唱赞歌！对不起，小姐们，作为你们的朋友的我要给你们提一些忠告：爱情是到处乱走的，只要心里乐意，你们也可以。爱情甜蜜而轻浮，生来快乐，它的特性就是老是出错。老实说，你们四个人我都挺喜欢。啊，约瑟芬，如果您的脸再端正一些，您一定会更迷人。法武丽特，啊，我把你比作仙女和缪斯！大丽花女士，您叫玫瑰会更好一点。啊，芳蒂娜，她是个仙女，又有着修女的贞洁，但她总生活在幻想中。啊，芳蒂娜，其实我也是一种幻象。女士们，我还要再给你们一个忠告：不要结婚，千万不要结婚。结婚有风险，像嫁接一样，你无法保证嫁接就一定是好的……吻我一下吧，芳蒂娜！”

托洛米埃却吻错了，他吻的不是芳蒂娜，而是法武丽特。

八个年轻人热烈的谈话持续了有一段时间。这时候，法武丽特坚决地对托洛米埃说：“喂！惊喜呢？我可记着你答应给我们惊喜！”

照应前文

再一次提及“惊喜”，既呼应了上文托洛米埃所说的话，也推动了故事情节的发展，起到首尾相顾的效果。

“女士们，惊喜就要到了。”托洛米埃回答，“先生们，让我们准备一下吧。给这几位女士一点等待的时间。”

每个人都在自己情人的额头上印上了庄重的一吻，然后鱼贯而出。

法武丽特说：“肯定会很有意思。”

“快去快回哇，”芳蒂娜情不自禁地说，“我们在这里等着。”

大革命风暴过后，稳定的局面重现于巴黎。资产阶级满心欢喜地转到追求愉悦的生活。

“他们要给我们带来什么惊喜呢？”瑟芬说。

“不管是什么，我想一定很美。”大丽花说。

法武丽特接着说：“我倒希望那东西是金的。”

过了很长一段时间，就在大家等得不耐烦的时候，店里的一个伙计送过来一封信，说是刚才四个年轻人临走时留下的一张字条。

法武丽特一把抢过来，上面没有地址，只写着“这就是给你们的惊喜”几个大字。

法武丽特认得字，于是她拆开信，读了起来：

啊，我们热恋的人！

我们都有双亲，也许你们不知道双亲是什么，在民法典中称作父亲和母亲。父母需要我们。有些人把我们称为浪子，但我们是有道德的，他们要我们回去，我们只有遵从。你们念这封信的

“托洛米埃边说边站了起来，斟满一杯酒。”

此画名为《西泰尔岛的巡礼》，为18世纪法国著名画家让·安托万·华托的作品。西泰尔岛是希腊神话中爱神与诗神游乐的美丽小岛，此画描绘的正是一群贵族男女结伴乘船前往西泰尔岛去寻求幸福的景象。此画可以反映当时社会的年轻人对无忧无虑的爱情乐园的无限向往。

时候，我们已经走了。啊，亲爱的美人！我们正快步回到社会、责任和秩序中去，祖国需要我们。啊，亲爱的美人！我们忍痛做了牺牲，希望你们在为我们痛哭一场后，另寻新欢吧。千万不要埋怨我们。

信的末尾还有一行字："又及：饭钱已付。"

四位姑娘你看着我，我看着你，很久说不出话来。

还是法武丽特率先发话，她嚷道："真是一个成功的玩笑！"

瑟芬也说："这玩笑很有意思。"

"我想，他们里边唯有布拉舍韦能想出这样的主意，"法武丽特又说，"真不错，我倒是有点爱上他了。人走了，爱来了。唉。"

"不是，"大丽花反驳说，"绝对是托洛米埃想出来的。"

"是吗？"法武丽特说，"要是这样的话，布拉舍韦就是个笨蛋，托洛米埃万岁！"

"托洛米埃万岁！"大丽花和瑟芬跟着喊道。

她们几个大笑起来。

芳蒂娜也跟着笑了起来。

回到家里，芳蒂娜大哭了一场。那是她的初恋，她早已视托洛米埃为自己的丈夫，为他奉献了一切，而且她已有了一个孩子。

我的好词好句

⊙值得一提　印记　逢场作戏　自命不凡　神秘兮兮　别出心裁　语惊四座　鱼贯而出

⊙ 1817年，发生了太多太多的事件，正是这些具体的事件，将历史的面貌细致地刻画出来。

⊙但托洛米埃只是逢场作戏，这样的事情在巴黎的拉丁区太常见了，大学生和轻佻女工的风流韵事，或称之为"爱情"，无数次发生在先贤祠山坡上的长街曲巷里。

阅读导航

托洛米埃口中的“惊喜”在这章中得以揭开，芳蒂娜不幸被抛弃了。她贫苦无依，独自带着幼小的女儿珂赛特，流浪到巴黎时，她将女儿留给小旅馆老板泰纳迪埃夫妇照看。珂赛特的寄养生活过得怎么样呢？

4. 百灵鸟从不唱歌

在巴黎的蒙费梅，有一个由一对名叫泰纳迪埃的夫妇开的小客栈。这家客栈位于面包师巷，门上方的墙上钉着一块画着不知道什么图案的木板。好像是发生在战场上的一个瞬间，一个人背着另一个人，被背的人像是个将军，因为他带着那种将军才有的金色大肩章。木板最下边写着几个字：献给滑铁卢的中士。

> **细节描写**
> 对画着图案的木板的描写，提到了“将军”“滑铁卢”，呼应了前文历史背景的描述，使故事情节真实可信。

客栈门口停了一辆阻塞街道的大车，早已经废弃不用了，看起来很笨重，很丑陋。马车上有一条粗粗的铁链子垂在车轴下边。

那天傍晚的时候，小客栈的母女三人在马车旁休息。母亲用垂下来的铁链子做了一个秋千，两个小女孩快乐地在上边玩耍。大的抱着小的，大的两岁半，小的只有一岁半。两个孩子神采奕奕，穿戴漂亮且整齐。

母亲一边陪孩子玩耍，一边用跑调的声音唱着流行的情歌。

猛然，她听到有人说：“太太，您的孩子真是漂亮极了。”

唱完嘴里的那句后，母亲才回过头来，看到一个抱着孩子的女人站在她面前，背上还有一个大大的旅行袋。

那女人怀中的孩子非常可爱，是个女孩，约两三岁，穿戴和另两个小女孩一样，也非常漂亮。小女孩的皮肤白里透红，还有着苹果般的脸蛋，看起来身体很健康。她正睡在妈妈的怀里，那样踏实，那样香甜。

下图为当时巴黎小镇上一个惨淡经营的临街小客栈。
清明的蓝天将建筑衬托得更加破败，没有白墙别墅，没有轩昂的气宇，散发着一股战后安静的萧条气息。

再看孩子的妈妈，愁容满面，一看就是个穷人。从身上的装束看，她是个女工。也许她很漂亮，但从打扮上则看不出来。她有着漂亮

的金发，可惜被那顶丑陋的修女兜帽给紧紧包住了。她还长着一口漂亮的牙齿，一笑便能露出，但她却不笑。她面色苍白，看上去很疲倦，似乎有病。

她就是芳蒂娜。

那次“玩笑”之后发生了什么事，是很容易想见的。

“你可以叫我泰纳迪埃太太，”客栈的女主人回答说，“这是我们家的小客栈。”

芳蒂娜开始谈论自己的身世，不过稍微做了点更改。她说自己是一个女工，丈夫死了，她要到别处去找工作。

“我能将孩子托付在您这里吗？”

说到这里，芳蒂娜在女儿的脸上亲了一下，孩子一下子被惊醒了。

泰纳迪埃太太把女儿从秋千上抱下来，说：“让孩子们一起玩吧，您的孩子叫什么？”

“珂赛特。”

三个小孩不到一分钟就彼此熟悉了，她们一起在地上掘洞，额头紧贴在一起，仿佛有光环罩着一般。随后，泰纳迪埃太太招呼芳蒂娜进店里说话。

“就这么会儿工夫，孩子们就玩到一块了！”泰纳迪埃太太大声地说，“不知道的人看见了，或许会以为是她们是三姐妹哩！”

这正是芳蒂娜一直在等待的机会，她急切地握住泰纳迪埃太太的手，用殷切的眼光望着她说："我能将孩子托付在您这里吗？我带着孩子没办法干活。今天这一切一定是仁慈的上帝安排好的，让您出现在我面前，让孩子们开心地在一块儿玩。我会很快回来接她的。"

"这件事我得好好想一想。"泰纳迪埃太太说。

"我会付钱的，每月 6 法郎。"

这时候，屋里头有一个男人喊道："至少得 7 法郎，而且要先付半年。"

"好的，我会给的。"芳蒂娜说。

"还要多付 15 法郎，初来的花费总是不能少的。"那个男人补充说。

"现在一共是 57 法郎。"泰纳迪埃太太已经算好了钱。

"好吧，"芳蒂娜说，"我身上还有 80 法郎。等我回去挣到了钱，就回来接她回去。"

那个男人又喊道："换洗的衣服有吗？全都留下来。"

"是我丈夫在说话。"泰纳迪埃太太插了一句。

"我为我可怜的宝贝准备了许多，成打成打的，裙子都是绸子的。我会全部留下来的。"

一切妥当后，男主人露面了，扔下了一句"那好"。

芳蒂娜在店里住了一夜，交出了她的钱，留下孩子，一早就离开了小客栈。

芳蒂娜走后，男主人对自己的老婆说："这下好了，我手里正好差 50 法郎，那张 110 法郎的票据明天就要到期了。你干得不错，用两个小家伙捕获了一个大猎物。"

语言描写

通过男人的喊话，揭示了他贪婪和缺乏同情心的性格特点。同时为珂赛特的苦难埋下伏笔。

很显然，泰纳迪埃的小客栈生意不怎么好，要不是芳蒂娜留下的 57 法郎，法院就要追究他的责任了。

下一个月，珂赛特的衣服被拿到巴黎当了 60 法郎，小珂赛特只好穿另两个孩子的旧衣服。钱用完以后，泰纳迪埃夫妇对珂赛特就更不好了，他们给她吃残羹冷炙，还迫使她常常和猫狗一起吃饭。芳蒂娜每月会请人代写一封信，询问女儿的消息，她收到的回信总是说女儿很好。但每月 7 法郎肯定是不够用的，不到一年，泰纳迪埃便涨价到每月 12 法郎了。以后又增加到 15 法郎，因为泰纳迪埃打听到那孩子可能是私生女，于是便威逼芳蒂娜加钱，芳蒂娜也只好照办。

小珂赛特一天天长大，她的苦难也一天天增加。小的时候她是另两个孩子的出气筒，稍微大一些，她又成了女用人。跑腿，打扫卫生，什么都得干。等芳蒂娜的钱开始寄得不够准时的时候，小珂赛特的待遇就更差了。

借代

"百灵鸟"是一种外形瘦小的鸟类，人们给珂赛特的外号，充分表现了她吃不饱、穿不暖、遭受非人待遇的可怜境况。

冬天，这个还不到 6 岁的可怜孩子，天不亮就得起床冒着严寒打扫街道。她身材瘦小，甚至不比小鸟大，在褴褛的衣衫中哆哆嗦嗦，于是村里人都叫她"百灵鸟"。

百灵鸟！可怜的是，这是一只从来不唱歌的百灵鸟。

"这是一只从来不唱歌的百灵鸟。"

阅读导航

本章出现了一位神秘的马德兰先生，他富裕慷慨、品德高尚、受人尊重，但却被警探沙威盯上了，究竟是怎么回事呢？芳蒂娜回到故乡，在马德兰先生的工厂做工，又遇到波折，她的命运将会发生怎样的转折呢？

5. 马德兰市长

芳蒂娜把小珂赛特留下后，一个人来到了滨海蒙特勒伊。芳蒂娜离开故乡已有十来年了，蒙特勒伊早已大变样。芳蒂娜的日子越来越差，蒙特勒伊却越来越发达。

1815 年底，一个外地人来到滨海蒙特勒伊，提出了一项新工艺，由此引发了一场革命性的变革。不到 3 年时间，他成了大富翁，周围的人也跟着发了财。

人们对这个外地人了解并不深，看他的谈吐举止像是一个工人。在一个 12 月的黄昏，他背着个口袋，拿着根棍子来到滨海蒙特勒伊，正巧遇上市府发生火灾，他很勇敢，冲进去救出了两个小孩。这两个被救的小孩是宪兵队长的孩子，所以人们也没看他的证件。从那个时候，大家知道他叫马德兰老伯。

侧面描写

通过世人的眼睛看马德兰先生，客观地表现了他的高尚品质，且带有一丝神秘的色彩。

马德兰老伯在工业上的改革使得滨海蒙特勒伊迅速成为重要的贸易中心。他本人也发了大财，第二年就建造了一个更大的新工厂。新工厂为男工、女工各设了一个车间，没饭吃的人到这里，一般都会有工作和面包。马德兰老伯雇人的标准是心地善良，品行端正。

第一次工业革命以蒸汽机的发明与使用为代表。英国在 18 世纪中叶率先进行工业革命。1789 年，法国爆发了大革命，废除了封建统治阶级的特权，为资本主义工业化扫除了障碍。拿破仑当政后，十分重视科学技术的发展，为法国的工业革命（18 世纪末至 19 世纪中期）创造了条件。本故事中马德兰老伯的工厂就是在这个时期建立的。

马德兰老伯发了大财是不假，然而，相比钱，他似乎更在意人。他在拉斐特银行一共有 63 万法郎的存款，但在这之前，他为城市和穷人花去了远超于此的钱。他为医院增设床位，新建了两所学校并且自己掏钱补贴教员。他还出资建立

1851 年 5 月 1 日，英国在伦敦举办了“万国工业博览会”，是第一次国际规模的工业展览会。1798 年，法国在卢浮宫举办了第一届工业产品大众展，是世界上第一个由政府组织的国家工业展览会。法国在 1806 年举办的展览会上开始对参展作品进行评奖。之后的工业展览会规模越来越大，并逐渐扩展到法国其他城市。图为 1851 年伦敦世博会会址水晶宫。

收容所，给年老和残疾的工人设立救济金，并在工厂附近开设免费药房。

1819 年，鉴于马德兰老伯对蒙特勒伊做出的巨大贡献，经省长推荐，国王任命其为滨海蒙特勒伊市长。消息传来，马德兰老伯却拒绝接受这个任命。用他发明的新方法制造出的产品，在工业展览会上得了奖，国王要授予他荣誉勋章，他又一次拒绝了。但不管怎样，他的威信与日俱增，城里人甚至开始称呼他为马德兰先生。

1820 年，国王再一次任命他为滨海蒙特勒伊市长。和上次一样，他依然拒绝。但这次省长不答应了，达官显贵和民众也一起恳求他，哀求他。在这种情况下，马德兰老伯无法再坚持了，只好接受。事实上，令他做出这个决定的主要力量，是一个老妇的一句话：“一个好市长就是一个有用的人，在力所能及的好事面前，应该退却吗？”

马德兰老伯先是变成马德兰先生，现在变成了马德兰市长。

当市长以后，他还是和当初一样朴实无华。他白天履行市长的职责，下班后便深居简出。他不怎么和别人说话，只是微笑布施，他最大的乐趣就是在田野里散步。他还很喜欢读书，他一个人吃饭，面前总是摊开一本书，边吃边看。

马德兰市长已经五十多岁了，但人们传说他力大无穷，可以扶起倒在地上的马，可以抬起掉进泥里的车。他的枪法也很准，出门散步时常带一只长枪，但是他从不打无害的动物，尤其不打小鸟。

他出门时口袋里总是装满钱币，回来时却空无一子。他还教给农民干农活、除草、杀虫的各种实用窍门。有一次，他看见村里人在拔荨麻，就说：“如果知道如何利用，荨麻就是好东西。嫩的时候，叶子可以吃；老了以后，可以用来织布；剁碎了，可以喂家禽；磨烂后，可以喂牛羊……荨麻不用耕种，不要照管，只须在收获时花一点点功夫，就可以派上大用场，如果不管它，就变成有害的东西了。人的命运就像荨麻！朋友们，请记住，世

象征

以小喻大，从荨麻里说出做人的道理，荨麻不打理就成为有害的东西，人如果不修持自己就不能摒弃坏的品格，语言生动形象。

界上没有坏草，也没有坏人，只有坏的庄稼人。”

他做过很多好事，但一般不让人知道。比如晚上偷偷爬进别人家里，放一枚金币。提到他，老百姓总是说：“这个有钱人和蔼可亲，一点也不傲气。这个人虽然幸福，但却不快乐。”

马德兰市长就像谜一样，甚至有传言说他的卧室是一个可怕的密室，以至于几个调皮的姑娘跑去参观市长先生的卧室，结果大失所望，里面除了一对银烛台，什么也没有。

1821 年初，82 岁的迪涅主教米里埃先生逝世了，消息传到滨海蒙特勒伊。人们惊奇地发现马德兰市长穿起了丧服。

人们猜测他和主教有亲戚关系，于是滨海蒙特勒伊的上流人士更加对他刮目相看了。

一天晚上，一位自以为年资最深的小圣日耳曼区社交圈里的老妇人这样问马德兰市长：“市长先生，您和已故的迪涅主教是亲戚吧？”

马德兰市长回答说不是。

“那您为什么给他服丧呢？”

马德兰市长的回答是：“我年轻时是他家里的仆人。”

渐渐地，各种敌意都烟消云散，马德兰市长受到的尊崇越来

“马德兰市长受到的尊崇越来越高，只有一个人不买他的账。不管马德兰市长做什么事，他都抱着一种质疑的态度。这个人叫沙威，是个警察。”

这里的金路易是路易十八在位期间（1795—1824）的金币，币上铸有路易十八的人头像。雨果15岁那年，作《读书乐》一诗得法兰西学士院奖赏，国王路易十八曾经发给他每年1000法郎的助学金。雨果立志从文。16岁时雨果与其他同仁合办《文学保守者》周刊，并发表过一些保守派诗歌，路易十八却再次给了雨果奖赏。而雨果思想的变化是从19世纪20年代中叶开始的。

越高，只有一个人不买他的账。不管马德兰市长做什么事，他都抱着一种质疑的态度。这个人叫沙威，是个警察，他是在马德兰老伯变成马德兰先生之后来到滨海蒙特勒伊的。

沙威生于监狱中，因为他父亲是个囚犯。沙威长大后非常痛恨自己所处的阶层，于是他当了警察。他年轻的时候曾在南方的监狱看守过苦役犯。

他长得很难看，平时难得一笑。不笑的时候，像一条看门狗，笑起来更加可怕，简直像一只凶恶的老虎。他崇拜权力，对罪恶深恶痛绝，那些偷盗、谋杀等，在他眼里都是绝不容许的。他认为法官永远是真理的化身，而罪犯却永远罪无可恕，即使那个人只是初次犯错。他的生活就是监视，监视，再监视。他是一个冷酷无情的家伙，但也是一个正直的警察。流浪汉们都怕他。

他有一个奇怪的举动，他盯上了马德兰先生——这事发生在马德兰先生变成马德兰市长之前——但马德兰先生泰然自若，丝毫没放在心上，对待沙威仍像对待别人一样亲切和蔼。

从沙威偶然透露的话里，可以看出他好像掌握了一些有关马德兰老伯过去的线索。不过，看到马德兰先生的反应如此平静自然，他自己倒有些困惑不解了。

然而，接下来的一件事情使这一切都发生了变化。

一天早晨，马德兰先生在街上看到远处围着一群人，走过去才知道是福施勒旺大爷出事了。福施勒旺大爷是当时所剩无几的歧视马德兰先生的人之一，他被掀翻的马车压到了车底下。沙威当时也在场。那大车很重，没有千斤顶，谁也别想把这辆大车抬起来。

福施勒旺大爷似乎被马车压得喘不过气来，看起来用不了五分钟，肋骨就要断了，而去找千斤顶的人还没有来。

“救救我呀！”福施勒旺大爷喊道，“谁能发发善心，救救我这个老人？”

马德兰先生转向围观的人群：“谁有千斤顶？”

“富拉肖那个地方有个马蹄铁匠，他那里有，已经有人过去取了，不过至少得一刻钟。”

“一刻钟太长了！”马德兰先生喊道。

“眼下只能这样了！”

“你们看，车子在下陷，已经快来不及了！”

“当然！”

“我有一个办法！”马德兰先生接着又说，“车下面可以容得下一个人钻进去，谁下去用背把车子顶起来，有吗？我出 5 个金路易，只需要半分钟，就能把车底下的人救出来了！”

没人应声。

“10 个路易（货币单位，金币）！”马德兰先生又说。

“20 个路易！”

还是没人站出来。

在场的人都低下头。

一个声音说：“他们不是不想，而是没有这么大劲儿。”

马德兰先生认出说话的是沙威。他正死死地盯着马德兰先生，接着说：“在我所知道的人中，只有一个人有这么大的劲儿。”

马德兰先生不禁打了个寒战。

沙威装作若无其事，但眼睛始终看着马德兰先生：“那人以前是土伦监狱的苦役犯。”

马德兰先生的脸色突然变得惨白。车底下的福施勒旺大爷已经快坚持不住了。

“快点啊！我的肋骨要断了！快点拿千斤顶来！哎呦！哎呦！”

马德兰先生望向四周：“没人愿意站出来吗？20 个金路易。”

围观的人没有一个动的。沙威又说：“除了那个苦役犯，没人可以代替千斤顶。”

“哎哟！哎哟！”福施勒旺大爷在车底下痛苦地呻吟。马德兰先生看了看沙威，又看了看围观的人们，苦笑了一下，然后一声不吭地爬到了车底下。

车子开始徐徐上升，马德兰先生用尽了最后一点力气，在大家的帮助下，车子终于被抬了起来。

当时的警探形象。

“福施勒旺大爷得救了，马德兰先生满头大汗，一身污泥，脸上浮现出既痛苦又幸福的神情。”

福施勒旺大爷得救了，马德兰先生满头大汗，一身污泥，脸上浮现出既痛苦又幸福的神情。沙威一直盯着他看，但马德兰先生却显得很平静。

马德兰先生叫人把福施勒旺大爷送去医务室，又给他留了1000法郎。养好伤后的福施勒旺大爷被马德兰先生介绍去巴黎一所修道院里做园丁。这件事不久之后，马德兰先生就成了滨海蒙特勒伊的市长。

以上就是芳蒂娜回来之前家乡的情况。她进了马德兰先生的工厂，做了一名女工。

自食其力的芳蒂娜恢复了青春活力，她想着小珂赛特，憧憬着美好未来，觉得幸福开始找上自己了。

她经常写信，当然是请人代写。这个举动引起了别人的注意，再加上她那漂亮的金发和美丽的牙齿总是让其他女人嫉妒不已，终于，有一位爱嚼舌头的妇女将她的秘密探听了出来。

很快，大家就知道芳蒂娜有一个孩子，他们认为她是个不正经的女人，于是，她被解雇了。这个时候正是泰纳迪埃夫妇要求将每月的抚养费提高到15法郎的时候。她手里只有工厂辞退她时给的50法郎，还不够还房租和家具等债务。

芳蒂娜挨家挨户询问，想给人家当女仆，但是没有人雇用她。

18世纪末，随着法国产业革命的进展，人们需要更有效和快速的通信手段。解决的办法是使用邮政马车，虽然其速度比不上骑马的信使，但携带邮件数量成倍增加。法国率先试行，并立即取得成功。随之新增加许多驿站，押车的卫兵成为邮政雇员。
下图中即是当时的邮政马车。

她便替驻军士兵缝衣服，每天可以赚12个苏，其中10个苏留给女儿。从那时起，芳蒂娜才不能按时给泰纳迪埃寄钱了。

图为法国1809年拿破仑一世20法郎金币，正面是拿破仑的人物肖像，反面是象征和平的橄榄枝、年份以及币值，所以又称为“金拿破仑”。

冬去春来，又是一年的冬天，芳蒂娜赚的钱越来越少，甚至只够付邮费的。泰纳迪埃夫妇寄信来说，小珂赛特没有衣服穿，需要一件羊毛裙子，至少得10法郎。芳蒂娜什么也没有，她只剩下那一头漂亮的金发，只好叫理发匠用10法郎买了去。

小珂赛特是芳蒂娜的天使，也是她活下去的希望。

一天，泰纳迪埃夫妇又寄来一封信，说珂赛特得了粟粒热，需要40法郎，不然孩子就保不住了。

40法郎！嘿！那可是两个拿破仑金币哪！芳蒂娜去哪儿才能弄到那么多钱啊！

她来到广场上，看见一个江湖医生，正在卖假牙、牙膏、牙粉等东西。

“考虑一下吧，漂亮姑娘！两个金拿破仑可是不少钱呀。”

那位江湖医生注意到了芳蒂娜，突然提高声音喊道：“姑娘，您有一口美丽的牙齿！我愿意出两个金拿破仑买您的两扇门板。”

“您说的门板是什么？”芳蒂娜问。

“就是您的两颗门牙。”江湖医生回答说。

芳蒂娜很害怕，转身逃走了。可那江湖医生仍然在喊个不停：“考虑一下吧，漂亮姑娘！两个金拿破仑可是不少钱呀，能做很多事呢。我待在银甲板客店，你想好了再来找我呀！”

芳蒂娜气呼呼地回到家里，和邻居说起了此事。

18—19 世纪的欧洲是妓女的黄金时代，那是一个高级妓女和街头妓女都盛行的时代，妓女不一定都来自社会底层。沦为妓女的女子通常是为了金钱，她们有的是想要追求独立的妇女；有的是年轻的寡妇或未婚的母亲；还有许多妓女来自工厂里的女工。上图为 19 世纪巴黎最出名的交际花之一，玛丽·杜普莱西斯，23 岁时因肺痨去世。小仲马的名著《茶花女》即以她为原型。

玛格丽特，也就是她的邻居，问道：“他说给多少？”

“每个给一个金拿破仑。”

“那就是 40 法郎哪！”

“40 法郎，”芳蒂娜喃喃地说道，“40 法郎。”

过了一会儿，她又把泰纳迪埃夫妇写来的信读了一遍。

她问玛格丽特：“粟粒热是什么？”

“是一种病。”玛格丽特回道。

“孩子也会得这种病吗？”

“孩子最容易得了。”

“得了那种病会死吗？”

“很容易死。”

芳蒂娜的门牙最终还是被拔掉了。不过她给泰纳迪埃夫妇寄去的 40 法郎并没有用到珂赛特身上，因为孩子根本没病。

现在芳蒂娜什么都没有了。她只剩一个床垫，一把破烂的椅子，一个盛水的坛子，还有一株已经枯萎的小蔷薇。她不再打扮，也没什么好打扮的了。更不幸的是，她还病了。她恨马德兰老伯。

可是泰纳迪埃夫妇仍在没完没了地逼她，这次又写信要 100 法郎，如果不答应，就要将小珂赛特赶出去。

100 法郎！天哪！她只好去当了妓女。

我的好词好句

⊙革命性的变革　朴实无华　深居简出　烟消云散　泰然自若

⊙荨麻不用耕种，不要照管，只需在收获时花一点点功夫，就可以派上大用场，如果不管它，就变成有害的东西了。人的命运就像荨麻！

⊙马德兰先生满头大汗，一身污泥，脸上浮现出既痛苦又幸福的神情。

⊙她只剩一个床垫，一把破烂的椅子，一个盛水的坛子，还有一株已经枯萎的小蔷薇。

阅读导航

芳蒂娜被抓起来了，但遇到马德兰的搭救，到底是怎么回事呢？步步紧逼的沙威警长有天宣告，冉·阿让被捕，但人并不是之前一直怀疑的马德兰先生。这又怎么解释呢？

6. 真假冉·阿让

一个妓女被沙威抓了起来，理由是她竟然侮辱了一名有产者。

这个妓女就是芳蒂娜。一位风流雅士每次从芳蒂娜面前经过，总是用烟喷她，还不断地辱骂她，芳蒂娜一直以来并不理睬。这一次，这位风流雅士觉得不过瘾，乘芳蒂娜转身时，从地上抓了一团雪塞进了她的后背里。芳蒂娜大吼一声，扑到那人身上，抓他的脸，破口大骂。

吵架声引来了行人，还有警察。

忽然，一个身材魁梧的男人冲了进来，抓住了芳蒂娜。芳蒂娜抬头一望，吓得浑身颤抖，脸色苍白，她认出那是沙威。那位风流雅士乘乱逃跑了，而她将被带到警察局。

沙威说要关她6个月。芳蒂娜苦苦哀求，但沙威丝毫不为所动。

马德兰市长正好来到了这里，听到了芳蒂娜的哀号。正当他们要将这个可怜的女人带走时，马德兰先生制止了他们。

沙威有点生气，很不自然地说：“市长先生……”

芳蒂娜听到这四个字，突然冲了过去：“啊！原来是你！”她放声大笑，然后猛地朝马德兰市长的脸上吐了一口唾沫。

马德兰先生只是平静地擦了擦

“芳蒂娜朝马德兰市长的脸上吐了一口唾沫。”

脸，说道："把这个女人放了。"

这句话使沙威和芳蒂娜都感到不可思议。

芳蒂娜呆呆地站在那里，喃喃地说："谁要放了我？是那个黑心的市长？不可能的！啊，他才是引发这一切的罪魁祸首。沙威先生，是他把我解雇的，就因为有人造我的谣。解雇一个正直的女工，这难道不是一件罪恶的事吗？"

马德兰先生安静而仔细地听着。

芳蒂娜向门口走去。沙威突然喊道："士兵，不要放她出去，是谁说要放了她的？"

"是我，沙威警长。"马德兰先生坚定地回答。

"那不行，市长先生。这个女人侮辱了一位绅士。"

"沙威警长，"马德兰先生说，"刚才的事情我已经查清楚了，这个女人并没错。"

"这个女人刚才侮辱了市长您。"

"那是我的事。"马德兰先生说。

芳蒂娜害怕地看了看沙威，又看了看马德兰先生，不敢再吭一声。

沙威显然不是平时的沙威了，他脸色发白，低下头，非常坚定地对市长说："这是法律的事。"

"最高的法律是良知。"

马德兰先生说："最高的法律是良知，沙威警长，我很清楚我在做什么样的决定。"

1816年，法国医生雷奈克根据声透学理论，用一个长30厘米、半径0.5厘米的空心圆木管，制成了世界上第一个听诊器。有了听诊器，医生就能诊断出各种不同的胸腔疾病了。同时为了方便携带出诊，雷奈克将木管的中间分成两段，有螺纹可以旋转链接，就像当今的笛子一样。这样的单耳听诊器在医学界用了20多年，在本故事中，医生给芳蒂娜检查身体时应该就是用这种听诊器。

沙威还想反驳，但马德兰市长不给他这个机会，将他斥责了一顿。

芳蒂娜看到眼前的一切，已经有些承受不住了，一下子昏了过去。

马德兰先生将芳蒂娜安排到他家里的医务所休养，并派医务所的两个修女照顾她。不过，她的病一天比一天重。现在，她只想见见自己的孩子小珂赛特。

马德兰先生亲自给泰纳迪埃夫妇写信，并随信寄去了300法郎，替芳蒂娜还了欠他们的120法郎。信中说芳蒂娜病了，要泰纳迪埃夫妇将孩子带来。

泰纳迪埃喜出望外，自然不会放过这样的机会，他伪造了一张五百零几法郎的账单。马德兰先生又寄过去300法郎。

芳蒂娜天天惦记着自己的孩子，病情毫无起色。马德兰先生宽慰她说小珂赛特很快就会被接来。医生在最后一次为芳蒂娜做检查时，对马德兰先生说："既然她想见孩子，我看还是赶紧接过来吧。"

但泰纳迪埃觉着这孩子变成了摇钱树，他有一百条不放孩子的歪理由。

比喻

泰纳迪埃将孩子比作摇钱树，说明了孩子只是他获取利益的一个工具，生动地讽刺了他的贪婪成性和无耻卑鄙。

马德兰先生决定亲自去接。他让芳蒂娜口述了一封信，并签上名字。信上说将孩子交给来人，欠的债也会一并还清。

就在这个关口，一件意外的事情发生了。

有一天的早晨，沙威来求见马德兰先生。马德兰先生想起芳蒂娜，觉得对沙威冷淡一些比较好。

沙威的神情表明他刚刚经历了一场思想斗争。他向马德兰先生深鞠一躬。

"报告市长先生，有一个人犯了罪。"沙威说。

"是谁？犯了什么罪？"

"我，我冒犯了您。"沙威回答。

图为当时的写字台、办公桌等，多采用直线结构处理，腿部方柱或圆柱形由上而下逐渐收缩变细，并开槽装饰，整体显得纤巧、灵秀。

马德兰先生挺了挺上身，沙威继续说："我请求被免职。"

"啊！我不明白，"马德兰先生说，"您做错什么了？

"市长先生，就在我们上次的争执后，我向巴黎警察总署控告了您。"

听到这话，马德兰先生笑了。他问道："是告我滥用职权吗？"

"不是，是揭露您以前的身份——苦役犯。"

马德兰先生的脸一下子变得惨白。

沙威低着头接着说："冉·阿让。20年前我在土伦监狱做监守的时候见到的一个苦役犯。那个冉·阿让出狱后，好像在一位主教家里行过窃，接着又抢了一位流浪儿的钱。8年来，他竟然逃得无影无踪。我一直认为您是那个苦役犯，因为你们长相差不多，而且特征也非常符合。"

马德兰先生又恢复到刚才冷淡的态度，说道："巴黎警察总署是怎么说的？"

"他们说我简直疯掉了，因为真正的冉·阿让已经被抓到了。"

马德兰先生将头抬起来，情不自禁地"啊！"了一声。沙威则继续说："有一个叫尚马蒂厄的穷光蛋，是个谁也不注意的老头。他偷了别人家的苹果，结果被抓了，被抓的时候还拿着苹果枝。这本来不是一件重罪。然而机缘巧合，他被转到阿腊斯的省级监狱，正好有一个叫作布雷韦的苦役犯，他一看到尚马蒂厄就大喊：'冉·阿让！您是冉·阿让，我认识您，20年前咱们一起被关在土伦监狱。'尚马蒂厄矢口否认。他当然不会承认，那冉·阿让犯的罪可是重罪。不过，事实是无法掩盖的。人们调查了尚马蒂厄，发现他的经历跟冉·阿让一模一样。30年前，尚马蒂厄在法弗罗勒做过修树工人，后来又到了巴黎做了一名造车工。巧合的是，冉·阿让在坐牢之前就是法弗罗勒的修树工人。还有就是，冉·阿让的教名是'让'，而他母亲的姓是马蒂厄，所以他用'让·马蒂厄'这个名字来做掩饰是很自然的。后来，他又去了奥弗涅，那个地方的人都是把'让'读作'尚'的，于是，'让·马蒂厄'变成'尚·马蒂厄'，就是现在的'尚马蒂厄'。市长先生，这回您明白了吧？为了保证不出差错，人们又去土伦找来了两个被判终身监禁的苦役犯：一个叫科施帕伊，另一个叫施尼迪厄。这两个家伙当面认出尚马蒂厄就是冉·阿让。也就是在这个时候，我写给巴黎警察总署的揭发信到了……后来，法官让我去见了那个尚马蒂厄，确实是冉·阿让，我认出绝对是他。”

“沙威警长，您确信自己没有看错？”

疑问句

此处的疑问句使故事情节扑朔迷离，抓住了读者的注意力，使人迫不及待地想要了解马德兰市长的真实身份。

“怎么会？”沙威不由自主地流露出惨笑，“确是冉·阿让无疑！”

“那个尚马蒂厄承认了？”

“啊！他当然不会承认，如果他是冉·阿让，案子就变得严重了，不是蹲几天监狱就完事的，肯定会是终身苦役。这家伙很奸诈，他故意装傻，死不认账，不是冉·阿让做不来这一套，我就是这么识破他的身份的。现在证据很充分，阿腊斯的重罪法庭不日将要宣判，届时我会出庭做证的。”

马德兰先生捡起桌上的卷宗，一边翻阅，一边审批，看起来很忙。他对沙威说：“我没时间关注这些细节，我们还有更重要的事情要办。你马上去办理几件违警事件……对了，您刚才说，

“沙威警长，您确信自己没有看错？”

您什么时候出庭做证？”

“明天，市长先生，所以我今天夜里就要走。”

马德兰先生的身子颤了一下，接着问道：“要多长时间才能审理完？”

“最多一天时间，不过我做证完了会马上回来，不多停留。”

马德兰先生向沙威挥了挥手，示意他可以退下了。

沙威没有动。

“还有什么事？”马德兰先生问。

“我是来请求免职的。”

“沙威警长，我尊敬您的正直，您得到的应当是晋升，而不是免职。”

“马德兰先生向沙威伸出手。”

沙威表示反对。

“以后再说吧。”马德兰先生向沙威伸出手。

沙威粗暴地回答：“对不起，您是市长，不应该和我这种人握手。”

说完，沙威向马德兰先生深深鞠了一个躬，转身离去。

阅读导航

芳蒂娜在马德兰家中得到很好的照料，她在等着和女儿的团圆。就在这时，马德兰做出一个惊人的决定，他备好马车赶往“冉·阿让”即将被审判的法庭，这一切将会如何发展呢？

7. 审判

那天下午，就是沙威来访的那天，马德兰先生一如既往地去看望了芳蒂娜。照看芳蒂娜的是两个修女，佩佩迪嬷嬷和辛普丽斯嬷嬷。佩佩迪是个乡下人，鲁莽而诚实。辛普丽斯是一位纯洁、善良、诚实的信徒，这位虔诚的修女很喜欢芳蒂娜，对她的照料也非常细心周到。

对比

对两位嬷嬷的性格描写进行了对比，同时又着重刻画了辛普丽斯，既主次分明不拖沓，又增强了小说的真实感。

往常，马德兰先生待上半个小时就会离开，而这次却足足待了一个钟头，芳蒂娜很高兴。马德兰先生仔细叮嘱嬷嬷好好照顾芳蒂娜，然而他脸色却非常阴郁，人们猜测他或许是担心芳蒂娜的病情。

但市政府的侍者看见市长先生回来后盯着墙上的地图看了半天，还写了一些数字在纸上，然后就又离开了。

这次他来到佛兰德斯人斯科弗莱的家里，要租用马车。

“您这里有好马吗？”

“全部都是，不过您需要什么样的？”

“一天能走 20 里的好马。”

“20 里？”

“是的，还要带上篷式双轮。”

“有休息时间吗？”

“有可能第二天就得马上回来。”

“市长先生，”斯科弗莱回答说，“您需要的马我有，不过您需要做到以下几点才行。”

“说吧。”

“第一，在路上得让它有休息的时间，还

大约在 16 世纪时，欧洲各国的贵族们就开始使用带有封闭式车厢的马车作为交通工具了，到 17 世纪时，马车经过多次技术改造，行驶得越来越平稳，也越来越安全。此处文中提到的敞篷两轮马车是一种比较简单的马车，一般用轻木棍做框，再编上柳条，做成车厢，外面常用布篷或皮革篷蒙在木框架上，有时侧板也用皮革编织。

要亲自看着喂它吃些燕麦，记得要亲自，我信不过客店的伙计。”

“会的。”

“第二，您必须一个人，还不能带行李，以免增加重量。”

“可以。”

18世纪，如果一个富有的欧洲人想进行一次短途旅游，他往往会雇用一辆单马双轮轻便的马车（cabriolet）。到了19世纪，人们开始用这个单词的缩略形式“cab”来指城市中专供出租的大型马车，今天英语国家的人们搭乘出租车时常说的“catching a cab”就是由此而来的。

“那么好，一天30法郎，马匹吃的食料由您自己负担。”

马德兰先生预付了两天的钱给他。

“最后一点，篷式双轮车得换成一辆轻便小车。”

马德兰先生也同意了，虽然轻便小车是敞篷的，而现在却正是冬天。

“明天早上四点半将车和马赶到我家门口。”马德兰先生临走前说。

然而，没几分钟，市长先生又回来了，看起来心事重重的样子。

“不，我是怕您自己吃亏，预先给您一笔钱作为保证金。”

“您的马和车一共值多少法郎？”

“怎么，市长先生不想租，而想买下来吗？”

“不，我是怕您自己吃亏，预先给您一笔钱作为保证金。等我回来的时候，您再将钱一分不少还给我。”

“它们至少值500法郎。”

马德兰先生拿出一张500法郎的钞票放在桌上，然后转身离去。当然，这次走后就没有再回到这里来。

其实，马和车全部加起来也就是100埃居（货币单位，银币）。但斯科弗莱依然很后悔，他应该说1000法郎的。

马德兰先生回到家里。工厂的女

门房，同时也是马德兰先生唯一的女仆，注意到他房间的灯很早就熄灭了。

马德兰先生陷入了矛盾中，他正在进行激烈的思想斗争。

他面对艰难的选择：不去自首，自己能保住现在的一切，慈善、财富、威信、美德，但这些东西会被内心的更大罪恶所玷污；去自首，自己内心能得到安慰，但又必须忍受令人厌恶的外表，苦役犯冉·阿让。

有一阵子，他觉得自己做好了决定，要去尽自己的责任，将那个人救出来。

突然，他想到了一件事，没有自己，芳蒂娜怎么办？他又开始犹豫起来。

他答应过芳蒂娜，要将珂赛特带到她身边的。

无论怎样，他都要面对这个问题：是留在天堂做魔鬼，还是回到地狱做天使。

心理描写

天堂里的魔鬼意味着掩饰自己的罪行，继续做人们眼里的好人；地狱里的天使意味着放弃一切，承认自己的罪行，解救那个假的冉·阿让，此处用比喻生动地写出了他的矛盾心理。

上帝啊！这个不幸之人的灵魂正在苦苦挣扎。

他不停地来回踱步，已经5个钟头了，最终坐在椅子上疲惫地睡着了。

第二天，马德兰先生醒来的时候，斯科弗莱将他要的马车送来了，就这样，马德兰先生驾着这辆小车匆匆出发了。

那天夜里芳蒂娜睡得也很不好，第二天医生来看过后，叮嘱说，马德兰先生来的时候一定要记得通知他。

此时的马德兰先生正在赶路。他在路上耽搁了不少时间，到阿腊斯时已经是晚上8点钟了。

他向人打听了路，找到法院，来到审判庭。

当他进来的时候，案子已审了很长时间了。庭长最后按惯例问犯人还有什么要辩护的。

那人盯着检察官，话就像火山爆发一样喷涌而出："我有很多话要说。我在巴卢先生家干过修车的活儿。修车不

19世纪的庭审现场

是一件容易事，要一直待在院子里，冬天就更难受了。如果遇到好主顾，或许可以在车棚里修。冬天冷的时候，只能捶打捶打自己的胳膊，即使连这，东家也不允许，说是会耽误修车。干这活儿的人很快就会变老，40 岁就算完了。而我那时候已经 53 岁了，吃的苦头就更不用说了。你们可以去向巴卢先生先生打听一下，我说的都是实话。我真的不明白，你们为什么这样对我。”

庭长很和蔼地提醒说，巴卢先生的车行早已破产，这个人也找不到了，所以被告的话不能作数。他接着说，被告需要交代两个事实：第一，被告是不是偷了苹果；第二，被告是不是冉·阿让。

被告大声嚷道：“我没有偷苹果。我从埃利来的时候路过那里，天刚下了雨，我看见地上有根断了的苹果树枝，树枝上还带着几个苹果，我就顺手捡起来了。谁知你们凭这个说我有罪，我被人关在牢里整整三个月了。那个什么冉·阿让，我根本不认识他。我叫尚马蒂厄！”

检察官站着听完被告的话，对庭长说道：“被告这是故意抵赖，我请法庭重新传证人入场，再次指认被告。”

“那个什么冉·阿让，我根本不认识他。我叫尚马蒂厄。”

证人一共四个，犯人布雷韦、科舍帕伊和舍尼迪厄，还有一个警探沙威。不过沙威在第一次做完证后就去邻县办理公务去了。

庭长命令执达员将证人布雷韦带上法庭。

布雷韦已近60岁，穿着黑灰色囚衣，像是一个生意人，又像是一个无赖。他因新的罪行再次入狱。布雷韦看了看被告尚马蒂厄，认定他就是冉·阿让。

舍尼迪厄随后被带了上来，他个子矮小，穿着绿帽红衣。这是个容易冲动且无耻的家伙，看他的绰号就知道了——“我否认上帝”。

庭长问他认不认识被告。

舍尼迪厄放声大笑，说道：“我们有五年时间被锁在同一根铁链上，你说我认不认识他？”

科舍帕伊最后被带上来，他也同样认定被告就是冉·阿让，还提到冉·阿让有一个外号叫“千斤顶”。

证人的证词非常一致，看起来非常可信。庭长问被告还有什么要说的。

被告回答了一句“精彩！”

听众一片哗然，陪审团也围在一起低声议论，大家认为被告这次肯定完了。

“大家肃静，”庭长说，“我现在宣布辩论结束了。”

这时，庭长后边有一个声音喊道：“布雷韦，舍尼迪厄，科舍帕伊！你们三个看看我是谁。”

直到法国大革命之前，戴假发一直是欧洲社会的时髦装束，只有达官显贵、王公贵族和法官律师等有身份的上流人物才能戴假发，从此逐渐形成了风气。法国大革命的爆发涤荡一扫各种地位、等级的标志。现在只有英国和少数几个国家的法院系统保持这种习惯。此时法国的法庭已经摒弃掉戴假发这一风俗。
图为法国画家奥诺雷·杜米埃（1808-1879年）所绘的律师形象。

我的好词好句

⊙鲁莽　玷污　苦役　踱步　喷涌而出

⊙无论怎样，他都要面对这个问题：是留在天堂做魔鬼，还是回到地狱做天使。

⊙这是个容易冲动且无耻的家伙，看他的绰号就知道了——“我否认上帝”。

阅读导航

马德兰先生在承认自己是冉·阿让之后，被警长沙威抓捕，送入监牢。在失去市长大人的庇护后，芳蒂娜将要面临怎样的命运呢？真正的冉·阿让能再次逃脱吗？

神态描写

通过书记员的眼睛看到的马德兰先生，憔悴不堪，侧面反映出马德兰来法庭的路上内心一直处于激烈的斗争中。

8. 抓捕

说话的是马德兰先生。庭上的书记员拿灯照了一下他的脸，他的眼窝深深陷了下去，脸色蜡黄，面容憔悴。这个时候，马德兰先生已经朝三个证人走去。

“喂！我就是冉·阿让！布雷韦！你能记起来吗……”

他停了下来，像是想到了什么事情，又说：“那个针织方格背带，不就是你在牢里用的吗？”

布雷韦吃了一惊。马德兰先生则继续对舍尼迪厄说：“‘我否认上帝’，舍尼迪厄，这是你给自己取的外号，你看我还记得。还有你的右肩膀受过伤，是被火炭烧的，是不是？”

“我才是真的冉·阿让。”

“是的。”舍尼迪厄回答说。

他最后对科舍帕伊说："科舍帕伊，把你的袖管卷起来，你左臂上有'1815年3月1日'几个字，是用热火药烧成的。来吧，让大家看看。"

科舍帕伊照办，果然，和马德兰先生说的一般无二。

"这下大家都明白了吧，"他说，"我才是真的冉·阿让。"

"我还有事情要处理，就不在这里打扰你们了，"马德兰先生说，"你们知道我住在哪里，随时可以来抓我。"

尚马蒂厄被判无罪，立即释放。

天慢慢亮了，芳蒂娜发了一夜高烧，早晨的时候好不容易才睡了一会儿。

辛普丽斯嬷嬷正在药房里为芳蒂娜准备药剂，这个时候，马德兰先生悄悄走了进来。

"可怜的人啊，她怎么样了？"

"现在好些了，但昨天晚上把我们吓坏了。"

辛普丽斯嬷嬷看到市长的神态，不像是去接孩子了，于是问道："市长先生，待会儿您见了她，她如果提出见孩子，您怎么对她说呢？"

"也许上帝会给我启示的。"他说。

屋里越来越亮，辛普丽斯嬷嬷突然注意到马德兰先生面无血色的脸，吃惊地叫了起来。

> **反衬**
> 以屋子的明亮来反衬马德兰先生的悲伤神情，表现出马德兰先生的哀痛之深。

"嗯，没事的，不用担心。"他回答，不过显然心不在焉。

"我现在可以见她吗？"

"她应该还在睡觉，您可以进去看她。"

马德兰先生走进病房，芳蒂娜正安详地睡着。她呼吸有些困难，声音很凄惨，全身在不停颤动，仿佛有一对翅膀正打算将她带走。

芳蒂娜醒了，睁开眼，看见市长站在眼前，高兴起来，她说："我的珂赛特呢？"

她对马德兰先生是那样信任，问这个问题时没有丝毫置疑。马德兰先生不知道怎么回答她，胡乱地搪塞了几句。

1841 年 1 月 9 日，正值严寒的冬季，当选法兰西学院院士刚刚两天的雨果在街上看到一个无赖把一大团雪塞进一个衣着单薄的姑娘的背心里，争吵之下，警察反而把姑娘抓了起来。见此情景，雨果毅然挺身而出，作证签字，使这个素不相识的姑娘获得了自由。姑娘感动得一再说这位先生多么善良，因为雨果和她素不相识。雨果当然也不知道她的名字，但后来雨果把她的形象作为《悲惨世界》中女工芳蒂娜的原型，为千千万万受苦的人主持了正义。图为青年雨果。

她接着说：“为什么您不把她带进来呢，这样我醒来后正好可以看到她？”

幸好这个时候医生赶了过来，马德兰先生才得以摆脱困境。

“您的孩子已经接过来了，”医生骗她说，“您冷静一下。”

“啊！”她喊道，“快让我抱抱她！”

医生马上拒绝她：“现在您的情绪不稳定，不能见孩子。”

“我的病已经好了，”芳蒂娜情绪有些急躁起来，她说，“我要见我的珂赛特。”

“瞧您怎么能发这么大的火呢？”医生说，“这个样子我们是不放心您见孩子的。放心吧，您好了之后，我亲自把孩子带过来。”

可怜的芳蒂娜低下了头，她说：“啊，请您原谅我刚才的举动，我以前从不这样的，您知道，我经历了太多太多的苦难，有时候我自己都不知道我在做什么。我理解您说的话，您是为我好，怕我见到孩子太激动。我听您的，您让我等，我就一直等。不过，要是见到我的珂赛特，我肯定会更好的。您知道吗？”

马德兰先生坐在一旁的椅子上。芳蒂娜朝他看去，努力做出一副很平静的样子。这样，别人就会以为她已经安静下来了，可以把孩子带给她了。然而，芳蒂娜还是克制不住自己，她不停地问马德兰先生各种关于小珂赛特的事情，比如孩子吃得怎么样，穿得怎么样，过得怎么样，来的路上是不是累了等。

马德兰先生握住她的手，安慰她。

“珂赛特一切都好，”他说，“不过您现在需要安静下来，急着说话会让您咳嗽的。”

有个孩子正在院子里玩耍，声音传到病房里，芳蒂娜大声喊叫起来：“是珂赛特，我听见了，是她！上帝啊！是我的宝贝！”

马德兰先生听着芳蒂娜的话，陷入深深的思索中。

忽然，芳蒂娜的样子变得吓人起来，她盯着房间的另一头一动不动，恐惧充满了她的双眸。马德兰先生吓坏了，他喊道：“芳蒂娜？”

芳蒂娜没有说话，眼睛直直地望着他的身后。

马德兰先生转过身去，看见沙威正站在身后。

冉·阿让，也就是马德兰先生，以温柔而平静的声音安慰芳蒂娜，他说：“不要害怕，他不是为你而来。”

之后，他对沙威说：“我知道您为什么来这里。”

沙威回答：“既然知道，那就赶快走吧！”

沙威的态度变得野蛮又狂暴。他走过去，抓住冉·阿让的衣领，准备拉他离开。

“市长先生！”芳蒂娜喊道。

沙威狂笑了起来，说道：“这里没有市长，只有冉·阿让。”

语言描写

在沙威的心里，只有他自己坚守的所谓的法律和正义，却没有丝毫的仁慈和爱心，他是专制统治者的卫道夫，通过对他的语言描写，体现了他的冷酷无情和残忍凶恶。

冉·阿让压低声音对沙威说：“我还需要办一件事，求求您……”“跟我说话要大点儿声。”

“不行的，这件事只能咱俩知道……”

“那我不管！”

冉·阿让继续说道：“我只需要三天时间！三天时间就足够了，让我把她可怜的孩子给接过来。如果您信不过的话，可以跟我一块儿去。”

“胡扯！”沙威嚷道，“我不会上当，你这是借机逃跑！还说什么去接孩子！我不会上当。”

芳蒂娜听后，身子一动。

“珂赛特！”她喊道，“我的孩子不在这里！市长先生，她在哪里？我要我的珂赛特！”

“是珂赛特，我听见了，是她！上帝啊！是我的宝贝！”

沙威一跺脚，斥责道："好了，现在一切都结束了！苦役犯竟然当了市长，娼妓竟然像伯爵夫人一样被照料！嘿！这一切是时候结束了！告诉你吧，这里没有什么市长，只有冉·阿让，一个苦役犯，就是这样！"

芳蒂娜被这个消息彻底击垮了，她突然坐了起来，看着眼前发生的一切，张嘴想说话，却只能发出沙哑喘气的声音。她双手痉挛着，向四周乱抓，然后整个人摔到床上。

她就这样死了。

冉·阿让扳开沙威的手，愤怒地说："是你杀了她！"

> **感叹号**
> 文中感叹号的使用，更好地表达了冉·阿让看到芳蒂娜死亡后的愤慨之情。

就这样，马德兰先生变成冉·阿让，重新进了监狱。滨海蒙特勒伊市很快就忘记了他，只剩下三四个人还对他记挂于心，其中一个就是那位门房老太太。

冉·阿让进入监狱的那天晚上，这个老太太独自坐在门房里，悲伤地想着心事。她像往常一样将马德兰先生下班开门的钥匙挂在钉子上，放好烛盘。

过了两个多小时，她才意识到自己刚才做了什么，大声说："上帝啊！我竟然把钥匙挂到钉子上去了！"

> "好了，现在一切都结束了！"

就在这时，一只手打开门房的玻璃窗，伸了进来，拿起钥匙和烛盘。老太太吓了一跳，差点喊了出来。不过，她很快就认出

是马德兰先生。

“上帝啊，您回来了，”她大声说道，“市长先生……”

在她眼里，冉·阿让永远都是市长先生。

“我从牢里跑了出来，”他说。“我想办法弄断了窗上的铁条，于是跑回来了。我现在去收拾一下东西，您去把辛普丽斯嬷嬷叫过来。”

辛普丽斯嬷嬷正和佩佩迪嬷嬷为芳蒂娜守灵。

他来到房间里，一边啃着从牢里带出来的黑面包，一边迅速用衬衫包住两个银烛台。

在西方宗教里面，经常把教堂里的年长或辈分高的女修行者尊称为“嬷嬷”。比如曾获得诺贝尔和平奖的特蕾莎修女，人们也尊称她为特蕾莎嬷嬷。

上图为J.G.Schaeffer1859年所作的铜版画《美丽的修女》。

有人敲门，来的人是辛普丽斯嬷嬷。她脸色惨白，眼睛红肿，显然哭过。

冉·阿让把一张纸条交给她，说：“请您把这张纸条交给本堂神父。”

“市长先生不想最后看芳蒂娜一眼吗？”

“还是不要看的好，”他回答，“如果在她的房里抓到我，会打扰死者的。”

楼下传来了一阵嘈杂的声音。他们听到门房老太太大声说着话：“先生们，我发誓，今天没有一个人进来！”

“那房间里怎么亮着灯？”

这是沙威的声音。

房间的门被打开，冉·阿让急忙吹灭蜡烛，躲到门后的角落里。

门开了。沙威走了进来，他看见辛普丽斯嬷嬷在桌子旁祈祷，顿时非常吃惊。在沙威看来，教会的权力无疑高于一切，神父和修女都是不会出错的，所以他第一反应是退出去。

但第二个反应告诉他，应该留下来，至少问个问题，探听一下虚实。

辛普丽斯嬷嬷从不撒谎，这一点沙威也知道。

“您好，辛普丽斯嬷嬷，”他说，“房间里就您一个人吗？”

“是。”

“好的。”沙威说，“不过请原谅，我还有个问题要问，您

“您今天看没看见过那个叫冉·阿让的犯人？他今天从监狱逃走了。”

今天看没看见过那个叫冉·阿让的犯人？他今天从监狱逃走了。”

辛普丽斯嬷嬷回答：“没有。”

很明显，她撒了谎，而且是连续两次。

辛普丽斯嬷嬷的回答起到了关键作用，沙威抱歉地鞠了一躬，转身离去了。

一个小时后，几个运货的车夫看见有个人背着一个小包裹，急匆匆穿过树林和迷雾，离开本市，朝巴黎方向走去了。

这个人就是冉·阿让。

我的好词好句

⊙面容憔悴　搪塞　痉挛　急匆匆

⊙庭上的书记员拿灯照了一下他的脸，他的眼窝深深陷了下去，脸色蜡黄，面容憔悴。

⊙她呼吸有些困难，声音很凄惨，全身在不停颤动，仿佛有一对翅膀正打算将她带走。

阅读导航

在滑铁卢战役后的战场，夜色掩映下的荒原上，有人在偷偷搜罗战场上伤亡人员的财物，他是谁？他得手了吗？

第二卷

1. 滑铁卢

滑铁卢战争对所有人来说都是个谜。胜者和败者一样稀里糊涂。拿破仑不知道自己是怎么败的，威灵顿也不知道自己是怎么胜的。事后有关滑铁卢的公报也毫无头绪，评论更是不知所云。所有这些难以预料的事情，人力是那么微薄。与其说滑铁卢是一种丰功伟绩，毋宁说是一场赌博。

议论

作者在历史事件的叙述上加上了自己的评论，既设置了全文的历史背景，同时在将“丰功伟绩”说成“赌博”的议论中，也为下文故事的荒谬性和人物命运的偶然性奠定了基调。

我们回过头来看看战场，有一件事极有必要在这里提一下。

1815 年 6 月 18 日夜，月色明朗，正是个月圆之夜。月色给追击和屠杀提供了方便。最后一炮过后，一片凄凉景象弥漫在圣约翰山的原野上。

半夜时分，有个人在奥安凹路一带匍匐前进，他是来偷盗死去将士身上的财物的。在他身后不远处的一栋破屋后面，藏着一辆盛杂货的小车，车里还坐着一个女人。

天上没有一片云，夜色明亮，一切静悄悄的。除了英军巡夜的士兵，几乎听不到其他声音。

滑铁卢战役是 1815 年 6 月 18 日大英帝国、荷兰联合普鲁士王国与法兰西第一帝国在布鲁塞尔南部的滑铁卢进行的一次战役。这是拿破仑战争中的最后一次战役，也是军事史上最著名的战役之一。拿破仑眼看着他的帝国卫兵英勇地试图阻止英国和普鲁士军队的前进，而他却慌忙地从战场逃走，留下康布罗纳伯爵向联军投降。

刚才那人鬼鬼祟祟，穿一件斗篷式衣服，每走几步就回头看看。突然他停了下来，在前面几步远的地方，一只手从死人堆中伸了出来，手指上戴着一枚金戒指。那人赶紧弯下腰，这枚金戒指

1802年由拿破仑设立法国荣誉军团勋章以取代旧王朝的封爵制度，是法国政府颁发的最高荣誉。荣誉军团勋章包括5个级别，从低至高分别为：骑士级成员佩带银质勋章；军官级成员佩带金质勋章；司令官级成员佩戴项链式金质勋章；高级军官除佩戴金质勋章外，还有银质大十字勋章（即大绶章）；最高级的大十字骑士成员除金质勋章、镀金大十字勋章外，还有绶带。上图为拿破仑授予自己的荣誉军团的勋章，上有拿破仑头像及称号。

很快就不在原处了，而是进入他的口袋。

他站起身，其实没有完全立起来，而是跪在地上四处张望。随后，他似乎下定了决心，才站了起来。

就在这时，有人从后面抓住了他。

他回头看了看看，正是那只手。换做一个老实人，这时候一定会吓坏的，而他却笑了起来。

“还好，”他说，“是个死人。我宁愿碰见鬼也不愿意看见宪兵。”

说着话，那只手便由于力气用完而放开了。

他再度弯下腰，抓住那只手，将尸体拖了出来。

那是一个铁甲骑兵的军官，等级颇高，铁甲上带着一枚银质的功勋十字章，很快也被他拔了下来，塞进自己的口袋里。从这个军官身上，他又搜出来一只表和一个钱包，一并塞进了自己的口袋。

那名军官突然睁开眼睛，以微弱的气息说了声“谢谢”。

他没有答话，似乎听到巡逻队的声音。

军官低声问：“谁打胜了？”

“英国人。”

巡逻队的脚步声传来。

“巡逻队来了。”他说道，作势要走。

军官拉住他，问道：“是您救了我。告诉我您是谁？”

“一枚银质的功勋十字章，很快也被他拔下来，塞进自己口袋里。”

“我也是法国军队里的。”

“什么级别？”

“中士。”

“您叫什么名字？”

“泰纳迪埃。”

“我不会忘了您，也请您记住，我叫蓬梅西。”

阅读导航

在滨海蒙特勒伊市的一个小树林里，有人在寻觅着神秘的宝藏，宝藏从那里来的呢？在一艘受了大风的战舰上，一位正在上帆的船员遇险悬在半空，一位苦刑犯跑去救援，他是谁？他能解救船员吗？

2. 落水而亡

冉·阿让被捕之后，再度被投到苦役牢里，现在的他是“九四三〇号”。

滨海蒙特勒伊的繁荣不见了，那天夜里冉·阿让在纠结和挣扎中想到的，都变成了事实，滨海蒙特勒伊失去他，就像没了灵魂一样。冉·阿让创建的工厂关门歇业，厂房都倒了，工人出走，或远走他乡，或者改行。政府也感到了明显的不一样，不到四年时间，滨海蒙特勒伊一县的收税办公费用就增加了一倍之多。

> **对比**
> 通过冉·阿让在任市长和离职之后的对比，侧面说明了冉·阿让在市长任职期间的功绩，引发读者深深的惋惜。

与此同时，费蒙梅发生了一件怪事。传说天黑的时候，有个黑衣人便出现在森林里，在地上挖洞。人们相信，魔鬼总是选择森林作为藏宝地点。据说有些胆大的人，重新挖开黑衣人挖的洞，真发了财。

检察署的人认为，冉·阿让逃走的那几天，就躲在费蒙梅一带。此后不久，有人注意到一个养路工人布拉特吕埃尔，老在树林里晃悠。

有人说，布拉特吕埃尔带着铁镐跑到树林里，好像寻找什么东西，显然有着不可告人的目的。过了一段时间，布拉特吕埃尔停止了活动，规规矩矩做好自己的工作，大家也就不再议论了。

但那个小学老师和小客栈老板泰纳迪埃却对布拉特吕埃尔充满兴趣。

他们请养路工喝酒，总算了解到一些情况。

> **插叙**
> 他们从养路工那儿了解到的情况属于“插叙”的内容。插叙推动了情节发展，为下文的展开做了铺垫，也更好地突出了泰纳迪埃的贪婪性格。

原来，有天早晨，布拉特吕埃尔去上工，在树林的一个角落里发现一把锹和一把镐，似乎是被人藏在那里的。当天傍晚，他看见一个人扛着一个方方的包裹走进了密林深处。由于天黑，他没有跟上。他只好守在树林外边。两三个小时后，他看见那个人从树林里走了出来，只扛了一把锹和一把镐，那个包裹不见了。可惜，布拉特吕埃尔把整个树林翻看了一遍，却一无所获。

同年，也就是 1823 年 10 月底，土伦的人们看见猎户座战舰回来了。猎户座战舰在当时隶属于地中海舰队，因为受了大风，稍有损害，故要回港修理。

一天早晨，土伦的居民目击了一件非常意外的事情。

当时，船员正忙着上帆，一位船员突然失去平衡。他身体摇摇晃晃，站立不稳，一头倒下，所幸在倒下去的一瞬间，他双手抓住脚踏索，悬在半空中。

没人敢上前去救他。那名船员奋力挣扎向上攀缘，不过力气越来越小，他甚至不敢大喊，恐怕气力耗尽，跌落海里。

“那苦役犯跌落到海里去了。”

忽然，一个人矫健地沿着帆索攀登直上。那个人身穿红衣，头戴绿帽，说明是终身苦役犯。他爬到顶端时，风吹落帽子，露出白头发。

这个人确实是个苦役犯，被调来船上干活，以代替狱中苦役。出事的时候，他跑去找值班军官，提出自己救人。军官点头表示同意，他用锤子敲断脚上的铁链，拿了一根绳子，转身上了索梯。

没人注意他轻而易举就敲断脚上的铁链，事后大家才回想起来。

在大炮巨舰主宰海洋的时代，法国海军战列舰为其争夺海上霸权、确立海军强国地位奠定了基础。法国“瓦尔密”号是法国海军在19世纪初建造的最高大的一艘一级风帆战列舰，在当时也是世界上最大的纯风帆动力战列舰之一，同时也是世界上少数几艘拥有4层炮甲板的风帆战列舰之一，另外2艘分别是西班牙的“圣特立尼达”号和美国的“宾夕法立亚”号。上图中战舰即为法国“瓦尔密”号。

他很快爬到桅桁上面，停了一会儿，估量了一下距离。对底下的人来说，好比过了几个世纪一般。大家看得心惊肉跳，只见苦役犯将绳子拴在桅桁上，两手抓住绳子，顺势向下滑。他滑到海员身边的时机恰到好处，那人已近绝望，再晚一会儿，恐怕就要跌落海底了。苦役犯用绳子将他紧系住，然后重上桅桁，把他提上去，扶着他在横桁上歇了口气，使他恢复气力。随后，苦役犯抱着他安全踏过桅桁，返回到桅棚。

观看的人们激动万分，有些老年人还因此淌下热泪，他们齐声欢呼：“赦免那个人。”

苦役犯必须立即下来，继续去干他的苦活。他顺着帆索向下滑，这样要快些，来到桅桁时一路小跑。所有的人都在注视着他。他也许累了，或是眼花了，看起来有点摇晃。下边的观众突然一惊：那苦役犯跌落到海里去了。

大家从水上四处寻找、打捞，毫无头绪。一直找到傍晚，什么也没找到。

第二天，土伦的报纸上，登了这样一条消息：

1823年10月17日。昨天，有个猎户座战舰上干活的苦役犯，为救一个船员，不幸落入海里，尸体没有找到。此人在狱里的号码是九四三〇号，他的名字叫冉·阿让。

我的好词好句

⊙不可告人　规规矩矩　桅桁　心惊肉跳　齐声欢呼

⊙滨海蒙特勒伊的繁荣不见了，那天夜里冉·阿让在纠结和挣扎中想到的，都变成了事实，滨海蒙特勒伊失去他，就像没了灵魂一样。

阅读导航

芳蒂娜不幸病逝，冉·阿让下落不明，寄养在旅店老板家的珂赛特生活得怎么样呢？等待她的会是怎样的命运呢？

3. 履行承诺

背景交代

地势较高，取水路程远，为下文珂赛特的苦难生活做了铺垫。

费蒙梅只能算是个村子。这里平静宜人，物价低廉，但是由于地势较高，取水要走一段相当远的路。对大户人家来说，通常向一个以挑水为业的老汉买水，一桶水一个铜板。挑水的老汉每天大致可以赚 8 个铜板；可是，他在夏天只工作到晚上 7 点，冬天则是晚上 5 点；天黑以后，没水的人要么不喝，要么自己去打水。

小珂赛特最怕这件事，因为此时在泰纳迪埃家里，珂赛特俨然已经成了女佣，打水是每天都要干的活。

1823 年，费蒙梅的圣诞节非常热闹。时值初冬，没下雪，也没有上冻，天气比较温和，所有的客店和酒店都挤满了人。晚上，在泰纳迪埃的客店里，有好几个人围坐着，一边喝酒，一边聊天。泰纳迪埃夫人准备着晚餐，泰纳迪埃则陪着客人谈政治。

19 世纪以及以前的法国，马槽是最富有特色的圣诞标志，因为相传耶稣是诞生在马槽旁的。人们大唱颂赞耶稣的圣诞歌之后，必须开怀畅饮，香槟和白兰地是法国传统的圣诞美酒。此外，在法国中部地区，每年圣诞节前后几天必降大雪，白雪皑皑，令人清新。在西方人眼里，白色圣诞是一种吉祥。

珂赛特待在壁炉旁一张切菜桌子下面的横杆上，那是属于她的地方。她的衣服破破烂烂，光着脚，借着微弱的炉火，替泰纳迪埃家的姑娘织袜子。此时，隔壁屋子里传出清脆的笑声，泰纳迪埃的两个孩子埃波尼、阿赛玛正在谈笑。

此外还有一个很小的孩子的哭声传来，那是泰纳迪埃家的小男孩，才三岁多一点，但泰纳迪埃夫人不爱他，任由那孩子在黑暗中叫喊。

泰纳迪埃刚过五十岁，他的老婆将近四十，对妇女来说，四十相当于五十，因此他们俩从年龄上看比较平衡。

泰纳迪埃夫人又高又胖，黄头

发，红皮肤，行动非常矫健。她照顾家里的一切，打扫房屋，洗衣，煮饭，珂赛特是她唯一的仆人。她善于骂人，休息时嘴角会露出一颗“獠牙”。

泰纳迪埃又小又瘦，看起来病魔缠身，实则完全健康，从这里就能看出来他表里不一。他吹嘘自己过去的功劳，曾一个人面对整队的骑兵，还在战场上救过一位“受了重伤的将军”。他的客店因此被称为“滑铁卢中士小酒馆”。

“他吹嘘自己过去的功劳，曾一个人面对整队的骑兵。”

毫无疑问，这个只是在荷兰学过旅馆业务的家伙是个情况复杂的败类，他恬不知耻，经常根据形势称自己为佛兰德斯人、法国人、比利时人。滑铁卢战役后，他捞了些油水，于是来到费蒙梅，开了一家客店。

这一年，泰纳迪埃有了麻烦，他欠了1500法郎左右的紧急债务，为此日夜不安。而泰纳迪埃夫人则只顾眼前生活，不思不想。

珂赛特生活在这样的两个人中间，同时受着两方面的挤压和撕裂，被折磨得遍体鳞伤。虽然她每天上楼，下楼，洗，刷，擦，扫，跑，忙，搬重东西，泰纳迪埃夫妇却一点也不怜惜。珂赛特就像被困在蜘蛛网里的苍蝇，只为蜘蛛服务。

动作描写

通过一系列的连续的动作描写，具体生动地表现了珂赛特每天的奔忙和劳苦，生动地描绘了她的悲惨生活，引发读者的无限同情。

这天，客店里来了四位旅客，珂赛特很发愁，水槽里没有水了，而天已经黑了。幸而客人只想着喝酒，泰纳迪埃夫人接了半瓶水后，发现水槽没水了，嘀咕了一声：“半瓶水大概够了。”珂赛特的心才稍稍放下，她数着时间，恨不能第二天早晨马上来到。

忽然，一个小贩走进来，质问泰纳迪埃夫人为什么没给自己的马饮水，他刚刚来到客店，要在这里过夜。

泰纳迪埃夫人说给过水了。珂赛特也从桌子底下爬出来，解释说：“我给过了，满满一桶。”

珂赛特说谎了。

小贩揭穿了珂赛特的谎言，非常生气并要求赶紧给自己的马饮水。

泰纳迪埃夫人把珂赛特揪过来说："你这个死丫头，还不赶紧去给马饮水！"

"可是，太太，"珂赛特低声说，"家里没水了。"

"没水了？那就去取。另外，给你 15 个苏，回来的时候买些面包。"

珂赛特接过钱，默默地取来一只空桶，空桶很大，珂赛特完全可以坐在里面。

珂赛特拿着桶，呆呆地立在门口，似乎希望有人来救她。

"还不赶紧去！"泰纳迪埃夫人大吼一声。

从教堂一直到泰纳迪埃客店门前，有一排露天摊棚，最后一个摊棚恰好正对着泰纳迪埃家大门，上面摆满了玩具，最前面陈列着一个大玩具娃娃，小孩子见了没有不爱的。但在费蒙梅，没有一个母亲舍得买给孩子。珂赛特拿着水桶出门时，也忍不住抬起眼睛望着那个非凡的娃娃，幻想欢乐和幸福，连打水都忘了，直到泰纳迪埃太太的粗暴声音再一次惊醒她。

背景交代

从珂赛特看到玩具产生的幸福幻想，转变到对泰纳迪埃太太粗暴声音的回忆想象，两相对比，更突出了珂赛特的痛苦遭遇。

"小东西，竟然还没有走！等着瞧吧！回头跟你算账！"

珂赛特急忙提着桶溜走了。

"小东西，竟然还没有走！等着瞧吧！回头跟你算账！"

珂赛特要穿过那些弯曲、荒凉的街道，直到看不见一处人家，这使她感到恐惧。面对费蒙梅外黑乎乎的田野，以及黑暗荒凉的旷地，珂赛特几乎想回头了，她对自己说："我不管了，就说没水了。"不过，还没等她走上百来步，眼前就浮现出泰纳迪埃太太那狰狞的面孔。该怎么办？向前走，黑黑的树林让人害怕，向后走，泰纳迪埃太太发起火来更可怕。珂赛特不顾一切地跑了起来，不再看，不再听，也不

再想，直到跑不动了才停下来慢慢向前走。

走过森林，没几分钟就能到泉水边，那是个狭窄的水潭，天然形成的，周围铺了几块石头。

珂赛特伸手抓住一根树枝，趴在上面，费尽力气把水桶沉入水中，打了满满一桶水。她没有注意到，在她俯身取水的时候，那15个苏从口袋里掉了出去。她只想赶紧回去，但感到浑身没劲，一步也走不动了。她只好坐下来。

黑暗使人害怕，森林就是鬼怪，珂赛特只觉得自己被无边的黑暗控制着，压迫她的不只是恐怖，还有比恐怖更可怕的东西。为了摆脱这状态，她高喊一、二、三、四，一直数到十，连着数次。然后拔腿飞跑，但那桶水实在太满、太重了，她只能走走停停，走一段就休息几秒，然后再走。她的手湿了，寒气一吹，又被冻木了，桶里的水还总泼在她光光的小腿上。

情景交融

这里将黑暗的森林和珂赛特的恐惧心理融为一体，达到情景交融的艺术效果，渲染了珂赛特的极端恐怖心理，增强了语言的感染力。

她已经不敢哭了，泰纳迪埃太太好像就在附近，这简直成了她的习惯，如影随形。

像这样走走挪挪，要一个钟头才能赶到费蒙梅，回去之后少不了要挨泰纳迪埃太太一顿打，她感到万分绝望，不禁喊道："啊！我的上帝！我的上帝！"

就在这时，她忽然感到手上一阵轻松，有一只粗壮无比的手帮助她拎起了水桶。她抬头看去，是个高大的黑影。

珂赛特没有害怕，听他的声音有些低沉。

"孩子，提这东西对你来说太重了。来吧，给我。"

那人接过水桶，陪着珂赛特一道走。

"你几岁了？"

"8岁了，先生。"

"你的妈妈呢？"

"我不知道，我想我没有妈。"

"你的名字呢？"

"珂赛特。"

听到这个名字，那人浑身一颤，好像触电了似的。他又问道："孩子，你住的地方在哪儿？"

“费蒙梅。”

“谁让你来这里打水的？”

“泰纳迪埃太太。”

“她是干什么的？”

“她是客店的老板娘。”

“客店？”那人说，“我正要找地方住，孩子，你领我去看看。”

细节描写

珂赛特偷偷瞅了一眼才敲门，很生动地表现了她小孩子的天性和对美好事物的向往。这里的细节描写起到揭示人物内心的作用。

珂赛特跟他一起走着，心理里有一种无法言说的宁静、信任之情，她能感到希望和欢乐。

快到客店的时候，珂赛特接过水桶，因为要是泰纳迪埃太太看见别人替她提水，一定会打她的。回到客店门口的时候，珂赛特忍不住又偷偷瞅了玩具娃娃一眼才敲门。

门开了，迎接他们的是泰纳迪埃太太的斥责声：“啊！你这个小东西！去了这么久！一定玩够了吧！”

“太太，”珂赛特浑身战栗，“有位先生要住店。”

“她能感到希望和欢乐。”

泰纳迪埃太太立刻堆满了笑容，但看到来人的服装行李，又立即将笑容收起，重新拿出她那副冷冰冰的面孔。

“进来吧。”

泰纳迪埃早就注意到他了，一看就是个穷光蛋，他朝自己的老婆努了一下嘴，于是泰纳迪埃太太就告诉来人他们没有房间了。

“随便您把我安置在什么地方都行，”来人说，“我照样付钱。”

“40个苏。”对别人，一晚上可是20个苏。

“可以。”

来人把他的包袱和棍子放下，找了张桌子坐下来。珂赛特急忙拿了酒瓶和酒杯摆上去，然后退回到老地方，接着织袜子。

那人倒了一杯酒，但没有喝，而是带着一种奇特的神情观察珂赛特。

珂赛特不漂亮，面黄肌瘦，虽已快满8岁了，但看上去像只有6岁。由于经常哭，两只眼睛失去了光彩，嘴角挂着愁容，可以看出她的内心长时期经受痛苦的折磨。她的所谓的衣服不过是一身破布，满是窟窿，全身青一块紫一块的。

她被恐惧笼罩着，即使浑身湿透了，也不敢去烤干衣服。

泰纳迪埃太太忽然大叫："我要的面包呢？"

珂赛特急忙从桌子底下钻出来，每次泰纳迪埃太太大叫，她都这样做。

珂赛特早已把面包的事情忘了，她只能撒谎。

"太太，面包店的门关了。"

"不可以敲门吗？"

"敲过了，没开，太太。"

"好吧，要是敢骗我，要你好看，"泰纳迪埃太太说，"把钱拿过来。"

珂赛特伸手掏钱，钱却不见了，她吓得脸色铁青。

没了钱，泰纳迪埃太太暴跳如雷，伸手将挂在壁炉边的那条皮鞭取来。

珂赛特害怕得高声求饶。

这时，那人从自己的口袋里摸出一枚银币，对泰纳迪埃太太说："刚才我看见小姑娘的围裙里掉出来一个东西，让我来找找，也许就是你要的钱。"

"没错，就是它。"他站起来，手里拿着一枚银币。

"是的，就是它。"泰纳迪埃太太说。

那枚银币值20个苏，泰纳迪埃太太占了便宜，吓唬了珂赛特一句也就算完了。

埃波妮和阿赛玛开门走了进来。两个小姑娘非常漂亮，惹人喜爱。两人穿得既整洁又暖和，皮肤丰腴红润，身体健康。两个小姑娘喜气洋洋，颇有气派，言行举止、神态语气无不流露出主人的身份。

以小见大

通过三个孩子的处境不同，写出了整个人类社会的不平等状况，用了以小见大的表现手法，深化了文章的主题，引发读者的思考。

泰纳迪埃太太把她们拉到身边，为她们理好头发，轻轻地摇了一阵，以一种溺爱的口气说道：“去玩儿吧！”

她们玩着玩具娃娃，在火旁边有说有笑。珂赛特在一旁可怜巴巴地望着她们。这三个年龄加起来还不到二十四岁的小姑娘已经是整个人类社会的代表了，这面是羡慕，那面是蔑视。

泰纳迪埃太太看到珂赛特魂不守舍的样子，大声吼道：“工作的时候要有个样子！不要让我拿鞭子来教你怎么工作。”

那人带着笑容，为珂赛特求情，这个举动在泰纳迪埃太太看来是不能容忍的，她怒气冲冲：“要想吃饭，就得干活。谁也不能白白养着她。”

“她在干什么活？”

“给我的两个小女儿织袜子。”

可怜的珂赛特现在还光着两只脚。

“这双袜子值多少钱？”

泰纳迪埃太太不屑地瞟了他一眼，回答道：“最少值30个苏。”

“我出5个法郎行吗？”那人说。

“得立刻付钱。”

那人从口袋里掏出5法郎，接着转向珂赛特说：“我的孩子，现在你可以玩儿了。”

泰纳迪埃夫妇俩在一旁嘀咕，这家伙究竟是什么来头？他们

“这三个年龄加起来还不到二十四岁的小姑娘已经是整个人类社会的代表了。”

猜测，来人或许是个有钱人。

泰纳迪埃太太走近前来。

“先生……”她说。她改换了称呼。

泰纳迪埃太太向这位先生诉苦说：“先生，您想想吧，她是个穷苦人家的孩子，我们是为了做好事才收下她的。我们没有钱，给她家里写信，半年过去没人回信，或许她妈妈已经死了。她妈妈没有出息，抛弃了自己的孩子。”

那位先生似乎并没有在听泰纳迪埃太太讲话，他的眼睛始终在珂赛特身上，而珂赛特被小泰纳迪埃的玩具娃娃吸引住了。那个玩具娃娃被小泰纳迪埃丢到了桌子旁边，珂赛特悄悄溜过去，一手抓住玩具娃娃抱在怀里。这幸福对她来说是绝无仅有的，她陶醉于其中了。

“我的孩子，现在你可以玩儿了。”

阿赛玛和埃波妮看到珂赛特竟敢动自己的玩具娃娃，都惊呆了，她们拉住母亲的裙子，用手指着珂赛特。

泰纳迪埃太太的自尊心受到极大伤害，她无法抑制自己的愤怒，大吼一声。珂赛特吃了一惊，回头看见泰纳迪埃太太的神情，沮丧地将娃娃放到地上。

她伤心地哭了起来。

那人打开门，冲了出去。他刚出去，泰纳迪埃太太瞅准机会给了珂赛特狠狠一脚。

马上，那人又回来了，手里抱着一个玩具娃娃，那是全费蒙梅最漂亮的一个玩具娃娃，全村的孩子都想拥有的那个娃娃。而现在，那个人把这个仙女似的娃娃送给了珂赛特。

夸张

“最漂亮”“仙女似的”这样的词汇，造成了一种夸张的效果，可以想见玩具会给珂赛特带来的幸福和喜悦，引发读者的无限感慨，今夕对比中的强烈反差，也增强了文章的感染力和戏剧性。

所有人都呆住了，整个店静悄悄的。

泰纳迪埃嗅到了钱的味道，他低声对自己的老婆说：“那玩意儿至少值 30 法郎。快，要好好地伺候这个人。”

珂赛特半是欣喜，半是恐惧，她战战兢兢地问泰纳迪埃太太：

传说圣诞老爷爷会从烟囱爬进来放礼物，在许多国家里，孩子们准备好空的容器放在壁炉前，以便圣诞老人可以装进一些小礼物。在美国，孩子们平安夜会在壁炉上悬挂圣诞袜。在其他国家，孩子们也会放空鞋，以便圣诞老人可以在圣诞夜赠送礼物。

“我能要吗，太太？”

“当然可以，这位先生既然送给你，它就是你的了。”

珂赛特心花怒放，接过玩具，自言自语说：“我给她取名叫卡特琳。”

泰纳迪埃太太在心底恨死了这个外乡人，不过她已经学会像自己的丈夫一样，将自己的真实情感隐藏起来。

好几个钟头过去了，客人都走了，店门也关了，孩子们都已睡去了。泰纳迪埃轻轻走到来人身前，问道：“先生不去休息吗？”

“是的，您的话有道理，为我准备的马厩在哪儿？”

泰纳迪埃笑了笑，带他来到二楼的一间屋子。

这屋子非常华丽。

安排妥当，泰纳迪埃悄悄离开了，他准备好了明天要狠狠敲诈一笔。而泰纳迪埃太太则盘算着第二天一定要将珂赛特赶出家门，她受不了了。

那位客人并没有马上去睡，他找到珂赛特睡的地方，悄悄地看了看那可怜的孩子。珂赛特睡得正香。她是和衣入睡的，这样会暖和点。客人离开的时候，发现旁边的壁炉里有几双鞋，有两双一模一样，远远的角落里还有一双木鞋。每到圣诞节，孩子们都会把鞋子放入壁炉里，等待仙女送礼物给他们。珂赛特年年失望，但她总是充满信心。

“客人从自己背心的口袋里掏出一个金路易，放进木鞋里。”

那两只鞋里已经各放了一枚全新的10苏硬币，而那双木鞋里什么也没有。那客人从自己背心的口袋里掏出一个金路易，放进木鞋里，之后，才回到自己的屋里。

第二天一早，天还没亮，泰纳迪埃就开始编制客人的账单。经过几次涂改，账单终于完工，一共是23个法郎。

泰纳迪埃冷冷地

笑了一下，对泰纳迪埃太太说道：“客人会付的。去，拿给他。”

客人接过账单，顿时吃了一惊。

“23法郎？”

但更让他吃惊的还在后边，泰纳迪埃太太说她要将珂赛特赶出去。

泰纳迪埃太太说，养一个孩子太难了，她自己还有孩子，所以不需要养别人家的孩子。

“如果有人替您带这孩子呢？”

“谁？珂赛特吗？”

“是的。”

泰纳迪埃太太喜出望外，她赶紧说：“求之不得，先生，您领走吧。”

“给你几个苏，你把她带来，我马上带她走。”

就在这时，泰纳迪埃过来了，他说：“先生，关于珂赛特的事情，我们还要再谈一下。”

泰纳迪埃太太心里一亮，智慧之光在她脑中一闪而过，她一声不响地走了出去。

泰纳迪埃先生将钱退给客人，说自己爱的是孩子，而不是钱。

“那孩子，我可疼她呢！”泰纳迪埃说。

“你说的是哪个孩子？”

“就是珂赛特啊！她要是走了。我会想她的。她来的时候才一点点大，我们在她身上花了不少钱，我们之间感情可深了。”

客人一直盯着泰纳迪埃，泰纳迪埃接着说：“先生，您虽有钱，但也不能随便带走我的孩子啊，我连您的名字都不知道，您要带她去哪里？至少得让我看看您的证件吧。”

客人回答说：“泰纳迪埃先生，巴黎离这里很近，不需要带证件。我是一定要带走珂赛特的。您既不会知道我是谁，也不会知道她将去哪里，以后你们再也不会见面了。”

“那孩子，我可疼她呢！”

泰纳迪埃一眼就看清了形势，知道现在该单刀直入了。于是，他亮出了底牌，表示“非1500法郎不可”。

客人拿过一个皮夹，掏出三张钞票，说道：“把孩子带来。”

珂赛特正沉浸在欢乐里，那枚金路易，那个礼物给予她无限的快乐，有些恐惧，有些惊惶，好似一切都不真实。

泰纳迪埃太太将珂赛特带过来，客人打开包袱，让珂赛特换上他带来的小孩子的衣服。顿时，珂赛特像是变了一个人，简直认不出来了。

珂赛特跟着客人走了。

泰纳迪埃先生向老婆展示那1500法郎的钞票，而自己的太太破天荒第一次讥讽道：“就这么一点！”

她的话显然起了作用。泰纳迪埃意识到自己是个笨蛋，他应该要15000法郎的，于是他匆忙追了出去。

列数据

“15000法郎”的庞大数字，使泰纳迪埃的贪婪性格展露无疑，使文章更具表现力。

泰纳迪埃向几个邻居打听好路线，迈着大步，一面走，一面自言自语。

“这家伙竟然是个百万富翁，而我像是个傻瓜一样，他不在乎钱，再多的钱他也会给，我得追上他。”

走到半路，泰纳迪埃忽然想起，他是不是要带上自己那把长枪。犹豫了好大一会儿，泰纳迪埃最终决定继续追击，他怕自己回头取枪会耽误时间。

果然，快赶到树林时，泰纳迪埃追上了那人和珂赛特。

“原谅我的无礼，先生，”他喘着粗气说，“这是您的钱。”

说着，他把那三张钞票递给外乡人。

“您这是什么意思？”

“很明显，先生，您不能把珂赛特带走。”

珂赛特打了个冷战，紧紧靠在老人怀里。

老人的眼光逼射着泰纳迪埃的眼睛，语气非常强硬地问道：

“你——要——带——她——回——去？”

“是的，先生。孩子的母亲将孩子托付给我，我得照顾好她。只有她妈妈或者经她妈妈签字的信，才可以将孩子带走。”

这人将手伸到衣袋里，拿出那个装钞票的皮夹。

泰纳迪埃喜出望外，以为好戏就要来了。

不过，泰纳迪埃立马就失望了，那人拿出来的不是钞票，而是一张小纸条。

“您的话有道理。给您看看这个。”

泰纳迪埃拿接过纸条，看见上面写道：

猎枪是一种用来狩猎的武器，主要是散弹枪和来复枪。霰弹枪是指无膛线（滑膛）并以发射霰弹为主的枪械，外形和大小与半自动步枪相似，但有较大口径和粗大的枪管；来复枪是一种比较重、用起来不是很灵便的手持式枪械，枪管内的膛线能给子弹一股旋转的力量，精确度高，射程远。图为手持一支来复枪的法国海军士兵。

泰纳迪埃先生：

请将珂赛特交来人带走。一切债款，由来人负责偿还。此致敬礼。

芳蒂娜

滨海蒙特勒伊，1823 年 3 月 25 日

泰纳迪埃试图做最后无望的挣扎，他说：“既然这样，那咱们就算算债款吧，总数可不少呢。”

但算来算去，芳蒂娜只欠他 35 法郎，而刚才外乡人给了他 1500 法郎。

泰纳迪埃不管不顾了，耍起无赖，他坚持再要 1000 埃居。

外乡人没有理会，静静地地拉着珂赛特朝林中走去。

泰纳迪埃呆呆地站在那里，当他们走远时，泰纳迪埃才醒悟过来，后悔自己没有带枪。他又追了上去，但被那人瞪了一眼。泰纳迪埃觉得这一瞪是那样阴沉，以致他不敢接着跟下去了。

我的好词好句

⊙吹嘘　遍体鳞伤　冷冰冰　面黄肌瘦　喜气洋洋　魂不守舍　嘀咕　绝无仅有

⊙黑暗使人害怕，森林就是鬼怪，珂赛特只觉得自己被无边的黑暗控制着，压迫她的不只是恐怖，还有比恐怖更可怕的东西。

⊙这三个年龄加起来还不到二十四岁的小姑娘已经是整个人类社会的代表了，这面是羡慕，那面是蔑视。

阅读导航

冉·阿让顺利救出了珂赛特，找到一座安静的住宅落脚，珂赛特在新的生活中体会到从未有过的快乐，但是有一天平静的生活被打破，住宅突然闯进一个高大的身影，让冉·阿让心生恐惧……

4. 相依为命

冉·阿让掉到海里，确切地说，他是跳到海里去的，他在港口里找了一条船藏了起来。天黑后，他游到对岸，换了身衣服，几经周折，来到了巴黎。他来巴黎第一件事就是给珂赛特买了一件衣服，又替自己找了一个住处，随后便来到费蒙梅。

冉·阿让在第一次逃脱的地方，曾有过一些秘密的动作，警察也多少觉察到一些蛛丝马迹。不过，报纸上说他已经死了，这多少让人放了心。

冉·阿救出珂赛特以后，带着孩子，于当天傍晚回到巴黎。一路上，他们换过好几次车，也徒步走了不短的路程，但珂赛特并不叫苦。后来，珂赛特疲倦了，怀抱着卡特琳，靠在冉·阿让的肩上睡着了。

“冉·阿让吻了吻孩子的手。”

冉·阿让来到戈博旧宅，停了下来。这里是他精心选择的新巢。

楼房的门是由几块虫蛀的木板和简陋的横木拼凑而成，门背后写着：52，而横木上写着：50。所以，人们无法肯定究竟是几号。

这一带的人都称它为戈博旧宅。不过，邮差们都叫它“五〇一五二号”。

冉·阿让在戈博旧宅门前停了下来，拿出一把钥匙，打开门，又仔细把门关好，背着珂赛特走了进去。

他来到楼梯顶上，又用另一把钥匙打开门。屋里相当宽敞，有一张桌子和几把椅子，地上还铺着一个床垫。屋角还有一个小间，冉·阿让把孩子抱到里面的帆布床上，珂赛特一直没有醒。

冉·阿让吻了吻孩子的手。九个月前，他也这样吻过孩子母亲的手，一种痛苦、虔敬、辛酸的情感充满了他的心。

第二天，天已大亮，孩子仍处于睡梦中。

一辆车驶过街头，将房子震得摇晃不停，珂赛特惊醒了，她连声喊道，“是的，太太，这就来了！”

在法国巴黎，街道门牌的编号规律是由塞纳河决定的。如果一条路（大道、大街、马路等）是垂直于塞纳河的，离河最近的建筑物便是马路的起始处（起始处号码最小）；如果路平行于塞纳河，编号就会随着塞纳河水流方向而增大，从东至西（依次变大）。图为雨果故居，位于巴黎勒玛莱老区的浮日广场6号。

珂赛特跳下床，半睁着眼睛，伸手摸向墙角，想找她的扫帚。

等珂赛特完全睁开眼时，看到的却是冉·阿让满面的笑容。

瞬间，她被欢乐和幸福所环绕，她说：“啊！这是真的！早安，先生。”

“这地方真漂亮。”这是珂赛特看过房子后的反应。在这里，她感到自己完全自由了。

这一天都是在幸福和欢乐中度过的。珂赛特和老人，心里都感到说不出的快乐。

冉·阿让心里升起一种新的感受，他从来没有爱过，他没有做过父亲、情人、丈夫、朋友。直到珂赛特的出现，他心中的热情和慈爱才苏醒过来，悉数倾注在孩子身上。

他又高兴，又有点慌乱。可怜老人心！

光明的启示！主教唤醒了他心中的善，珂赛特唤醒了他心中的爱。

至于珂赛特，她完全没意识到自己变了。自从母亲离开自己之后，她就没有被爱过，她已心如死灰了。但事实上，她丝毫不缺少爱的能力，她缺少的只是爱的可能。所以从见到老人开始，她便开始爱这老人了。

在她看来，老人不老，也不穷。正如这件破屋子一样，在她眼里也是漂亮的。只要是有幸福笼罩，什么样的环境都是幸福的。孩子和老人相差50岁，这道天生的鸿沟恰好被命运填起来了。两个苦难的人被命运推到了一起。冉·阿让找的住处很安全，他们不必担心有人窥视。楼上除了他们俩外，还有一个替冉·阿让料理家务的老婆婆。老婆婆的职责其实是照看这所房子，也就是“二房东”，这房子便是冉·阿让从她手里租的。冉·阿让说自己靠收利息过日子，预付了六个月的租金给老婆婆。

比喻

把珂赛特比喻为唱个不停的小鸟，形象地表达了她改变境况后的愉快心情。

一连过去了好几个星期。

珂赛特整天又说又笑，还像个小鸟一样唱个不停。她换上冉·阿让给她预备好的丧服，开始了新的生活。

冉·阿让教珂赛特读书识字，陪她玩耍，有时，他还和她谈到芳蒂娜，她的母亲，然后要她祈祷。

19世纪初法国流行的外套有鲁丹郭特和叫作“卡里奇”的长大衣。鲁丹郭特外套有长有短，长的可及踝，短的及膝。卡里奇是肩上有几层披肩的长及踝的大衣，起源于英国。男装的基本样式仍是上衣外套、背心和长裤的组合。这两种朴素而实用的英国式套装在资产阶级实业家和一般市民中非常普及。

珂赛特称呼冉·阿让为父亲。冉·阿让不胜感慨，觉得这一切都是上帝的安排，人生是充满意义的。

冉·阿让很谨慎，白天几乎从不出门，只有到了黄昏的时候，他才出去散一会儿步。他们生活很节俭，房里的家具都是原来的，只有珂赛特住的那个小间换了一扇新的木门。

大家都将冉·阿让当作穷人，有时甚至会施舍给他一个苏，他总是深鞠一躬。当他碰到乞丐，他会趁没人注意的时候，偷偷给他们一个银币。于是，附近的人都叫他“好心的乞丐”。

二房东心眼狭窄，爱占小便宜，所以对冉·阿让非常注意，但冉·阿让却一点也没提防。她向珂赛特打听过好多，但珂赛特只告诉她他们是从费蒙梅来的。除此之外，珂赛特什么也不知道，她自然也就无从得知。但有一天的早晨，二房东偷着从门外窥探冉·阿让，发现他把自己身上那件大衣一角的里子拆开，竟从中抽出一张一千法郎的钞票。有生以来，这是她见过的第二张或是第三张大钞，吓得她赶紧逃了。

一会儿过后，冉·阿让拿着一千法郎的钞票，走来请她给换开。冉·阿让说那是他刚刚取出来的半年的年金利息。

老太太心里犯了嘀咕，胡乱猜测这个钱是怎么来的。老太太说长论短在那一带引起热议，许多骇人听闻的怪话也由此而传开。老太太还趁冉·阿让没留意，偷着捏了捏那大衣的角上和腋下部分，里面铺了厚厚一层，想必都是一张张一千法郎的钞票！此外，她还发现很多可疑的东西，比如针线剪刀，甚至还有长刀、假发套之类的东西。

很快，时间来到了冬末。

有一天傍晚，冉·阿让一个人从梅美达教堂附近走过，本来打算像往常一样给一个时常蹲在这里的乞丐一点钱。但当他走到那人跟前时，那人抬起头，瞪了他一眼，吓了冉·阿让一跳。他好似想起了什么，慌乱地回到了家里。

沙威，他以为自己看见了沙威。

第二天同一个时间，他又走到那个地方，发现确实是那乞丐在那里，他给了他一个苏，之后笑了笑，心才算安定下来。

几天以后，大概晚上8点钟的样子，他正在自己的屋里教珂赛特学习，忽然听到开门关门的声音。冉·阿让觉得奇怪，立刻让珂赛特不作声，他听到有人上楼来，听脚步声像是一个男人。冉·阿让吹灭了蜡烛，打发珂赛特去睡觉，他依然坐在椅子上，在黑暗中屏息凝神。过了一段时间，他听见没声音，才转过头朝门口望去，只见锁孔里有亮光——有人拿着蜡烛在门口偷听。那天夜里，冉·阿让整夜没有睡着。

神态描写

“让珂赛特不作声”“在黑暗中屏息凝神”等神态描写，刻画出冉·阿让谨慎、心思细腻的性格特点，也展露了他对沙威追捕过来的恐惧与疑虑。

第二天一早，冉·阿让从门缝里看到那人的背影，身材高大，腋下夹着短木棍，完全是沙威那副模样。不过，他是怎么进来的？

“只见锁孔里有亮光。”

这意味着什么？

早晨7点，当老太太进来打扫屋子的时候，冉·阿让问早上那位先生是谁。

“一个新来的房客，”老太太说，“你们又多了一个邻居。”

“他叫什么名？”

“不大清楚。杜蒙，或者多蒙。”

“他是干什么的？”

“吃利息的，和您一样。”

老太太也许是顺口一说，但冉·阿让却不免要多想一些。等她离开后，冉·阿让将放在壁橱里的钱都装进衣袋里。太阳落山后，他跑到大路上仔细看了一下，路上很清静，没有人。于是他马上回到楼上，拉着珂赛特，一道离开了。

我的好词好句

⊙蛛丝马迹　虔敬　胡乱猜测　说长论短　骇人听闻

⊙主教唤醒了他心中的善，珂赛特唤醒了他心中的爱。

⊙珂赛特整天又说又笑，还像个小鸟一样唱个不停。

阅读导航

冉·阿让带着珂赛特在月夜中仓皇出逃，沙威带人在后面步步紧逼，他们能逃脱追捕吗？途中来到一个神秘的地方，突然有人叫冉·阿让“马德兰老伯”，这又是怎么回事呢?

5. 猎犬在追捕

圣蒂安杜蒙教堂紧挨着先贤祠，位于巴黎拉丁学园区里，因建造时间长而集多种建筑风格于一身，由晚期哥特式过渡到文艺复兴风格，甚至巴罗克艺术的最初期。

冉·阿让抛开大路，专门走曲折的小路，有时突然折返回来，以防有人跟踪。

那天正是月圆之夜，月亮当空高挂，将街道分成明暗两个方面。珂赛特紧紧跟着他，一声不吭，她觉得跟老人在一起就是安全的。

冉·阿让并不知道自己要走向何方，无论如何，他是不能回戈博旧宅了，他把这一切交给了上帝。他绕了很多圈子，确信没人能追上来。

当圣蒂安杜蒙教堂敲响 11 点的钟声时，他正好赶到蓬图瓦兹街 14 号，这是属于警察分署的地方。借助路灯，他注意到身后跟着的三个人，其中领头那人十分可疑。

“冉·阿让清楚地看出，那是沙威。”

他赶忙拉起珂赛特，迅速离开蓬图瓦兹街，兜了一大圈，最后来到驿站街的十字路口。月光很亮，十字路口的情况看得一清二楚，冉·阿让藏到一个门洞里。过了没几分钟，那几个人，现在是四个，跟了上来。一个人回过头，冉·阿让清楚地看出，那是沙威。

冉·阿让不再有丝毫怀疑，他抱起珂赛特，迅速朝着植物园一带走去。

不到一会儿，奥斯特里茨桥就在

眼前了。他走到收税处，付了一个苏的过桥税。

“得再给一个苏，”守桥的收税人说，“孩子自己能走，您得付两个人的钱。”

他付了钱，心里有些担忧，要是别人发现他过了桥，可就有些麻烦了。

过桥稍稍偏右的地方有几处工场，但是得穿过一片相当宽的空地，这在明亮的月光下非常容易被发觉。不过，幸运的是追他的人迷失了方向，没有及时跟上。冉·阿让决定冒一下险。

马上就要走进圣安东尼绿径街了，他向后望了一下，发现那四个人正要上桥。冉·阿让抱着一丝侥幸的心理，祈盼他们刚才没有发觉自己。随后，他一头溜进圣安东尼绿径街又黑又暗的街道里。

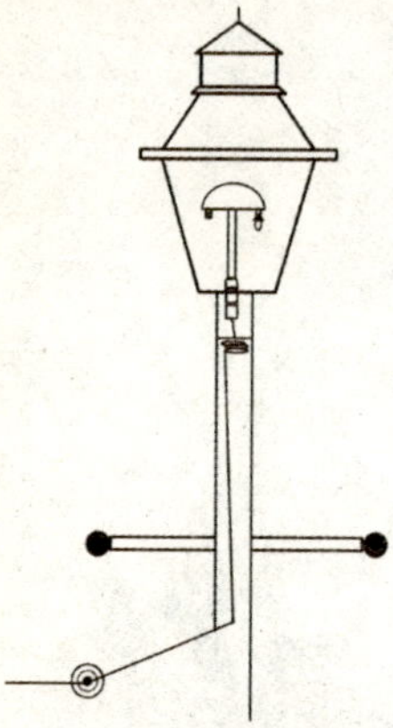

本故事发生时的巴黎街道上每隔一定距离只装一盏回光灯，天快黑时便点上。这种路灯的上下是用一根绳子来牵引的，绳子从空中横拉过街，嵌在柱子的槽里。绕绳子的绞盘锁在灯下面的一只小铁盒里，钥匙由点灯工人保管，绳子在一定的高度内有一根金属管保护着。

大约三百步后，出现在他面前的是一个岔路口。左边是城郊，右边是荒野，于是他没有丝毫犹豫，径直向右边走去。

一边走一边回头望，远处似乎有黑影在晃动，他一心向前奔，结果被一堵墙拦住。那是一条横巷，左边接着另一条街，右边尽头被另一堵墙挡着，是一个死胡同。很明显，向左才是生路，但他隐约看到左边巷子的街上有人堵着，怎么办?

冉·阿让退不回去了，后头一定有沙威堵着他。看来沙威对这一带很熟悉，已经派人在左边恭候他了，冉·阿让感到自己陷入了罗网。

这条路沿街都有外表寒酸的房子，每层楼上都有窗口和接水的旧铅皮漏斗，一根总水管和许多的分水管与这些漏斗相连。冉·阿让左侧就有一幢房屋。

冉·阿让试着通过管道爬上去，但水管已坏掉，非常不结实。

他怀着希望推了推大门，门已经十分破烂，仔细看过之后才发现那不是大门，而是护墙的木板，透过木板上的裂缝可以隐约看到里面的石头。

这时，远处传来一阵沉闷的脚步声，冉·阿让从墙角探头望去，发现七八个士兵排着队朝这方向走来，带头的是沙威。再有一刻钟，他们就能到达冉·阿让所在的地方。

千钧一发之际，冉·阿让估量了一下墙的高度，约莫有18尺高，墙后有菩提树枝伸出来。如果是他自己，爬上去一定没有问题，可现在还有珂赛特。

非用绳子不可，冉·阿让四处张望，忽然看见死胡同里那根路灯柱子，那时的路灯是用绳子牵引上下的。冉·阿让一个箭步蹿过去，用刀尖撬开装绳子的盒子，取出一条绳子来。

动作描写

此处对冉·阿让的一系列动作描写，充分表现了当时的情况危急，也反应了冉·阿让的紧张情绪和灵敏果断。

看到冉·阿让的种种奇怪举动，珂赛特轻轻扯了一下冉·阿让的衣边。巡逻队的声音越来越近了。

“父亲，”她低声说，“有人来了？”

“是泰纳迪埃太太，如果你哭叫，她会找来把你抓回去的。”

“就在千钧一发之际，他将孩子提上了墙头。”

冉·阿让迅速准确地将绳子拴在珂赛特身上，用嘴咬住另一头，飞快地爬上墙头。

就在千钧一发之际，他将孩子提上了墙头，随后沙威和巡逻队就到了。沙威吼道：“外边都有人把守住了，仔细搜查这里。”

冉·阿让抱起珂赛特，顺着屋顶滑到菩提树上，然后跳到地上。

他发现自己到了一个园子里。园子宽阔，荒凉，幽僻，也很怪，不像是供人游玩用的。

冉·阿让带着珂赛特躲了起来。

过了一会儿，巡逻队的声音渐渐远去。

忽然，幽静中传来一阵歌声，

那是一曲圣歌，这声音如此美妙，不可言喻。

珂赛特和冉·阿让不知道那歌声是什么，也不知道所在的是什么样的地方，可这两个同处于苦难中的人不由自主地跪了下来。

歌声是从一所大楼里传来，那楼是园中最高的楼房。奇妙的歌声让大楼更加空旷，静谧，感觉歌声好像是从天外传来。冉·阿让完全沉浸在歌声里，而忽略了周围的一切。

歌声停止了，一切都归于沉寂。

时间已到了凌晨一两点钟，冉·阿让看着倚在身旁的珂赛特担心的眼神，心里一阵心酸。

过了一会儿，珂赛特问道："她还在这里吗？"

"谁？"

"泰纳迪埃太太。"

冉·阿让想起来了，他刚才用泰纳迪埃太太吓唬珂赛特不要说话。

"别害怕，孩子！"他说，"她早就走了"

珂赛特叹了一口气，心里舒坦了许多。

冉·阿让朝传出歌声的大楼走去，试图找一处比较安静的藏身之地。他看见有一处房子的窗子还亮着灯。他透过窗户朝里看，里面是一间很大的大厅，地是石板铺的，中间还有几根石柱。大厅里悄无声息，地面的石板上似乎有个人躺着，脸朝下，两臂伸开，恰似一个十字，上面还盖着裹尸布。在昏暗的灯光下，整个大厅若隐若现，令人恐惧，冉·阿让害怕地逃掉了。

修道院是基督教组织机构名称，由女修道院院长管理的修道院即女修道院。19世纪法国流行中上层社会的女子都要接受修道院的教育，以培育日后进入上流社会所需的教养。但是经过黑暗的中世纪，修道院制度早已变成了文明所患的肺痨。

他回到原来的地方，发现珂赛特已经睡着了。他坐下来，望着熟睡的孩子，情绪渐渐安定下来。冉·阿让突然认识到，他今后生活的意义全在这个孩子身上，有了她他无从恐惧。

忽然，一阵奇怪的铃铛声从园子里传来，他朝声音望去，看见有人站在园子里。那人在瓜田里走走停停，一瘸一拐，似乎在播撒什么东西。

冉·阿让吃了一惊，心想如果这个人发现

了他，一定会大喊大叫，说不定沙威他们还在外边等着。他小心地将珂赛特抱到一边，观察着那人的一举一动。

冉·阿让的手握着珂赛特的手，她的手冰凉。他低下头看了看，孩子脸色发青，气息微弱。一定要使孩子暖和过来！怎么办？只有尽快找到一个合适的地方过夜。

他拿出一沓钱，朝着园里的那个人大步走去。

“100法郎！”

那人被突然来到身边的冉·阿让吓得一跳，抬头定睛看了看。

“如果您能提供一个过夜的地方，这100法郎就是您的。”冉·阿让接着说。

明亮的月光下，冉·阿让惊慌的面孔一览无余。

“啊，竟然是您，马德兰老伯！”那人惊喜地说。

这个名字从陌生人的口中说出，冉·阿让连着后退了几步。

“一定要使孩子暖和过来！”

眼前是一个老人，腰驼了，腿也瘸了，穿着像一个农民。他背着月光站在面前，因此冉·阿让看不清楚他长什么样。

“您是谁？这是什么地方？”冉·阿让问。

“啊，老天爷，您在跟我开玩笑吧！”老人喊着说，“您忘了，是您介绍我到这里工作的？”

“我不认识您。”冉·阿让疑惑地说。

“您是我救命恩人。”那人说。

他转过身，借助月光，冉·阿让认出了他，是福施勒旺老伯。

“啊！”冉·阿让说，“是您，您在这里干什么。”

法国工业革命兴起后，广告需求增加，人口向城市集中，文化教育有所普及，国民识字率普遍提高，这些都为廉价报纸的出现准备了条件。19 世纪 30 年代法国巴黎出现了廉价商业报纸。
上图为同期的报样。

“嘿！我在园子里收拾我的瓜秧嘛！”

“您身上为什么戴个铃铛？”

“为了让人听到之后避开我，”福施勒旺老伯说，“这座楼里都是女人，说撞到我不方便。有了铃铛，她们就知道我来了，方便她们躲避。”

“这是什么地方？”

“您忘了？还是您介绍我来的呢，这里是小皮克皮斯女修院！”

冉·阿让回想起来了。两年前，福施勒旺老伯从车上摔下来，摔坏了一条腿，所以冉·阿让介绍他到了这里。

“您，马德兰老伯，怎么到了这里？男人是不许到这里来的。”

“不过，”冉·阿让回答说，“眼下我只能待在这里。”

这很难办。

冉·阿让用严肃的声音说：“福施勒旺老伯，是我救了您。”

过了好一阵儿，福施勒旺老伯说道：“啊！慈悲上帝让我能报答您一丁点儿，市长先生，请您吩咐吧！”

“好的，”冉·阿让说，“不过您还得答应我两件事。”

“哪两件事？”

“第一，不对任何人说我的事。第二，不问任何关于我的事。”

“我会的，您一辈子都是慈悲为怀的人，您的事肯定都是正大光明的事，我一切都听您的。”

补叙

补叙通常对文章起到补充说明的作用，这里补充一段沙威的经历，使读者明白为什么他又出现在戈博旧宅，使得文章的逻辑更加严密，内容更加完整。

我们回头再说一下沙威。

自从冉·阿让在第一天逃脱后，沙威便被调往巴黎协同办案。他多次立功，表现勤奋干练。有一段时间，沙威都快忘了冉·阿让，可在 1823 年 12 月的一天，他忽然在报纸上看到冉·阿让丧命的消息，他信以为真，便真的不去想它了。

不久以后，一件拐卖儿童的卷宗到了沙威手里，据说有个叫珂赛特的女孩被拐卖了，她的母亲就是芳蒂娜。这件事引起了沙威的怀疑。是不是冉·阿让干的呢？但报纸上明明说他已经死了。不管怎样，沙威决定亲自去一趟。

来到费蒙梅，泰纳迪埃夫妇心里明白自己也不是什么好人，所以这件事情不能闹大，于是为了摆脱自身干系，他改口说女孩是被她的祖父接走的。沙威再一次信以为真，返回巴黎。

时间到了 1823 年 3 月间，他听说圣梅达教区有个“有钱的乞丐”，乐善好施，总是给其他乞丐一些钱，那人还带着一个 8 岁的小姑娘，小姑娘说他们来自费蒙梅。沙威再一次警醒，乔装打扮成乞丐，果真见到了冉·阿让。不过当时天色已晚，看不真切，沙威决定搞清楚之后再抓人。

沙威悄悄跟踪，找到了戈博旧宅，找了那个“二房东”，向她打听租客的信息，并租下一间屋子。

第二天，冉·阿让发觉不妙，便带着珂赛特逃离了戈博旧宅。沙威一路紧跟，终于确定那就是冉·阿让。他很有信心，这次对手决计跑不出自己的手心。沙威还请了援兵，最后将冉·阿让堵到了死胡同。沙威以为自己织了一张很大的蜘蛛网，没想到走到胡同里才发现，苍蝇不见了。

沙威非常恼怒，满面羞惭回到警局。

比喻

把抓捕网比喻成蜘蛛网，形容抓捕的人数量众多，布局严密，将冉·阿让比喻成苍蝇，表现了他逃亡的忙乱和势单力薄，形象生动。

我的好词好句

⊙千钧一发　撬开　幽僻　四处张望　不由自主　一览无余

⊙那天正是月圆之夜，月亮当空高挂，将街道分成明暗两个方面。

⊙沙威还请了援兵，最后将冉·阿让堵到了死胡同。沙威以为自己织了一张很大的蜘蛛网，没想到走到胡同里才发现，苍蝇不见了。

阅读导航

冉·阿让总这样躲着也不是长久之计，福施勒旺想出一招妙计，可以让冉·阿让与珂赛特的生活安定下来，这招妙计是什么？又是怎样实施的呢？

6. 小皮克皮斯女修院

当时女子修道院的教育并非像现在一样以智育为中心，而是以收留一般世俗之人的子女并施以宗教教育为目的。虽说是女子教育，她们的学识却只到可以理解宗教教义问答的程度，计算能力也仅限于结婚后可以记账的基础程度而已。而对于寄宿学校的女孩子而言，穿修女服祈祷这件事本身是可以散心解闷的，她们陶醉在神秘的慵懒里，在美梦中忘却自我。

冉·阿让所在的地方叫小皮克皮斯女修院。

女修院教规严格，整个女修院只有本教区的大主教这一个男人可以进入。还有一个男人就是园丁，他总是戴个铃铛，这样修女们听见铃响就能避开。

女修院还有一个附属寄宿学校。里面的学生大部分是有钱人家。学生除了苦修以外，也要遵守女修院严厉的教规。

过了一会儿，珂赛特就被放在老园丁屋里唯一的床上，面前有一炉火，珂赛特脸色又慢慢转红了。而冉·阿让和福施勒旺只能躺在一堆麦秸上面。冉·阿让想着以后恐怕要长久住在这里了，而福施勒旺什么也闹不清楚，两人一整夜都没有睡着。

自从福施勒旺离开滨海蒙特勒伊，便对那里的情况一无所知，而马德兰先生的突然出现，使他不禁猜测马德兰先生是不是亏了本，在躲避债主。尽管他心里存有疑惑，但在一点上是肯定的，即搭救马德兰先生。

不过，要将他留在这里，恐怕不是一件容易事。福施勒旺，这个来自庇卡底的可怜的农民，打定决心，要凭借自己的热忱、意志和一点小聪明，突破教规的重重限制。

福施勒旺原先是个农民，曾在公证所工作过，但后来沦为车夫和苦力。他经常说粗话，但很会办事，善于同人讲话，属于半绅士、半乡巴佬的那种人。

清晨，福施勒旺坐起来关切地问道：“马德兰先生，您现在打算怎么办？”

这句话提醒了冉·阿让。

福施勒旺开始跟冉·阿让商量接下来的对策："首先，我得想办法让您出去。"

"出去？"冉·阿让不解地问。

"是呀，为了能在这里待下去，得先出去。这里是女修院，我得让您从大门口进来，才好跟修女们说您的事儿啊。"

女修院的钟声响了。是报丧的钟声，要连续敲一整天，直到尸体离开教堂为止。

第四阵钟声响起，福施勒旺说："这是叫我的，我要赶紧去看看。您在这里待着，您可以拿些东西吃，酒和面包多的是。"

福施勒旺来到接待室的门口，恭恭敬敬地行了个礼。院长说道："是您来了，福旺大爷。"

在这里，大家都称他为福旺大爷。

"尊敬的院长嬷嬷，是我。我有话要对您说。"

"您说吧。"

女修院的人都认为福勒施旺傻里傻气，其实他乖巧得很，他知道这里的一切，但又能守口如瓶，为人非常谨慎。

对比

女修院的人对福勒施旺的看法和实际情况之间的对比，更表现出福勒施旺的谨慎和大智若愚。

福勒施旺说自己身有残疾，且年事已高，很多活已经干不太动了。他说他有个兄弟，如果院长同意的话可以过来和他住在一起，好帮忙干活，这个兄弟还有个姑娘，如果能一起带来，以后

"您现在打算怎么办？"

说不定会在这里修行。

院长等他说完后，只是简单地说：“您今晚要找一个粗铁棍。”

“好的。”福勒施旺回答。

“现在要将祭坛旁边那块铺地的石板撬开。”

“那最好有两个男人。”

“耶稣升天嬷嬷会来帮助您，此外还有四个唱诗嬷嬷。”

“我有个兄弟力气很大，女人总是不如男人有劲儿。”

“你要准备好撬棍。”

“撬开之后呢？”

“耶稣受难嬷嬷今早逝世了，我们遵从她的意愿，不去世俗的地下，而是将她的棺材放到祭坛下边的地窖里。”

“这是不允许的。”

“可上帝允许。”

“如果别人知道了呢？”

“这件事你会做得很好的。”

“那别人抬来的那口棺材怎么办？”

“不要让它空着。”

“我可以在里面放些土，这样就没人发现里面其实是空的了。”

“很好，人和土其实一样。”

院长的脸一直阴沉沉的，现在平静了许多。她示意福勒施旺可以走了。

福勒施旺退到门口，刚要走，院长提高声音说：“福旺大爷，明天把您的兄弟带来吧，还有他的姑娘。”

福勒施旺回到他的住处，将他和院长的对话详细地告诉了冉·阿让，珂赛特的事情好办，他带出去就行，但冉·阿让就比较麻烦了，福勒施旺用左手搔了搔耳垂，这是十分为难的表示。而冉·阿让突然有了主意，他可以躲进空棺材里，神不知鬼不觉地混出女修院。

这个办法有点冒险，但福勒施旺想到当天的掘墓工梅斯蒂安，是他的好朋友，也是个酒鬼，到了墓地，他可以想办法灌醉梅斯蒂安，然后将冉·阿让从棺材里救出来。

一切都很顺利，冉·阿让躺在棺材中随着送葬的队伍一起出了女修院。福勒施旺感到既得意，又轻松。队伍停在公墓铁栅栏前，殡仪馆的人过来接洽。然而，福勒施旺发现一个陌生人拿着工具站在柩车旁，他诧异地问道：“您是干什么的？”

设置悬念

这个陌生人是谁？作者设置悬念，使故事情节跌宕起伏，紧紧抓住了读者的好奇心，同时为后文的故事情节做了铺垫。

“挖墓的。”

“梅斯蒂安呢？”

“他死了。”

福勒施旺大吃一惊，慌乱地说：“不可能。”

“我叫格里比埃。”

福勒施旺在心里盘算这一关怎么过。以往这种事，他只需要灌醉梅斯蒂安就可以了，而且总是他提议喝酒，梅斯蒂安付酒钱。这一次情况有些严峻，福勒施旺提议先喝酒再干活，格里比埃却表示他为了工作不能喝酒。

柩车和其他人都离开了，格里比埃已经开始动手向墓里填土了。

福勒施旺下定决心，这次自己付钱请格里比埃喝酒。

“什么？”格里比埃问道。

“我说我出钱，请你喝酒。”

格里比埃没有理睬，继续填土。

福勒施旺说：“喝点酒不耽误工作。”

“好吧，乡巴佬，”格里比埃说，“如果你坚持这样，咱们就工作完之后喝一杯。”

福勒施旺差点绝望，但就像我们说过的那样，他天生就有公证人那种狡黠的特点，危急关头，他总能想出出人意料的点子。

趁格里比埃不注意，福施勒旺偷偷将他口袋里的出入证拿走了。

“新来的，你的出入证呢？”福勒施旺冷冷地问。

“我当然有，”格里比埃一边回答，一边翻自己的口袋，“天哪，该死的东西哪去了？”

“好吧，”福勒施旺说，“没有出入证，罚款 15 法郎。”

现在轮到福勒施旺耍威风了，他说：“还有几分钟就要关门了，您这活儿是干不完的，也来不及在关门之前离开，那么只有等着挨罚了。”

“怎么办哪？”

“我可以教你一个办法，现在赶紧跑回家里拿出入证，拿了之后再回来，这样就不用挨罚了。”

“乡下人，谢谢你。”

“快滚吧。”

格里比埃离开后，福勒施旺赶紧动手撬开棺材。真是好悬！再晚一会儿，冉·阿让可能就不需要出棺材了。

大功告成后，福勒施旺来到格里比埃的家里，将他的工具交还，笑嘻嘻地说：“我替你把活儿全干了，另外我还捡到了你的出入证，交给了公墓门房，您明天去取吧。”

“乡下人，您是个好人。”格里比埃喜笑颜开，“下次我付钱请你喝酒。”

“我可以教你一个办法，现在赶紧跑回家里拿出入证，拿了之后再回来。”

第二天，福勒施旺带着冉·阿让和珂赛特来见院长。冉·阿

让说自己是福勒施旺的弟弟于尔蒂姆，珂赛特是自己的孙女。院长没有丝毫怀疑，将他们留下了。

这件事使福勒施旺威望大增，他救了冉·阿让的命，让格里比埃免遭罚款，还让修道院一切满意。

冉·阿让和珂赛特开始了新的生活。

冉·阿让成了福勒施旺的助手，他也戴了一个铃铛，修道院的人都叫他“另一个福旺”。他从前的技能这次有了用武之地，他善于种树，在菜园里芽接了许多树，还结出了不少果实。

珂赛特则由于院长的厚爱，免费进入寄宿学校读书。珂赛特获准每天有一个小时的时间可以待在冉·阿让的身边，她变得开朗起来。课间休息时，在众多孩子的嬉笑声中，冉·阿让也能听到珂赛特的笑声。

笑声渐渐地驱散了珂赛特脸上的阴郁表情，她比以前更加可爱了。

对冉·阿让来说，这是第二个“囚禁”他的地方，第一个是土伦苦役牢，在心里，他默默地对两者进行了比较。一边是男人，一边是女人；一边是罪恶，一边是美德；一边是恶臭，一边是香气；一边是杀人，一边是救人；一边被锁链捆住，一边被信仰禁锢。

他认识到，人类最大的美德，就是为他人赎罪。他心中充满了感激，上帝的爱在他心里激荡。

就这样，珂赛特一天天长大。

排比 对比

一连串的排比句式，列出同样是“囚禁”，两个地方的不同之处，形成了监狱和修道院的鲜明对比，表达出作者对收监制度的反对，弘扬了人道主义立场，引发读者的思考。

我的好词好句

⊙一无所知　热忱　恭恭敬敬　傻里傻气　接洽

⊙一边是男人，一边是女人；一边是罪恶，一边是美德；一边是恶臭，一边是香气；一边是杀人，一边是救人；一边被锁链捆住，一边被信仰禁锢。

阅读导航

在作者的笔下，巴黎这座城市极其与众不同，既充斥着流浪儿和苦难，又有不同其他城市的气息，其中小加弗洛什就是流浪儿的一员，在他身上有着怎样的故事呢?

第三卷

1. 小加弗洛什

本故事发生的那个年代，巴黎到处是流浪儿，巴黎的流浪儿，年龄多在7到13岁之间，成群结队，游荡于街头。他们常常挨饿，身不穿衬衣，脚不套鞋子，也没有固定的居所，但是他们过得很快活。

巴黎有很多流浪儿，他们不一定每天都有饭吃，但他们是欢乐的。他们居无定所，身上没有衬衣，头上没有屋顶，什么都没有。可是，只要他们愿意，他们随时都可以到任何地方游荡。这些孩子年龄小的只有7岁，大的13岁，他们过着集体流浪的生活，满嘴粗话，但心地却很纯真。

有时，他们也有衬衣穿，或者有一双没有底的鞋子。他们喜欢在街上游逛，这样更自由。他们的工作是替人找马车，街上捡来的那些小铜片是他们的货币。他们都有自己喜欢的动物，并总能想象出各种奇怪的生物。

至于他们的措辞，尖酸刻薄而又不失诚实正直。比如嘲笑送殡队伍中的医生时，他们会说："嗨，医生把自己的工作改到人死之后了。"

他们很可爱，总是有办法弄到一些钱，然后去看戏。在戏院里，他们兴高采烈，热情而富有活力。

对文学，他们并非完全没有感觉，然而不得不说，他们对古典文学毫无兴趣，他们宁愿用闹剧般的怪诞来代替庄严的幻想。他们吹着口哨，又是讥笑又是讽刺，一边喝彩一边谩骂。他们敢同鬼怪开玩笑，伟大的史诗在他们嘴里也变得夸张起来，好像漫画一样。

面对巴黎的社会现实和人间万物，这些流浪儿成长着，在苦难中沉浮。

比喻

把巴黎的空气比成防腐剂，表现了巴黎与众不同的文化气息和作者对巴黎的喜爱之情。

本故事开始的那个年代，巴黎到处是流浪儿，巡逻队平均每天要收容260个孩子。人类的罪恶都是从孩子的流浪生活开始的。

然而同样在巴黎，情况似乎略有不同。在别处，流浪儿或许一无是处，他们会染上种种恶习，以致无可救药，而巴黎的空气中散发着一种神奇的思想，像防腐剂一样，使灵魂保持健康。

不过，这绝不是说，我们可以漠视这种现象——在文明发展尚不够完善的时代，迫于生活苦难将自己的孩子推向黑暗中，任其自生自灭，无数的悲惨命运也由此产生。

在冉·阿让和珂赛特住进女修院之后约八九年，一个十一二岁的男孩时常出现在圣殿街和水塔一带，嘴边带着常有的笑容，若不是他心里充满了苦闷与空虚，他就完全是一个典型的流浪儿了。

“若不是他心里充满了苦闷与空虚，他就完全是一个典型的流浪儿了。”

图为法国19世纪的屏风，这时候的设计以庄重典雅和单纯实用取代了先前矫揉造作、纤巧华丽的脂粉气，以“高贵的单纯”和“伟大的静谧”为审美标准。

他有父母，却是个值得怜悯的孤儿——因为他的父母早已一脚把他踢进了社会，不再管他了。不过他却满不在乎，干脆趁机插翅高飞。

他爱吵闹，爱耍贫嘴，机警，神气活现而又略显病态。他到处走来走去，又喊又唱，偶尔偷点小东西。别人叫他流浪儿，他一点也不生气。但若是叫他流氓，他便会恼怒。他没有住处，没有面包和温暖，但他有自由，所以仍旧很快乐。

尽管被遗弃了，但是每隔两三个月，这个流浪儿总会说：“哎，该去看看妈妈了！”于是他离开圣殿街，来到了我们前面提过的“五〇一五二号”戈博旧宅。

冉·阿让时期的那个“二房东”已经被另一个几乎和她一样的老婆婆接替了，她叫比贡太太。

有几家人住进了戈博旧宅，他们都是社会底层的人，相互之间毫无来往。最穷的一家就是流浪儿的家庭，共四口人，父亲、母亲，还有两个女儿。

父亲自称戎德雷特，搬进来时几乎一无所有。

流浪儿回到那里，看到家徒四壁，一贫如洗，更让人无法忍受的是，他们没有一点笑容，甚至心也是冷的。他进门的时候，他们问他从哪里来，他说：“街上。”他离开时他们问他到哪里去，他说：“街上。”他母亲还多问了一句：“你来这儿干什么？”

沙龙原指法国上层人物住宅中的豪华会客厅。19世纪是它的鼎盛时期，而这种沙龙也是像吉诺曼老爹这样的人物发表政治观点和表达对社会不满的主要场所之一。

他就生活在这样一个缺乏爱的环境中，母亲只爱小加弗洛什的两个姐姐。小加弗洛什就是他的名字。

顺便提一句，在这家隔壁住着一个贫穷的年轻人，名叫马里尤斯。

阅读导航

上文已经交代了一个名叫马里尤斯的年轻人，他的家庭和社会背景是怎样的呢？阅读下文，就可以一探究竟。

2. 吉诺曼先生

1831年的吉诺曼先生还很健朗，他是一个怪人，长寿而独特，是一个略带傲气的18世纪资产阶级的典型。他已年过九十，却眼不花耳不聋，步伐稳健，能吃，能睡，能喝酒。他的牙齿仍有32颗，一颗不少。

他住的房子是自己的，沼泽区髑髅地修女街6号。他住在二楼，房间是老式的大房，一面临街，一面是花园。床旁围着屏风，天花板上和壁板里的画缩小后，又印在每张椅子上。窗子下面的就是花园。卧室隔壁除小书房外，还有一间最为他重视的小客厅，布置十分优雅。

> **社会环境描写**
> 文中详细描写了吉诺曼先生的房子，增加了小说的真实性，展现了当时资产阶级的居住风格，“老旧的大床”等也侧面烘托了吉诺曼先生保守的性格特点。

他对政治家和当权者很不耐烦，在报纸上读到他们的名字，他便忍不住发怒。他说：“看看，这都是些什么人！科比埃！卡齐米埃·佩里埃！于芒！这些人都来当部长了，简直无法想象。”

吉诺曼先生对波旁王朝很崇拜，与之对应的则是对1789年革命很仇恨。他经常横眉怒目地说：“法兰西革命就是一群土匪。”

吉诺曼先生有过两个妻子。第一个妻子育有一个女儿，至今还是老姑娘。第二个妻子也育有一个女儿，嫁给了一个士兵，刚30岁就死去了。女婿先后在共和国和皇帝的军队里服过役，参加过奥斯特里茨战役和滑铁卢战役，由于战功，被晋升为上校。但吉诺曼先生对自己的女婿看不上眼，认为这是他家的耻辱。

还有一个孩子我们就要说到，他就是吉诺曼先生的外孙。吉诺曼先生很爱他，但说起话来却只喊“下流胚”“捣蛋鬼”，吓得小男孩见到他就索索发抖。这个小男孩就是马里尤斯。

阅读导航

吉诺曼先生的女婿有着怎样的经历呢？马里尤斯和他相认了吗？下文中提到马里尤斯最终从外公家出走，这是为什么呢？

3. 外公和外孙

倒叙

先进行人物现状的描写，其后才交代人物的来历，作者用倒叙的方式使得文章的形式更丰富，也增加了读者的阅读兴趣。

当年，在韦农小城一座美丽壮观的大桥下，一个五十来岁的头戴皮鸭舌帽的男人，整天在一个小院子里走来走去，他手里拿着一把铁锹或截枝刀，忙着收拾园中的花草。院子和屋子都很简陋。他一个人孤独地住在那里，只有一个女人在侍候。他尽心尽力种花，摆弄花草是他的全部日常工作，他几乎从不出门，也不见任何人。如果有人敲门想看看他种的花草，他是很欢迎的。

他的名字，乔治·蓬梅西，他就是那位令吉诺曼先生看不上眼并视之为家庭耻辱的女婿。年轻的时候，他是圣通日团的一个普通士兵。革命爆发后，他在很多地方打过仗。在帕利塞尔山的战斗中，他的胳膊被火铳枪打断；在意大利边境，他和茹贝尔一起捍卫了唐得山口，由于战功，蓬梅西升为少尉。在诺维，茹贝尔将军倒下时，他高举马刀向前冲锋。在奥斯特里茨，蓬梅西表现杰出，被拿破仑皇帝授予十字勋章。在滑铁卢战役中，他拔下吕讷堡营的军旗，满身都是血，脸上还挨了一刀。皇帝也很激动，当场晋升他为上校、男爵，还授予他四级荣誉勋位。

前文我们已经交代过，他在滑铁卢战役后被泰纳迪埃从死尸堆中扒出来，神奇地活了下来。

爵位是欧洲封建君主国内分封贵族的等级制度。最早出现于中世纪，在近代的一些国家中仍然继续沿用。一般以占有土地的多少来确定分封爵衔之高低，主要分为公爵、侯爵、伯爵、子爵、男爵五等。男爵是贵族爵位中最低的一级。在11至12世纪时，男爵是欧洲君主国国王或大封建主的直接附庸，直到14世纪，男爵才成为贵族的正式爵位。
图为代表男爵爵位的帽子。

拿破仑失败后，王朝复辟，他被发配到韦农，他的那些荣誉，四级荣誉勋位、上校和男爵全不被承认。

他现在只有半饷，此外无任何其他经济来源。他与吉诺曼小姐的结合是帝国时代的事情，吉诺曼虽然心里气愤之极，但也无可奈何。然而蓬梅西太太在1815年留下一个孩子便撒手人寰。为了孩子着想，在权衡利弊后，蓬梅西选择牺牲自己，孩子归吉诺曼先生抚养。这个孩子就是马里尤斯。

吉诺曼先生的条件很苛刻，蓬梅西不能跟孩子见面，他想按照自己的方式教育孩子。孩子对父亲知道得很少，因为没人说起他。

协议规定蓬梅西上校不能去看孩子，于是他只能趁吉诺曼小姐带马里尤斯去教堂的时候，躲在一根柱子后面，偷偷地看。一来二去，他认识了本堂神父马伯夫。马伯夫看到上校每次来的时候都眼含热泪，很受感动，也很疑惑。在神父的多次拜访下，上校最终打开心门，将一切和盘托出。神父听完整个故事后，对上校充满敬意。

马里尤斯·蓬梅西和其他的孩子一样，也读了一些书。当他完成学业的时候，吉诺曼先生正好退出社交界，将家迁到沼泽区髑髅地修女街。

1827 年，马里尤斯已经满 17 岁了。他性格很复杂，热烈与冷漠集于一身。他是高尚的，慷慨的，也是骄傲的，狂热的。他很正经，有时近乎冷酷；他也很纯洁，甚至像未开化一样。

马里尤斯一想到父亲便心里烦闷。他既不爱祖父，对父亲也

“他只能趁吉诺曼小姐带马里尤斯去教堂的时候，躲在一根柱子后面，偷偷地看。”

冷漠寡淡。

有一天，外祖父接到父亲的来信，他可能病了，想见自己的孩子一面。吉诺曼先生破例让马里尤斯去韦农看望自己的父亲。这消息对马里尤斯来说并不太讨喜，他觉得这是一件苦差事。马里尤斯确信，父亲不但在政治上与自己对立，还不怎么爱他。他抛弃了自己，这是显而易见的事情。

第二天将近晚上的时候，马里尤斯抵达韦农，打听蓬梅西先生的住处，他不称父亲为男爵或上校。有人给他指了屋子，他走过去，按响了门铃。

门开了，一个女人走了出来，手里拿着小油灯。

“我找蓬梅西先生。我是他的儿子。”

“您来晚了。”那女人哭着说。

他跟随她走进屋里，上校躺在方砖地上，医生和神父在他旁边，神父正跪着祈祷。

三天前，上校就患了脑膜炎，他预感到不好，于是写信要见儿子。就在马里尤斯到达韦农之前不大一会儿，上校变得神志不清，走出卧室迎接儿子，一头栽倒在地上。他刚刚去世。

医生和本堂神父赶来的时候，他已经死了。儿子赶来的时候，也已经太迟。

借着幽暗的烛光，可以看见一大颗泪珠挂在上校苍白的脸上，那是为等待儿子而流下的泪水。

马里尤斯第一次看见父亲，不幸也是最后一次。他头发雪白，身体强壮，脸上透着阳刚之气，身上依稀可见战斗中留下的一条条疤痕，尤其脸上那道大刀痕，尽显英雄气概。

他感到悲伤，不过这种悲伤是他看到任何死者躺在面前都会有的那种。

在这个房间里，女仆哀啕着，医生擦着眼泪，神父一边祈祷，一边呜咽。马里尤斯觉得自己突然变成了外人，他有些尴尬。

上校没留下什么财产，只有一张小纸条，是写

1814 年，拿破仑在莱比锡战役战败，巴黎陷落，宣布退位，路易十八在英普联军护送下回到巴黎，复辟波旁王朝，史称“波旁复辟”，拿破仑被流放。1815 年，出现百日王朝，路易十八再度逃出法国，直到拿破仑滑铁卢战役失败后，宣布退位并被流放圣海伦娜岛，路易十八再次复辟波旁王朝。
下图为 1814 年 4 月 24 日，路易十八在加莱下车的场景。

给马里尤斯的。上面写着：

“我儿亲阅：我在滑铁卢战场上受封为男爵。复辟王朝否认它，你当之无愧应该继承这个称号。”

后面还有几句话：“那次战役中，有个叫泰纳迪埃的中士救了我的性命。他在蒙费梅村开了家小客栈。你如果遇见他，替我报答他的救命之恩。”

拿破仑帝国，即法国拿破仑一世统治时期的资产阶级军事专制国家。1804年5月18日，《共和十二年宪法》颁布，宣布法国为法兰西帝国，历史上称法兰西第一帝国，拿破仑为帝国皇帝，称拿破仑一世。

葬礼过后，马里尤斯回到巴黎。唯一的变化不过是帽子上多了块黑纱而已，除此之外，什么都没有。

一个星期日，他去做弥撒，一个老人走到马里尤斯的跟前说：“先生，对不起，您坐了我的位子。”

马里尤斯赶紧让给老人。

弥撒结束后，老人凑过来对马里尤斯解释说：“对不起，先生，我有必要解释一下，这个椅子有独特的意义。过去很多年间，每隔一段时间，就有一个可怜的父亲来此看望自己的儿子。这是他们见面的唯一方法。这个可怜的人，他爱孩子，却只能以这样的方式看孩子一面。他很爱这个孩子，但是他有一个岳父威胁他说，如果他想见儿子，就取消孩子的继承权。可怜的人，他参加过滑铁卢战役，还当过波拿巴的上校。可惜现在他已经去世了。他叫什么来着，蓬马里，或蒙佩西，我记不清了。”

“蓬梅西？”一瞬间，马里尤斯脸色煞白起来。

“对，就是蓬梅西。您跟他也认识？”

“我就是他的儿子。”

第二天，马里尤斯对吉诺曼先生说自己要和几个朋去打猎，外祖父痛快地答应了，他以为马里尤斯开始谈情说爱了。

马里尤斯去了三天，回来后去图书馆一本书，《箴言报》合订本，一个人仔细地看了起来。他了解了共和国和拿破仑帝国的一些资料，他还读到自己父亲的名字，激动不已。之后，他拜访了一些人，有指挥过乔治·蓬梅西的将军，还有堂区财产管理员马伯夫，他了解到父亲是个多么高尚的人，当然也是个非常温和、慈爱的人。

他的思想开始变化。老实说，这不太容易，他从小就被灌输了各种偏见，拿破仑和共和国早已被丑化得面目全非。通过阅读大量的资料，拿破仑身上的种种面纱被一一撕开，真实的巨人出现在马里尤斯面前。他开始狂热地崇拜拿破仑，也开始崇敬武力。

他的这种变化，家里人丝毫没有觉察。马里尤斯成了一个革命的、民主的、拥护共和的人。他甚至为自己定做了一百张名片，上面刻着“马里尤斯·蓬梅西男爵”几个字。遵照父亲的遗嘱，他还曾去蒙费梅找过泰纳迪埃，但泰纳迪埃破产了，客栈也关了门，他没有见到人。

“原来他不是去幽会，而是去了‘蓬梅西男爵上校’的墓地。”

对父亲无限接近的结果就是对外祖父日益疏远。他逐渐变得冷淡起来，经常借口学习忙而很少回家，外祖父的判断是：“毫

无疑问，他恋爱了。”

一天，马里尤斯又要外出做短期旅行，吉诺曼先生说：“去吧！”吉诺曼小姐满怀诧异，想知道他到底去了哪里。

马里尤斯走后，吉诺曼小姐放心不下，想一探究竟。恰好此时，泰奥迪尔·吉诺曼中尉来了。

泰奥迪尔·吉诺曼是吉诺曼先生的曾侄孙，远在军营，很少回家，所以和马里尤斯从未照过面。

此为法国大革命的天文系统图，其中间为公正，君主立宪在无政府主义强盗和旧专制之间。

泰奥迪尔很受吉诺曼小姐的喜爱。这次部队换防，他顺便来看望自己的姑婆。

姑婆把十个金路易塞到泰奥迪尔手里，算是见面礼。

泰奥迪尔说：“我在驿站名单上看到了表弟马里尤斯·蓬梅西，他要去旅行吗？”

闻此，吉诺曼小姐灵机一动，有了一个好主意，她让泰奥迪尔跟踪马里尤斯，看看他到底在追哪个姑娘。

泰奥迪尔回到驿站，跟着马里尤斯一路走，终于发现了他的秘密。原来他不是去幽会，而是去了“蓬梅西男爵上校”的墓地。

第三天一早，马里尤斯回到巴黎。他十分疲劳，迅速换了身衣服就去洗澡了。吉诺曼先生听到外孙回来后，上楼想拥抱外孙，顺便问问他去哪儿了，结果还没等他上楼，外孙早已不见了。

床上有一件大衣和一个系着黑丝带的盒子。

过了一会儿，吉诺曼先生出现在客厅里，手里拿着马里尤斯床上的那件大衣和盒子。他对吉诺曼小姐得意扬扬地说：“我们就要知道他秘密的风流事了。”

吉诺曼先生认为盒子里是肖像。不过打开之后，肖像没有出来，倒是出来了一张折好的纸，就是上校留给儿子的那张。

大衣里还有一个蓝纸包，包着不少名片，上面写着：马里尤斯·蓬梅西男爵。

之后整整一个钟头大家都是在沉默中度过的，老头和老姑娘各怀心事。

过了一会儿，马里尤斯出现了。一见到他，吉诺曼先生便气势汹汹地嘲讽起来："哇，男爵回来了。"

马里尤斯脸上一红，随即回答道："他是我父亲。"

吉诺曼先生冷酷地说："他不是，我才是。"

马里尤斯严肃地为父亲争辩："我父亲一生是光荣、英勇的，他为共和国和法兰西奉献了一切。"

这几句话严重刺激了吉诺曼先生，他怒火冲天，高声大骂共和国，大骂拿破仑，大骂罗伯斯庇尔，大骂为他们效劳的那些强盗们！

马里尤斯火了，他热爱父亲，但又不能辱骂外祖父，于是吼道："打倒可恶的复辟王朝！打倒路易十八！"

老人的脸瞬间煞白，他在房间里慢慢走了几个来回。突然，他站直了身子，铁青着脸，颤抖着对马里尤斯吼道："滚出去！"

神态描写

"煞白""铁青""颤抖"的神态描写，生动地表现了老人的愤怒之深。

马里尤斯离开了，身上只带着30法郎、一块表，外加一个旅行袋。

第二天，吉诺曼先生对他女儿说："以后不要在我面前提这个吸血鬼，每半年给他送60皮斯托尔（货币单位，银币），以后不想再见到他了。"

我的好词好句

⊙苛刻　和盘托出　显而易见　煞白　激动不已

⊙通过阅读大量的资料，拿破仑身上的种种面纱被一一撕开，真实的巨人出现在马里尤斯面前。

阅读导航

从 1789 到 1793 年，法国巴黎的革命暗流使得社会上各种团体涌现出来，其中就有一个叫 ABC 友社的团体，这个团体的构成很复杂，马里尤斯在一次偶然中接触到 ABC 友社，这一切又是怎么回事呢?

4. ABC 友社

从 1789 到 1793 年，革命洪流在暗暗涌动，表面却风平浪静，人们在不知不觉中进步着，各种团体如雨后春笋，纷纷涌现出来。

ABC 友社就是其中之一，其表面宗旨是教育儿童，实则是改造成人。在巴黎，他们常常在中央菜市场附近的科林斯酒馆聚会，有时也在先贤祠附近圣米歇尔广场的米赞咖啡馆聚会。

他们中的成员大部分是大学生，也有工人，成员之间关系非常融洽。昂若拉、孔布费尔、让·普鲁韦、弗伊、库费拉克、巴奥雷、莱斯格尔或莱格尔、若利、格朗泰等是 ABC 友社的中坚力量。

昂若拉是一号人物，出身有钱人家，家里就他一根独苗。昂若拉长得像天使一样美丽，但性情却粗野得很。似乎前世就经历过革命一样，他对革命的事情知道得很多。他已 22 岁，看上去却像个 17 岁的孩子。他很严肃，即使在欢乐时，严肃的成分也居多。

昂若拉代表着革命的逻辑，孔布费尔则是革命哲学的代表。孔布费尔是昂若拉的补充和修正。他博大，但不太高深，愿意将一般革命思想灌输给民众。在他眼里，革命是重要的，文明也是重要的。实际上，他更接近孔多塞，而昂若拉更像罗伯斯庇尔。相比孔布费尔，让·普鲁韦的色调更柔和。他学问广博，不管是对人，还是对上帝，他都抱着瞻仰的态度。他整天研究各种社会问题，试图解开困扰芸芸众生的秘密。虽然看起来他比较温和，但掩盖不了他的坚定的意志和不屈不挠的决心。

弗伊是其中仅有的几个工人之一，他的工作是制扇，每天的工资是 3 法郎。他一心只为拯救世界。除此，就是学习。

孔多塞（1743—1794 年）是 18 世纪法国最后一位哲学家，同时也是一位数学家，启蒙运动的最杰出代表人物，有法国大革命“擎炬人”之誉，他参加了 1789 年爆发的法国大革命。他是法兰西第一共和国的重要奠基人，并起草了吉伦特宪法。他也是法国革命领导人中为数不多的几个公开主张女性应该拥有与男子相同的财产权、投票权、工作权以及接受公共教育权的人之一。1793 年 7 月，执政的雅各宾派以“反对统一和不可分割的共和国的密谋者”为罪名追捕孔多塞，1794 年 3 月孔多塞服毒身亡。

在他看来，学习就是拯救自己。他为人豁达，心胸宽广。父母早已故去，于是他将人民看成父母。他不只关心法兰西，对国外历史也有专门研究。巴奥雷诚实正直，他不缺乏快乐，他是个联系人，将 ABC 友社和其他团体联系在一起。

ABC 友社里还有一个秃顶的人，他叫博须埃，他才 25 岁，头发已经没了。虽然生活屡屡碰壁，但照样快快乐乐。

若利是个比博须埃小两岁的有臆想病的年轻人，可能跟他学医有关系，他总是认为自己有病。

格朗泰是一个怀疑主义者，长得奇丑无比，对一切事情都心存戒备，但是却对昂若拉有盲目的崇拜。

这群人中，昂若拉是当仁不让的领袖，而孔布费尔是他们的导师，库费拉克则是他们的中心。作为团体的中心人物，他有足够的坦率和威望。

化虚为实

把这群年轻人说成革命的儿子，是化虚为实的写法，使他们对法国革命的崇拜和赞同变得具体可感。

所有这些年轻人都是法国革命的嫡亲儿子，虽然他们各不相同，但都追求进步。

一天下午，墨城的莱格尔背靠着米赞咖啡馆的门框，百无聊赖地望着圣米歇尔广场。忽然，他注意到一辆马车缓缓驶来，车里坐着个年轻人，身边的旅行袋上写着：马里尤斯·蓬梅西。

莱格尔看见这个名字，立即直起身，冲着车里的年轻人喊道："嗨，马里尤斯·蓬梅西先生！"

马车停了下来，年轻人抬起头。

"什么事？"他问道。

"您的名字是马里尤斯·蓬梅西？"

"正是。"

"我正要找马里尤斯·蓬梅西。"莱格尔说。

"我不认识您？"马里尤斯问。

"没关系，我同样不认识您。"莱格尔的话像是开玩笑。

马里尤斯的情绪十分不好，他以为莱格尔故意拿自己取笑。莱格尔解释说："前天，我去学校时，恰好碰到布隆多教授在点名。我听到他喊'马里尤斯·蓬梅西'这个名字，没人站出来答应。他又喊了一次。您知道，先生，点名三次不到就要开除了。我得救这个家伙一下，于是在布隆多第三次喊‘马里尤斯·蓬梅西’的时候，我答了‘到’。您得救了，但我却被开除了。布隆多教授盯着我看了会儿，突然点到了我的名字‘莱格尔’。结果，他把我的名字划去了。”

“真抱歉……”

莱格尔放声大笑。

这时候，他的好朋友库费拉克从咖啡馆里走了出来。

“嘿，博须埃！”

“博须埃？您不是叫莱格尔吗？”马里尤斯问。

“墨城的莱格尔，博须埃是我的别名。”莱格尔说，“您住在哪里？”

马里尤斯苦笑了一下，说：“不知道。”

“来吧，去我那里吧，”库费拉克说，“圣雅克门旅馆。”

当天晚上，马里尤斯就和库费拉克住到了一起，他们成了好朋友。第二天，库费拉克就把马里尤斯领到了米赞咖啡馆里，打算给他介绍给自己其他的伙伴。

马里尤斯置身于ABC友社的大厅里，面对的这样一群才华横溢的人，有点不知所措。他们那些新奇的思想给他带来强烈的冲击，使他被迫从另外的角度思考问题。他以前那些固有的想法开始慢慢改变。

一天晚上，ABC友社的成员几乎都来到米赞咖啡馆后厅。大家平静地讨论问题，只有昂若拉和马里尤斯一语不发。

格朗泰喝醉了，他在角落里喊叫道：“人生是虚无的，喝酒很好，可以忘掉人生。啊！那些酒馆，你们可以做证，我是个热衷于享受人生的人。”

博须埃伸手过去，想示意格朗泰安静。格朗泰没有理会，反而嚷得更凶了。

孔布费尔和库费拉克互相争辩，一个赞成宪章，一个攻击缺陷。库费拉克认为国王是个寄生虫，从任何方面来说，国王都是多余的。

比喻

把国王比喻成寄生虫，讽刺了王室对人民的榨取，表现了革命者对国王的憎恶。

争论中，博须埃突然说：

“1815 年 6 月 18 日：滑铁卢。”

马里尤斯本来用臂肘支着桌子，旁边放着一只酒杯，听到滑铁卢的名字，一下子认真听了起来，眼睛紧紧看着大家。

“是的！”库费拉克喊叫道：“十八是个神奇的数字，路易在十八之前，雾月在十八之后。”

昂若拉突然开口，他沉默了好长时间，现在有话要说了：“犯罪之后就要赎罪。”

马里尤斯坐不住了，他听到“滑铁卢”，又听到“犯罪”，感到非分辨一下不可。

他站起身，走到墙上的法国地图前，指着科西嘉岛说：“就是这个小岛曾使法兰西变成强国。”

昂若拉没有看马里尤斯，回答道：“法兰西不需要什么科西嘉来变成强国。”

马里尤斯大声说：“我将拿破仑同法兰西联系在一起，丝毫没有贬低它的意思。这个伟人，他创造了历史，整个欧洲都在他的怒吼下惊恐万分。这样的皇帝对我们的民族来说是多么荣耀。他两次征服世界，试问还有什么可以与之相比？”

“自由。”说话的是孔布费尔。

自由，一个简单的词语，犹如一把利刃，刺入马里尤斯的激情中，他低下头了。

孔布费尔走下楼，大家都相继跟他走了下去。楼下传来孔布费尔的歌声：

假如恺撒赐给我
光荣与战争，
并要我离开
母亲那份爱，
我会对伟大的恺撒说：
收回你的权杖和战车，
我更爱我的母亲，咿呀嗨！
更爱我的母亲。

1799 年 11 月 9 日，拿破仑以解除雅各宾派过激主义威胁法兰西第一共和国为借口，发动兵变，控制了督政府，接管了革命政府的一切事务，开始了为期 15 年的独裁统治。历史上称这一事件为“雾月政变”。

大厅里的人都走了，只有昂若拉陪着马里尤斯。马里尤斯感到昂若拉的手沉重地搭到他肩上。

昂若拉说："共和国就是我们的母亲，我们都是她的公民。"

"共和国就是我们的母亲，我们都是她的公民。"

马里尤斯被当晚的聚会深深震动，他现在处在两种信仰之间，备受煎熬。不过，现实的生活更让他苦恼。

一天早晨，旅店老板对马里尤斯说，无论库费拉克先生是否为他做过担保，他都得把房租交上。

马里尤斯找来库费拉克，将自己的窘境一一告知。库费拉克要借给马里尤斯一些钱，但马里尤斯拒绝了，虽然他现在只剩15法郎了。最后，马里尤斯委托库费拉克卖掉自己的表，大衣和长裤，凑够了80法郎。

库费拉克有个朋友是书商，马里尤斯打算学一些英语或德语，靠译些文章赚取微薄的报酬。

一天，马里尤斯从学校回到旅馆，收到了吉诺曼姨妈的一封信和一只封口的匣子，匣子内是30金路易。马里尤斯如数退还，并写信说自己完全可以自力更生。其实写信的时候，他身上的全部财产不过就是区区3法郎了。

我的好词好句

⊙中坚力量　芸芸众生　嫡亲　一语不发　贬低　自力更生

⊙所有这些年轻人都是法国革命的嫡亲儿子，虽然他们各不相同，但都追求进步。

⊙库费拉克认为国王是个寄生虫，从任何方面来说，国王都是多余的。

阅读导航

马里尤斯搬出圣雅克门旅馆后，努力奋斗，当上了律师，他将收入合理安排，还不时周济穷人。在这期间，马里尤斯还遇上了自己的爱情，他和她是怎么遇上的呢？他们能走到一起吗？

5. 生活的考验

无奈之下，马里尤斯搬出了圣雅克门旅馆。

马里尤斯一贫如洗，没有面包，没有蜡烛，没有工作。他穿的衣服烂了，戴的帽子很破，有时付不起房租。

吉诺曼姨妈曾多次设法把那30金路易给他，马里尤斯始终坚持拒绝。

为了生活，他受尽凌辱，什么活儿都去干。这是一种考验，弱者只能更卑贱，强者才能出类拔萃。

他当了律师，并给外祖父写了一封信。外祖父读完后，双手颤抖，激动又气愤地把信撕掉，扔进纸篓里，并自言自语地说："当男爵，怎么能再当律师呢。"

马里尤斯工作勤奋，每年收入大约七百法郎。他抽空学习了德语和英语，这样就能给库费拉克开书店的朋友翻译一些文章。

马里尤斯将办公室安在戈博旧宅一间没有壁炉的屋子里，每年付30法郎租金，卫生由二房东负责，每月给她3法郎，午饭花上4个苏，晚饭需要16苏，加上一些零星开销，这样每年大概四百五十法郎。余下的钱还可以买些衣服，甚至还能借给朋友。有一次，他一次借给库费拉克60法郎。

> **列数据**
>
> 用列数据的方式简单明了地写出了马里尤斯的开销状况，真实可感地写出他窘迫的生活状况。

马里尤斯熬过了艰难的最初几年，他饿着肚子也不借债，他认为借债是丧失尊严的表现。

在经受各种考验的过程中，父亲总是给予他一股神秘的力量，此外还有泰纳迪埃，马里尤斯将他与自己的父亲一起摆在很高的位置。他知道泰纳迪埃遭受了厄运，于是尽力寻找他的下落，几乎把他的那点积蓄全花光了，可结果并不如意。

马里尤斯三年前离开外祖父，之后再没见过面。他以为外祖父从没爱过他，其实他错了，吉诺曼先生心里是非常疼爱外孙的，他把痛苦全部埋在了心里，不让外人知道。

离开外祖父的家后，马里尤斯的内心发生了很大的变化，他由一个孩子渐渐变成了一个成熟的人。贫穷磨炼了他的意志与心灵，使之发愤图强，为美好未来而努力。他对苦难人生的思考，由自身上升至全部的大众。光明照耀着他的思想，他是精神上的富人。

马里尤斯虽然是律师，但他几乎从不替人打官司，他对自己从事的出版销售书业很满意，一份稳定的工作对他已足够了。

马里尤斯不再参加昂若拉主持的 ABC 友社，不过他仍和他们保持良好的朋友关系。马里尤斯真正的好朋友有两个，一个库费拉克，另一个是马伯夫先生。多亏了马伯夫，他才重新认识了自己的父亲。

“替这个可怜的人交了房租吧。”

1831 年 6、7 月间，马里尤斯听给自己做家务的老婆婆说，戎德雷特，他的邻居就要被赶出去了。

“为什么？”马里尤斯问道。

“他们两个季度没交房租了，一共欠了 20 法郎。”

“给你 25 法郎，”马里尤斯从抽屉里作备用的 30 法郎中拿出一多半来，递给老婆婆，“替这个可怜的人交了房租吧，剩下的 5 法郎是给他们的。不要向他们说起我。”

马里尤斯现在俨然已是一个漂亮小伙子了，头发浓密，身材适中，高高的额头充满智慧，严峻的脸上满

含真诚与高傲。在路上，姑娘们纷纷回头看他，使他很难堪，他以为别人在嘲笑他破衣烂衫，其实那是她们在迷恋他的风度。

这种误会，使他见到女孩子就逃跑。库费拉克感到很好笑，于是称呼马里尤斯为“教士先生”。

不过，不是所有的女人都会让马里尤斯想要避开，有两个人他是从不在意的，一位是给他打扫房间的老婆婆，另一位是他经常遇见的一个小姑娘。

一年多来，在卢森堡公园靠西街的一张长凳上，马里尤斯总会看到一个男人带着一个女孩并肩坐在那里。男的像个退役军官，六十来岁，神态慈祥，但不好接近；女孩子看上去只有十三四岁，又瘦又丑，举止笨拙，丝毫不引人注意。俩人看上去像父女，他们平静地聊天，女孩叽叽喳喳说个不停，老人则慈爱地听着。

马里尤斯每次都遇见他们，他给女孩取了个名字叫作“黑姑娘”，给那位父亲取的名字叫作““白先生””。

第二年，差不多有半年，马里尤斯没有去卢森堡公园散步，当然也没见过父女俩。

卢森堡公园是玛丽亚·冯·梅迪奇（1573—1642年）在其丈夫亨利四世死后的1615年建的，大革命期间曾是监狱，现在为参议院所在地。卢森堡公园是巴黎一座生机盎然、美丽如画的公园，有许多思想家、诗人题词的半身塑像与纪念碑。在高大的古树下放着绿色的铁椅;在这儿人们可以打牌、下棋或玩球，孩子们可以骑马，大学生们可在美迪奇喷泉边谈情说爱。

夏日一个晴朗的上午，马里尤斯心情很好，他再次来到卢森堡公园，发现那张长凳上坐着那对父女，不过，女孩似乎不像以前那个人了。现在俨然已经亭亭玉立，千娇百媚，一头让人赞叹的褐色头发，面若玫瑰，秀色可餐。她老是低着头，马里尤斯看不见她的眼睛，只能看见她那双眸低垂的清纯笑容。

马里尤斯从少女的长凳跟前走过几个来回，没有再看那位姑娘。以后他每次来的时候又像以前一样了，以前姑娘不好看，他不在意，现在姑娘好看了，他依然不在意。

一天，天空清朗，阳光和煦，卢森堡公园被阳光和绿荫淹没。马里尤斯尽情地享受大自然的馈赠，他经过那条长凳时，正好少女抬头看到了他，他俩的目光聚在了一起。

奇异的闪光，犹如

“他俩的目光聚在了一起。”

天上的晨曦，将马里尤斯内心深处的爱情唤醒。马里尤斯晚上回到自己破烂的住处，突然发现自己的衣着实在有点邋遢，不成样子。

第二天，马里尤斯去散步的时候，身上从上到下打扮一新。他先是绕着水池走了一圈，然后又原路绕了一圈，最后仿佛被迫向长凳走去。他前进的姿态，似乎多了一种进攻的意味。

越来越近了，马里尤斯放慢了脚步，还有一段距离的时候，他竟然停了下来，转身向回走。然后，他又鼓足勇气，重新回来。就这样犹犹豫豫，等他走过长凳时，紧张得连耳朵都涨红了，不敢左右张望。

走过长凳很远，他回头往回走，再次经过姑娘面前的那一刻，脸色苍白，他以为她在看他，差点没摔倒。

第二天，比贡太太看到马里尤斯出门的时候穿着新衣服，顿时吃惊不已。第三天也是如此，比贡太太有些不敢相信，于是试图跟踪他，但终究没有跟上。

一连半个月过去了。

一天，马里尤斯像以前那样，坐在“属于”他的长凳上看书。两个小时过去了，他手里的书还是那一页。忽然，“白先生”父女俩朝马里尤斯这边慢慢走来，马里尤斯异常激动，甚至来不及摆出一个相应的姿势，他把头埋了下去。

引号

文中的“属于”加上引号，表示一种特殊的含义，能想象到马里尤斯长期坐在这里，等待姑娘的情形，将他恋爱中的痴情表露出来。

当他再次抬起头时，他们已经走到他跟前，姑娘走过去了，边走边看他，他觉得她实在太美了。他有些懊恼，因为自己的靴子上有尘土。

马里尤斯陷入深深的爱恋中，谁知道他的命运到底如何呢。

一个月的时间就这样过去了。什么也阻止不了马里尤斯准时来到卢森堡公园，不过，"白先生"似乎有所觉察，马里尤斯一到，他就从长凳上站起来，四处走动。

细节描写

通过对手帕的细致描写及马里尤斯一系列的反应，表现了马里尤斯对女孩的爱恋和思念之情。

一天傍晚，马里尤斯在那条凳子上捡到一块手帕。手帕很普通，标着 U.F. 两个字母，上面没有绣花，但他似乎闻到了难以形容的芳香。他根据上面的两个字母构筑自己的空中楼阁。他给自己的心上人起名"于絮儿"。

马里尤斯很想知道自己的"于絮儿"住在哪儿，于是在后边跟踪他们，一直来到西街一幢外表简朴的四层新楼房里。他跟了进去，向门房打听他们的事情，门房说："先生，您是密探吗？"

“先生，您是密探吗？”

马里尤斯尴尬地离开了。

第二天，父女俩只在公园待了一会儿就离开了。马里尤斯照例跟着他们，到他们住处的时候，父亲回过头，看了马里尤斯一眼。

第三天，马里尤斯整整一天没看见他们。第四天仍是一样。一个星期过去了，父女俩始终没露面。

马里尤斯来到他们住的地方，再度向门房打听他们的下落，才知道，他们已经搬走了。

阅读导航

马里尤斯在“白先生”和姑娘失踪后，不断地寻找他们，并最终与他们不期而遇，这是怎么回事呢？并且在这场相遇里，他还找到了念念不忘的恩人泰纳迪埃，这又将引出怎样的故事呢？

6. 救命恩人的真面目

夏天、秋天相继过去，冬天来了。马里尤斯再没在卢森堡公园见到“白先生”和那少女，他不停地寻找他们的踪影，却怎么也找不到。马里尤斯变得忧心忡忡，他失去了生活的目标和意义，面前一片空白。马里尤斯又回到以前孤独的生活，情绪低沉，内心焦虑而痛苦。有一次，他在残老军人院附近的小巷子里，迎面遇见一个人，竟然觉得那人很像“白先生”，于是想跟上去，可那人很快走远了。这事让他惆怅了好几天。

戈博旧宅还是老样子，除了马里尤斯和戎德雷特一家，再没有其他人住在这里。马里尤斯对戎德雷特一家毫不注意，一句话也没说过。

冬季的一个下午，马里尤斯走出戈博旧宅去吃晚饭，他沿着林荫大道，低着头，边走边胡思乱想。忽然，两个衣衫破烂的姑娘撞了他一下，只听其中一个喊了一句“磊子来了”，随即便慌慌张张跑走了。

她们跑过去以后，马里尤斯发现脚边有个小包，是那两个可怜姑娘丢的。他捡起来，转身找那两个姑娘时，却发现她们已经走远了，于是他收起纸袋，继续走路。

> **伏笔**
>
> 写两个姑娘丢包和马里尤斯捡包，为下文的情节埋下伏笔。

晚上回到家，他将纸袋拆开，发现里面有四封没封口的信。他大略看了一下，都是一些求助的信件，笔迹一样，但署名却分别是堂·阿勒瓦雷、妇人巴利扎尔、作家让弗洛和戏剧家法邦图。

马里尤斯猜测这也许是玩笑，将它们扔到角落里，然后就上床睡觉了。

第二天一早，有人轻轻叩马里尤斯的门。

“请进。”马里尤斯说。

“比贡妈妈，您有事？”马里尤斯头也不抬地问道。

“先生……”

这个声音如此小，沙哑而低沉，显然不是比贡妈妈的声音。

马里尤斯抬起头，一个年轻的姑娘站在眼前。她面色苍白，身材瘦小，穿的衣服破破烂烂，甚至衣不遮体。青春的魅力已经不再，因堕落和贫穷而提前到来的丑陋老态一览无余。

“您有什么事？”马里尤斯问道。

“先生，这是给您的信。”

她把手里的信递给马里尤斯

马里尤斯接过来，读道：

“先生，这是给您的信。”

> 亲爱的邻居，年轻人！
>
> 半年前您帮过我，现在我一家四口已断粮两天了，我妻子还病了。您如果愿意屈尊再施舍一些恩惠给我们，我们将感激不尽。
>
> 戎德雷特

看完信，马里尤斯昨晚的谜团解开了，五封信，昨天的四封加上今天的一封都是这个戎德雷特写的。戎德雷特——他的邻居，正在利用欺骗的手段来骗取施舍。而眼前这个可怜的孩子，或是姑娘，显然被贫困变成了肮脏而无辜的怪物。

马里尤斯看着她，眼里满是惊讶和痛苦，但她毫不在意，在房间里走来走去，摸摸这个，看看那个。

“啊！”她说，“您有书！我也认得一些字。”

她捡起笔，在一张纸上写了几个大字：磊子来了。

她仔细打量了一下马里尤斯，脸上闪过奇特的神情，对他说：“马里尤斯先生，您知道您很漂亮吗？”

侧面烘托

姑娘对马里尤斯的打量，以及她的神情和话语，侧面烘托出马里尤斯的英俊外貌。

她笑了，他羞红了脸。

“小姐，”马里尤斯冷淡地说，“我这里有个您的纸袋，想必是您昨天掉的。”

他伸手递给她装着四封信的纸袋。

她嚷道：“原来您捡到了，让我们找得好苦。”

马里尤斯从身上搜出5法郎16苏，这是他全部的财产。他自己留下16苏，剩下的5法郎都给了那姑娘。

那姑娘一把抓过硬币，行了个礼，还亲昵地做了个手势，离开了。

马里尤斯一直以为自己生活在穷困、匮乏，甚至困境之中，但看到眼前的姑娘，他才发现，自己经历的那些根本不是真正的贫困。真正的贫困可以熄灭人内心的精神之光，使无能为力的女人和孩子从事那些卑鄙的勾当。

马里尤斯情不自禁地责备自己，他和戎德雷特一家仅仅一墙之隔。墙上甚至没有糊纸，结构粗糙，有一个地方还有一个三角形的窟窿。透过这个窟窿，戎德雷特一家的不幸尽收眼底。

马里尤斯透过这个窟窿向里面张望。

这是一个穷窟。屋里黑得很，肮里肮脏，满是臭气，一张破桌，一把破椅，还有两张破床，外加几个破坛子，这就是全部家具。

> 白描
>
> 破桌、破椅、破坛子，作者对戎德雷特家室内陈设的白描，生动地表现出戎德雷特家的贫苦。

屋里有个六十来岁的男人，瘦小而凶悍，灰白胡子，面貌丑陋，神色狰狞，身上披了一件女人的衬衣，露出毛茸茸的胸脯。他正坐在桌子旁写着什么。他边写边大声说：“哼，死人都不平等！有钱人葬在墓地了，穷人只能葬在泥坑里。”

屋里还有一个胖女人蹲在壁炉旁边，一个病快快的小姑娘躺在一张破床上，一点生气也没有。

在这间屋里，满是绝望和凄凉。

马里尤斯感到胸口很不舒服，正要将目光移开，突然，破屋的门打开了。

大女儿气喘吁吁地跑进来，兴奋地大声喊道：“他来了！圣雅克教堂的那位慈善家来了。”

“真的？”父亲问道。

“是的，他坐出租马车来。”

“看，真阔气！”

父亲从桌子旁站了起来，脸上顿时一亮。他指挥自己的老婆将炉火弄灭，又让大女儿将椅子弄破，还让小女儿下床去砸坏窗户玻璃。

小女儿哆嗦着走到窗前，一拳砸在玻璃上，窗玻璃碎了，她的手也划破了。母亲嚷道：“都是你让干的好事！她的手破了！”

“手破了更好！”父亲说，“可以让慈善家看看。”

“一切都准备妥当，只等那位慈善家到来了。”

他将身上那件衬衣，就是那件女人衬衣，撕下一个布条，给小女儿随便包扎了一下。他看着撕破的衬衣和眼前的一切，得意地说道：“一切都准备妥当，只等那位慈善家到来了。”

那位慈善家终于来了，身后还跟着一个年轻的姑娘。

是他的“她”！

马里尤斯已经破灭的希望重新燃起，深深颤抖，激动不已。眼前久别的心上人，还那样美丽。她走到桌子前，放上去一大包东西。

大女儿在房门后，默默地看着来人身上华丽的服装和那张洋溢着幸福神情的脸。

“白先生”来到戎德雷特的面前，说：“先生，这里有几件新衣服。”

语言描写

通过对戎德雷特前后不一的语言展示，表现了他的虚伪和贪婪性格。

“您真是太好了。”戎德雷特深深地鞠了一躬。趁“白先生”不注意的时候，他回头对大女儿嘀咕：“给的都是破衣衫！一个大子儿也不给。”

“你们的生活真是值得同情，请问您叫……”看完房间后，

“白先生”这样问道。

“法邦图。”这是戎德雷特给慈善家的信上的署名。

“法邦图先生”开始哭诉自己的苦难生活，他说道：“先生，您看，现在我过不下去了，我只剩一把椅子，还破了，窗玻璃碎了，老婆病了，孩子受伤了。”

戎德雷特乘机偷偷在孩子的伤口上捏了一把，孩子疼得喊叫起来。

马里尤斯的“于絮儿”赶紧走过去。

“小姐，您看看吧，”戎德雷特说，“我的孩子为了挣几个苏，被机器伤了，她的胳膊可能保不住了！”

戎德雷特看着眼前的慈善家，眼光变得异样起来，他仿佛在思索。

“白先生”将五法郎放到桌上，又把身上穿的大衣脱下来，放到椅子上，他说：“法邦图先生，今天我没有带钱，只剩下这5法郎，不过，晚上我会再来……”

戎德雷特赶紧说：“好心的先生。今晚8点我就要交房租了。”

“好的，6点我会带60法郎过来。”

“恩人哪！”戎德雷特大声说，“您是我的大恩人。”

然后，他低声对老婆说：“仔细看看他的样子！”

“白先生”和那位漂亮姑娘转身朝门口走去，一边走一边回头

“我的孩子为了挣几个苏，被机器伤了，她的胳膊可能保不住了！”

19 世纪初期的女性服装仍受新古典主义影响，渐渐出现所谓的帝政样式，高腰身以突出胸高，细长裙子上白兰瓜形的短帕夫袖，方形领口很低很大，展现女人的迷人胸脯。裙长不再拖地，下摆变宽，加有飞边、蕾丝。披巾是这时期不可缺少的装饰物，材料有开司米、薄毛织物、白色丝绸等。

说：“晚上 6 点我会再来。”

“先生，”戎德雷特的大女儿说，“您的大衣。”

戎德雷特生气地瞪了她一眼，“白先生”笑着说：“大衣是留给你们的。”

看到他们离开，马里尤斯只想跟过去，这次好不容易重逢，马里尤斯不想再错过机会了。他奔下楼，来到路上，正好看见他们的马车离开。这时，一辆出租马车路过这里，马里尤斯将它拦下。

马车夫做了一个数钱的手势，说道：“40 个苏。”

“回头再给你。”马里尤斯现在全部的财产是 16 个苏。

马车夫不屑地瞥了马里尤斯一眼，吹着小曲，赶着马车走开了。马里尤斯只能垂头丧气地回到屋里。上楼的时候，他没有注意到戎德雷特和一个“城门强盗”的在一边鬼鬼祟祟地商议着什么。那人叫庞肖，是个强盗、恶棍。

马里尤斯在走廊里看见了戎德雷特家的大女儿，想到那五法郎给了她，以至于自己没法坐车，就有点生气。

戎德雷特家的大女儿跟在他后面，一直来到马里尤斯的门前，马里尤斯略带生气地问道：“您还有什么事？”

她呆呆地若有所思，眼里闪过忧郁的光。她说：“马里尤斯先生，您是不是有什么心事？”

“没有。”

“您骗我！”

“请您不要再烦我了！”

“您想错了，”她说，“您是个好人，自己不宽裕，却还接济我们。您现在有什么心事，我希望自己能帮上一点。”

“好的，你……”马里尤斯说。他使用了“你”，她眼里闪出高兴的光芒。

“你知道今天到你们家里的那两个人的地址吗？帮我打听一下。”

“您想知道？”她问道，脸上突然阴沉下来。

“您和他们认识吗？”

“不认识。”

“但您想认识她，是吗？”

她的话语中多了一些苦涩的味道。

“您能办到吗？”马里尤斯说。

“我把地址给您，您怎么报答我？”

“我有什么，您尽管拿去。”

“好。”

马里尤斯一个人待在屋子里，感到筋疲力尽，晕头转向。他正胡思乱想，隔壁戎德雷特扯着嗓子说道：“就是他，我认出来了。”

马里尤斯跳了起来，再次透过那个小洞口，观察隔壁发生的一切。

戎德雷特来回在屋里走来走去，他的老婆惊讶地问道：“你能肯定是他吗？”

“马里尤斯一个人待在屋子里，感到筋疲力尽，晕头转向。”

“当然可以肯定！虽然过去有8年
可我还是一眼就看出来了。这次，我可抓住他了。”

“还有那小姐……是她。”

“什么？是那个东西？”他的老婆语气里充满惊讶，甚至带有少许愤怒。她接着喊道：“她穿得像个贵妇人，而我的女儿却没衣服穿。这不可能。”

房间沉默了下来，过了一会儿，他低声对老婆说：“咱们这次要发个大财。”

“嘘！小点声！别让人听见。”

“放心吧，他出去了。”

接下来，戎德雷特压低声音，说出了他的罪恶计划，晚上那位慈善家来了之后，他要狠狠敲上一笔。

“等着瞧吧，好戏就要上场了。”他得意地说道。

他走出门，开始进行一些布置，临走时将慈善家给的5法郎硬币留下，并嘱咐老婆准备一炉煤。

对于隔壁发生的一切，马里尤斯感到恐惧且厌恶。想到现在

此时期服饰方面变化最大的是裤子。在法国大革命中，那种长度仅到膝盖的马裤被看作是贵族的象征。宫廷外的平民男子开始将裤管加长到小腿，又加长到脚踝，这一改变具有划时代的意义。

能为自己的“她”做一些事情，心里不由得有些安慰。

怎么办呢？

他来到蓬图瓦兹街14号，那是警察分署所在地。马里尤斯要找警察署长，一个接待员告诉他，警长不在，有事可以找一个代替警长行施职责的警探。

接待员把他领到署长办公室，那个警探站在火炉旁，神态凶残，可怖，让人害怕不已。

“什么事？”他问。

马里尤斯将自己所知一一告诉对方，最后又说地点是医院林荫大道五〇一五二号。

那警察似乎对这个门牌号很敏感，他说：“我对那里有印象。”

“请问您打算怎么处理？”

警探说：“您身上有那幢房子的钥匙吗？”

“有。”

“给我。”

马里尤斯将钥匙交给他，叮嘱他来的时候多带些人。

警探瞪了他一眼，生硬地说：“给您一把枪，里面有两发子弹。您觉得时机成熟的时候就开上一枪，然后藏起来，剩下的事情交给我来处理。”

马里尤斯把枪放进上衣口袋里，朝门口走去。警探说道：“6点之前，如果您有时间，可以派个人过来，直接找沙威警探。”

马里尤斯回到五〇一五二号自己的房里，时间已是五点半了，他心里有些紧张。

隔壁响起说话声。

“一切都准备妥当，”戎德雷特说，“你们吃东西了没有？”

“吃过了，”母亲说，“我们煮了三个大土豆，放了一点儿盐。”

“好吧。”戎德雷特又说，“明天咱们就可以大吃一顿了。”

然后是一阵窃窃私语，看起来他们在商量接下来要怎么准备。过了一会儿，戎德雷特吩咐大女儿说：“去隔壁看看那人在不在家，快去。”

马里尤斯赶紧爬到床底下藏好。

门开了，戎德雷特家的大女儿走进来，手里拿着一支蜡烛。她来到镜子前，照来照去，还低声唱着爱情歌曲。

“喂！”戎德雷特生气地喊道，“怎么还不回来？”

“就来了！”她答道。

过了一会儿，马里尤斯听到隔壁戎德雷特的吼叫声：“你们两个去外边看紧大门，有情况赶快回来说一下。”

大女儿嘴里嚷道：“让我们光着脚在雪地里放哨！”

“明天，明天你们就会有新鞋穿了！”父亲说。

马里尤斯从床底下爬了出来，接着从窟窿向里观察。

隔壁屋里的壁炉里放了一个铁皮炉子，很大，里面装满了煤炭，烧得通红的炉子发出可怕的蓝色火焰。马里尤斯还看到，火炉里有把冷錾。

细节刻画

作者着力描写了铁皮炉子的场景，通红的炉子、蓝色火焰、冷錾，充斥着恐怖的氛围，为下文的情节做了铺垫。

房间里悄然无声，说不出的恐怖，马里尤斯知道，可怕的事情就要发生。

远处传来一阵钟声，是圣梅达教堂敲响了 6 点的钟声。

“白先生”果然来了，他还带来了 4 个金路易。

“法邦图先生，”他说，“这 4 个金路易给您，以后有需要

“明天，明天你们就会有新鞋穿了！”

再说。”

“您真慷慨！”戎德雷特答道。

戎德雷特的老婆偷偷溜出去，将马车打发走了。地上的雪很厚，屋里的人听不见马车开走的声音。

“白先生”问道：“您那位受伤的小女儿怎样了？她好像不在。”

“情况很不好，”戎德雷特故作伤心地答道，“她去医院了，姐姐带她去的。”

“您太太看起来要好一些了。”“白先生”看了看站在门口的戎德雷特的老婆。

“她的情况更糟，先生，”戎德雷特说，“没办法，她活不长了。”

戎德雷特嘴里说这话，面部却透露出精明凶悍。马里尤斯注意到，在他说话的工夫，房间里多了一个人。那人光着脖子和膀子，穿一件又破又脏的背心，长裤又肥又大，黑灰涂了一脸，坐在那里一声不响。

语言描写

作者通过肖像描写塑造出一个肮脏、凶悍、沉默的人物形象，渲染出恐惧的氛围，牵动了读者的心，令读者不禁为“白先生”接下来的命运感到担忧。

“他是谁？”“白先生”问。

“不用管他，”戎德雷特说，“他是我的邻居。”

“对不起，您刚才说到哪里了，法邦图先生？”

“是的，刚才我说，我要卖一幅画。”

这时，又一个人溜了进来，“白先生”发现了他。戎德雷特解释说，他们都是他的好邻居。

戎德雷特把画拿出来，向“白先生”展示。这时，又溜进来两个人。

现在，房间里一共多了四个人，这四个人都光着膀子，样子可怕。戎德雷特发现“白先生”的目光不在画上，而是在这些人身上，赶紧说道：

“都是我的邻居。”他说，“他们成天同煤打交道，所以脸很黑。恩人，看看这幅画，买下它吧。我只要 1000 埃居。”

忽然，他眼露凶光，对着“白先生”喊道：“难道您不认得我了吗？”

门突然打开，3 个家伙出现在眼前，都是穿蓝粗布衣，戴黑纸面具，他们手里都拿着家伙，长木棍、铁锤。

戎德雷特问刚进来的那个拿着长木棍的瘦子：“准备得怎么样了？”

“都好了。”

“白先生”意识到自己的处境，他没有丝毫害怕，而是平静地看着眼前这些人。马里尤斯在里面盘算着，再过一会儿他就开枪。

戎德雷特来到白先生面前，狞笑道：“看看我是谁。泰纳迪埃！蒙费梅的客栈老板！怎么样，认出来了吗？”

过渡

以语言推动情节的发展，这里的话语起到过渡的作用，领起下文。

“没有。”

听到泰纳迪埃这个名字的那一刻，马里尤斯惊呆了！本来准备开枪的手垂了下来，枪差点掉到地上。他想起父亲临终前的遗嘱，遗嘱中叮嘱他要报答泰纳迪埃的救命之恩。多少年来，在他心里，泰纳迪埃这个名字同他父亲的名字一样，受着他无比的敬爱和崇拜。结果，这个崇高的名字竟然变成了一个魔鬼！天哪，他该怎么办？救了“白先生”，势必要违反父亲的遗嘱。但如果不阻止戎德雷特的罪恶计划，就要看着一个无辜的人受害。

“恩人，看看这幅画，买下它吧。我只要 1000 埃居。”

泰纳迪埃得意扬扬地在屋里走来走去。他吼道：“啊！8 年了，您终于出现了。当年，您花 1500 法郎，拐走我的百灵鸟，她是我的摇钱树，可以让我一辈子吃喝不愁。现在，您又装成一副伪善的样子，将一包破衣服送给我们。我要让您明白，您这样做是不会有好果子吃的！”

说完，泰纳迪埃呼哧呼哧喘着大气，这个卑鄙的小人，觉得自己终有一天可以战胜巨人，而那一天终于到来了，于是感到莫名的狂喜。

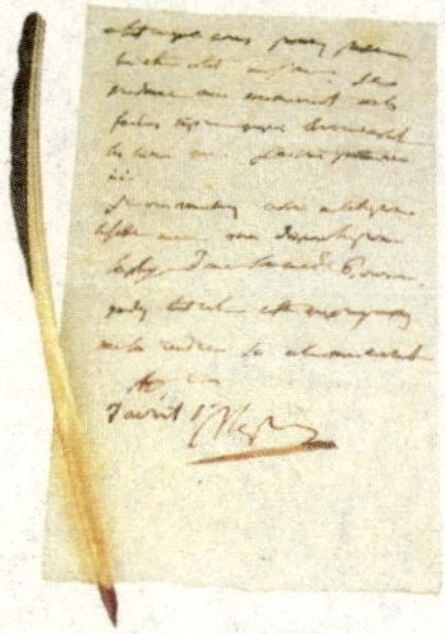

当时人们书写使用的还是羽毛笔，直到19世纪80年代中期，才在羽毛笔的基础上发明了钢笔。上图为当时的羽毛笔管和信笺。

“白先生”听完，很平静地对他说：“您搞错了，我不是那个人。”

“啊，这么说，您认不出我是谁？”

“您是强盗。”

“强盗！对，我是一个强盗，你们这些人就是这么说的。我没钱，没面包，我是强盗！你们穿得暖，吃得饱，却把我们叫成强盗！”

泰纳迪埃变得狂怒起来，“白先生”密切注视着屋里的一切，他抓住机会，一脚踢翻椅子，跳到窗口，准备跨出去。很快，有几双手拽住了他，将他拉了回来。

泰纳迪埃现在倒是平静下来了，他说道：“别伤了他。”

他们把“白先生”牢牢捆在一条床腿上。泰纳迪埃则搬来一张椅子，坐在“白先生”面前，马里尤斯从窟窿里正好可以看见泰纳迪埃的脸，他像换了个人一样，由穷凶极恶变为狡猾温和。

“先生，逃跑是不好的，您也许会摔断腿，”泰纳迪埃说，“咱们应该和解。您很富有，我也不想趁机使劲敲您一笔，大家都做些让步。20万法郎，怎么样。”

“白先生”静静地站在那里，一句话也不说。

泰纳迪埃拿来一支笔，又把桌子挪到“白先生”前面。

“给他松一下绳子。来，写点东西，我说您写。”他说。

泰纳迪埃开始口授内容：“亲爱的女儿，赶紧跟送这张便条给你的人来一趟，我有事等着你。尽管放心。”

“白先生”照着他说的写了，泰纳迪埃担心最后一句“尽管放心”容易让人起疑，又让“白先生”划掉了。

泰纳迪埃问道：“您的名字是什么？”

“于尔班·法布尔。”

“签上您的名字，还有您的地址。”

泰纳迪埃的俘虏想了一下，拿起笔在纸上写道：“圣多米尼克当费尔街17号，于尔班·法布尔先生住处，法布尔小姐收。”

泰纳迪埃兴奋地夺过信，交给泰家婆娘和那个拿铁锤的人，让他们把信送过去。

马里尤斯焦急地等待着，他想，如果来的人真是她，那他无论如何都要救她，哪怕付出生命。

马里尤斯又听到泰纳迪埃说："先生，他们会把您的百灵鸟带到一个安全的地方，您要用20万法郎来换回她。如果您耍花招，我的朋友就会结果了她。"

俘虏没有说话。

他们要绑架她，马里尤斯脑海里闪过可怕的一幕。现在，他更下不了开枪的决心，不只因为父亲的遗嘱，还因为她的心上人。他怕她受到伤害。

泰家婆娘回来了，她脸色通红，眼里冒火，大声说道："地址是假的！那里没有法布尔先生！看的门是夫妇俩，他们都说不认识法布尔先生！"

神态、语言描写

作者运用神态和语言描写，充分表现了泰家婆娘绑架企图失败后的气急败坏，同时设置悬念，推动情节进一步发展。

马里尤斯的心稍微平静了一些，他的心上人暂时安全了。

泰纳迪埃恶狠狠地对俘虏说："给我一个假地址，为什么？"

"为了争取一些时间！"俘虏回答。同时，他把早已割断的绳索挣脱下来，弯腰捡起火炉烧得通红的冷錾。

"为了争取一些时间！"

俘虏大声说："你们这些可怜的人，没人能逼我写我不愿意写的东西，来看吧。"

说着，他卷起袖子，将通红的冷錾，放到赤裸的胳膊上，一股特有的气味儿马上传遍整个屋子。歹徒们惊恐万状，马里尤斯敬畏地看着他，而他好似什么都没有发生，泰然自若地盯着泰纳迪埃，目光透露着安详和威严。他把冷錾扔出窗外，屋里的人慢慢围上去，泰纳迪埃手里拿着一把刀。

马里尤斯环顾四周，突然看到了泰纳迪埃的大女儿早晨写的那几个字：磊子来了。马里尤斯急中生智，把一块灰泥裹在纸里，透过墙洞扔了进去。

“有东西！”泰纳迪埃的老婆说。

“是什么？”泰纳迪埃问道。

泰纳迪埃的老婆捡起来，交给丈夫。

泰纳迪埃迅速看了看，认出是大女儿埃波妮写的。

他示意妻子从窗口跑出去。不过已经晚了，沙威已经带着人进来了。

沙威早已布置好了人手，他没有等来信号，于是决定直接上楼。

他来得恰到好处。屋里的人还想反抗，但沙威轻蔑地说：“不要乱动，现在有 15 个人包围了你们 7 个，你们最好还是乖乖地从门口走出去。”

泰纳迪埃还想试一下，他用手枪瞄准离他才三步路的沙威，但没有打中。其他的人全都投降了，只有泰家婆娘还负隅顽抗，但没过几秒钟，她也被铐了起来。

那个俘虏看见警察进来后，就一直低着脑袋，一言不发。

沙威让人给他松绑，自己到桌子旁去写报告。写了几句，他说道：“把刚才那位先生带过来。”

警察们看了看屋里，那位先生已经不见了。

我的好词好句

⊙忧心忡忡　惆怅　一览无余　鬼鬼祟祟　窃窃私语　惊恐万状

⊙真正的贫困可以熄灭人内心的精神之光，使无能为力的女人和孩子从事那些卑鄙的勾当。

⊙歹徒们惊恐万状，马里尤斯敬畏地看着他，而他好似什么都没有发生，泰然自若地盯着泰纳迪埃，目光透露着安详和威严。

阅读导航

此时的法国正处在“七月革命”的前期，巴黎的各种革命势力暗流涌动，其中的敏感地带圣安托万郊区，一个革命团体正在组织行动。

第四卷

1. 蓄势待发

1831 和 1832 年是七月革命后的两年，这两年的历史最特别，也最令人震惊。抵抗和运动时现时隐，真理闪耀于其中。

中间阶段经历了王朝复辟。这段时期是奇特的，国民一心渴望安宁的日子。与恺撒相比，人们更愿意要普鲁西亚斯，与拿破仑相比，人们更愿意要伊夫托王。

但那些注定要当国王的家族回到法国重新掌权后，竟认为这一切都是他们的恩惠，甚至认为他们有能力给，也有权力拿回来。他们自以为强大无比，一旦时机成熟，便可当机立断，孤注一掷。这就是他们颁布七月敕令的初衷。那么，他们的垮台也在意料之中了。

至于七月革命，在资产阶级的影响下，成为一场半途而废的、不彻底的革命。

革命发生后，国内问题不断，运动也悄悄酝酿。

人们的思想正日益蔓延，蠢蠢欲动，社会焦虑不安。乌云压来，一片昏暗，孕育着激动人心的闪电。

1832 年，距离七月革命差不多有 20 个月了，形势危急，人民生活日益维艰，国外形势错综复杂，整个欧洲都愤怒地看着法兰西。

法国七月革命，是 1830 年欧洲的革命浪潮的序曲，经历过法国大革命的法国人民难以忍受波旁王朝的统治，于是群起反抗当时法国国王查理十世的统治，拥戴路易－菲利浦登上王位，建立新王朝，也就是“七月王朝”。

图为《自由引导人民》，是德拉克洛瓦最具有浪漫主义色彩的作品之一，反映的即是1830年的七月革命。

“昂若拉也开始组织队伍，准备行动了。”

4 月底，大规模的骚动已隐约可见，革命一触即发。法国的关键在巴黎，巴黎的关键在圣安托万郊区。

圣安托万郊区暗中布满了革命的怒火，这怒火就要升腾了。

在夏罗纳街上的小酒店里，大家公开谈论战斗的问题，还动员人们加入战斗。他们散布、阅读各种革命小册子；他们互相告诉对方，自己这边有多少人；他们自己动手，制造子弹，还常常定期举行聚会，谁都可以参加。

一天，有人向政府报告，在郊区，有人发放了武器和 20 万发子弹。警察去查，连一颗子弹也没找到，不过他们找到了一封信，信上写着：“四小时内，八万爱国志士将全副武装投入战斗。”

革命热情迅速传遍巴黎和整个法国。

当时的局势就是这样。

在这整个局势中，最敏感的地区就是圣安托万郊区。这个郊区有古老的历史，政治动荡引发的各种社会危机都在这里得到体现，这里的民众极其高傲并且潜藏着巨大的热情，当穷困和才智在这里相撞，就会产生危险的火花。

大约在这个时候，昂若拉也开始组织队伍，准备行动了。

在米赞咖啡馆，昂若拉对全体人员说：

“我们要关注目前的形势，做好准备。时间紧迫，要时刻地方意外发生，以免手足无措。库费拉克去综合工科学校看看学生们。弗伊，我叫得没错吧？您去冰库街，密切注视那里的人。孔布费尔已经答应皮克皮斯，吊刑杆街由巴奥雷去。普鲁韦，到格勒内尔－圣奥诺雷街共济会会馆去探听一下情况。迪皮特朗诊所还是由若利去，看看医学院有什么动向。博须埃去和法院的见习生们聊一聊。至于我，则要同库古尔德联系一下。”

当时革命热情迅速传遍整个法国，不管军队前进到哪里，在他们身后，路障就被建了起来。革命是不可能被压垮的，起义者在圣奥诺雷街和其他街区缴获了王室的大炮，三色旗在各处飘扬起来。

“布置很周密。”库费拉克说。

“不，还有一件重要的事没有安排。”

“什么事？”

“梅恩城门。”昂若拉回答，“梅恩城门那里的石匠、画匠、粗坯雕塑工，近来热情在减退。我需要有人同他们谈一谈。本来马里尤斯可以办这件事，但他最近似乎有心事。现在派谁去好呢？”

“我，”格朗泰自告奋勇说，“还有我。”

“你？不行。”

“为什么？”

“你什么都做不了？”

“你没有信仰。”

“你就是我的信仰。”

“你真的愿意？”

“愿意。”

“好吧，不过其他事情不要掺和，去之前，你最好先醒醒酒。”

一刻钟后，大家便分头行动去了。

我的好词好句

⊙蓄势待发　孤注一掷　酝酿　蠢蠢欲动　一触即发

⊙这个郊区有古老的历史，政治动荡引发的各种社会危机都在这里得到体现，这里的民众极其高傲并且潜藏着巨大的热情，当穷困和才智在这里相撞，就会产生危险的火花。

阅读导航

在这个案件结束后，泰纳迪埃被抓进了监狱，马里尤斯也搬出了原来的旧宅，他还要继续寻找“白先生”和那个女孩。有一天泰纳迪埃的女儿找到他，给他带来了一个重要消息，会是什么呢？

2. 埃波妮

沙威走后第二天，马里尤斯就悄悄搬出了戈博旧宅。第一，他不想再看到那幢房子里的丑恶；第二，他不想接下来在法庭上面对泰纳迪埃。沙威听说马里尤斯走后，也没有在意，他想或许这个年轻人是因为害怕逃走了。马里尤斯搬到了库费拉克家，他每月向库费拉克借 5 法郎，然后再寄给监狱中的泰纳迪埃。库费拉克一直很好奇这钱到底是给谁的，泰纳迪埃也常问这钱是从哪里来的。

马里尤斯经常想起她，他现在知道她不叫“于絮尔”，只知道她外号是百灵鸟。他有时也担忧那个“白先生”，“白先生”身上有很多疑点，他都想不通。他的心现在是痛苦的，生活也陷入了贫困中。他只有一个念头：自己是爱她的。

一天，马里尤斯在戈布兰小河前的田野间散步，他看到一座古老的菜农庄园，这地方有一种原始美。他向行人打听庄园的名字，行人告诉他，这庄园叫百灵鸟场。

马里尤斯听到这个名字，刹那间觉得这里与她有千丝万缕的联系，从此，他每天都会来百灵鸟场闲逛。在去百灵鸟场的路上，他有时会碰到马伯夫大爷。马伯夫大爷现在也是一样贫困，他俩在路上见面，相互点点头，彼此之间不做任何交谈。贫困使人们之间的友情淡薄了。

陷入忧虑的不只马里尤斯，还有沙威。看似在戈博旧宅大获全胜，其实不然，最让他疑心的人逃跑了。埃波妮和阿赛玛被关进了玛德洛内特监狱，后来由于证据缺乏，又被放了。

一天，天刚黑，年近八旬的马伯夫大爷坐在园子里的一块翻倒的界石上兴致勃勃地看书。他不时看一眼园子里种的花，发现花快枯萎了。他想到井边打点水，但他没有力气了。

夜是那样静，马伯夫大爷看着漫天的星斗，多么希望天上能下点露水。

突然，一个声音在耳边响起："马伯夫大爷，我来帮您打水好吗？"

“百灵鸟场，您到那里可以碰到他。”

他回过头，一个又高又瘦的姑娘从篱笆外走了进来，像一个幽灵，来到马伯夫大爷面前，拿起吊桶，打了满满一桶水。这个幽灵轻盈地在花间跑来跑去，有些怪异。顷刻间，花叶上洒满了水，马伯夫大爷又高兴又感动。

"上帝保佑您，"他说，"您就是护花天使。可惜我不能帮您做点什么。"

"您可以。"她说。

"我能做什么？"

"我想知道马里尤斯先生的住处。"

马伯夫大爷抬起头，想了好大一会儿，才想起马里尤斯·蓬梅西男爵。

"百灵鸟场，您到那里可以碰到他。"

几天后的一个早晨，马里尤斯从库费拉克手里借了五法郎，准备送到监狱书记室给泰纳迪埃。他先来到了百灵鸟场，在那里，他的思念变成了自责，他感到内心已经无力。

突然，耳边响起一个熟悉的声音："咦！那人就是他！"

他抬头望去，认出是埃波妮，他现在知道泰纳迪埃的大女儿叫这个名字。她看起来比以前更穷，但却比以前漂亮了。她身上多了青春的气息。

她走过来，激动地说道："我总算找到您了！马伯夫大爷说得没错。您知道吗？我在牢里待了15天！您搬家了。"

"是的，我不在那地方住了。"马里尤斯说。

"我明白，发生了这样的事情，让人不愉快。马里尤斯先生，马伯夫大爷告诉我您是男爵，但您怎么还戴着破帽子。"

她看到马里尤斯默不作声的样子，脸色阴沉下来。过了一会儿，她大声说："我知道您为什么闷闷不乐，我只想您开心。"

"好吧，你到底想说什么？"

"我找到地址了，您上次让我找的地址。"

"真是太好了！快告诉我她住在哪里？"

"我不记得街名和门牌号码，不过我可以带您去。"

"埃波妮，你得发誓不告诉你的父亲！"

"您知道我的名字？"

"答应我！"

"好，我不会告诉任何人。您现在要去吗？"

"马上。"

"那跟我来吧。——看！您多高兴啊！"她说。

走了没几步，她停了下来，似乎想起什么事。

"马里尤斯，您记得您对我做过的许诺吗？"

马里尤斯身上正好带着5法郎，那是准备给泰纳迪埃的。他拿出来，递给埃波妮。

"我不是想问您要钱。"她说。

我的好词好句

⊙千丝万缕　淡薄　枯萎　幽灵　默不作声

⊙一天，马里尤斯在戈布兰小河前的田野间散步，他看到一座古老的菜农庄园，这地方有一种原始美。

⊙他回过头，一个又高又瘦的姑娘从篱笆外走了进来，像一个幽灵。

阅读导航

冉·阿让带着珂赛特搬出原来的住址后，去了哪里呢？马里尤斯一直在寻找他们，能找到吗？珂赛特是怎么想的呢？他们会相恋吗？

3. 重逢

19 世纪中叶，在圣日耳曼城郊荒僻的布洛梅街，如今则叫普吕梅街，有一位巴黎高等法院的院长修建了一座小楼。小楼用石头建成，完全是芒萨尔的风格，楼房上下两层，后面是个小院子，院里有两间平房，是带地窖的那种。

社会环境描写

文中交代了当时的社会场景，使得小说更加真实可信，同时也增添了历史风貌，为小说对社会主题的讨论做了必要的铺垫。

1829 年的 10 月，房子被一个上了年纪的男子租下，他带着一个年轻姑娘和一个女用人悄悄搬进来，似乎是溜进别人家里，而不是自己家。不过好在这里没有邻居。

这个房客的名字是福施勒旺，他的真名是冉·阿让，另外两个人是珂赛特及女佣杜珊。

冉·阿让和珂赛特在女修院里过得非常幸福，但冉·阿让最后还是决定离开。因为他想，或许某一天珂赛特会后悔选择当修女。福施勒旺老头死后，他对院长嬷嬷说，自己继承了一笔遗产，想带着珂赛特离开这里。另外，他决定捐款五千法郎给修道院，作为珂赛特这几年在修道院受教的费用。

他离开女修院的时候，随身带着一只小手提箱，寸步不离。

除了普吕梅街的房子，他还另租了两套公寓房，这样跑起来比较方便。那两处离得很远，分别在西街和武士街。

他们大部分时间住在普吕梅街，小楼让珂赛特和女仆住。他对杜珊说："家里的主人是小姐。"杜珊惊讶地问："那您是什么？""我是父亲。"冉·阿让答道。

他们每天都到卢森堡公园散步。星期天，他们去圣雅克德奥巴教堂做弥撒。在教堂，冉·阿

弗朗索瓦·芒萨尔是17世纪中叶法国巴洛克建筑风格时期古典主义风格的主要建筑师。其作品以精致、优美、和谐见称，在布卢瓦的加斯顿府邸重建工程中（1635），采用重叠的古典柱式主楼和陡峭的折线屋顶（芒萨尔式屋顶）。图中展示的是典型的芒萨尔式建筑。

法国是世界上第一个建立公民军队的国家。根据1789年8月26日的《人权宣言》第12条以及1793年宪法第107条规定，法国革命军队必须是一支公民军队，而且采取全民皆兵的兵役制度。1824年的陆军法规定，法军大部分由志愿兵组成，每年以抽签方式征募6万人，允许应征者雇佣他人代服兵役。士兵服役期由6年增至8年。征募兵员在现役期结束后，如本人愿意，可转为志愿兵长期服役。

让常常施舍穷人，他也带珂赛特一起去穷人家里探望。

1831年，政府组织人口调查，他们知道冉·阿让是从小皮克皮斯教堂出来的，所以对他格外尊敬。冉·阿让已经满60岁了，不用服兵役，但每年总有三四次，他穿上军装去义务站岗。他很乐意这样做，这是一个比较不错的伪装。

他们住处的花园荒芜着，冉·阿让这样做是为了不引人注目。

他们刚离开女修院时，珂赛特才14岁多一点，她正发育，长得不算漂亮，有些笨拙，有些瘦弱，还只是个大孩子。

她的女修院教育已经结束，她没有母亲，只有过许许多多嬷嬷。但是在塑造一个少女的心灵方面，所有的嬷嬷也比不上一个母亲。

普吕梅街对于珂赛特来说既是美好的，也是危险的。孤寂在继续，自由也开始了；在一个荒芜的园子里，有浓郁而伤情的自然景物，又能偶然瞥见园子外一些少年男子的身影。珂赛特渐渐爱上了这个园子。

珂赛特非常爱冉·阿让，她老跟在他后面，有时，冉·阿让笑着说："让我一个人好好歇一会儿吧！"

童年的记忆在珂赛特脑海中非常模糊。她没有见过自己的母亲，梦中回忆起在离巴黎很远的地方，她被冉·阿让从泰纳迪埃夫妇手中救了出来。但她还是不大明白她怎么会是冉·阿让的女儿，而他又怎么会是她的父亲，有时候她心里想道："他也许就是我的母亲。"她问过母亲的名字，不过冉·阿让没有回答，再问，他便以笑容作答。还有一次，她问个没完，冉·阿让的笑容变成了一眶眼泪。冉·阿让不敢谈，他心中有种敬畏心情，想到芳蒂娜，他便感到一种压力，所以无法开口讲些什么。

不过，冉·阿让是快乐的，他从灵魂的深处感谢上帝，让他受到这个孩子真诚的爱戴。

一天，珂赛特偶然从镜子看到自己漂亮的样子，心里产生了一种说不出的烦恼。第二天，她又去照镜子，却认为自己生得丑，于是她一连两个多星期不再去照镜子了。一次，她在街上走，仿佛听到有人在她后面说：“人很漂亮！可惜不会穿衣打扮。”还有一次，她在园子里听见杜珊大妈说：“先生，小姐长得真漂亮。”珂赛特迅速逃到楼上自己的卧房，来到镜子前。杜珊大妈说得不错，她确实是漂亮的。

对珂赛特的变化，冉·阿让却感到心情无比沉重，他现在的生活很幸福，以至于他害怕有什么打破这种美好。他内心仍拖着一种无形的铁链，法律随时可能把他抓回去，所以他只有一个要求：让珂赛特继续爱他！看到她多么美，他对自己说：“我将怎么办呢，我？”

珂赛特开始注意自己的穿衣打扮，美和爱情的种子在她心里萌芽。不到一个月，珂赛特在巴比伦街附近，已是最漂亮的女人之一了。

“珂赛特在巴比伦街附近，已是最漂亮的女人之一了。”

珂赛特已不像往日那样老爱待在家里。

正是在这时候，马里尤斯在经历了 6 个月的煎熬以后，又在卢森堡公园里遇见了她。命运正以它那不可抗拒的力量慢慢推着他们相互接近。

他们使对方相互不安，苦恼，快乐。

有一天，他们的视线交会了。

珂赛特无意中向马里尤斯的一望使他心神不定，而这一时刻，马里尤斯同样没料到他的一望也令珂赛特心神不定。

马里尤斯迟疑，冲动，还有恐惧，他不敢走近前来。珂赛特又气又恼，看见他不过来，她便到他那边去。那天开始，他们相爱了。

珂赛特的最初感受是慌乱的，沉重的。她不知道爱情是什么，越是不知道，越是爱得深。她每天焦急地盼望着去公园散步，遇见他。她对冉·阿让说：“卢森堡公园真美！”她以为冉·阿让懂得自己这样的意思。

冉·阿让看到珂赛特开始爱打扮了，而这个陌生人也开始有了穿新衣的习惯，冉·阿让对这两者之间的巧合感到很不痛快。冉·阿让从心里讨厌这个年轻人。

对比

珂赛特的刻意隐瞒让冉·阿让信以为真，作者用老人的“天真”和孩子的“老成”做对比，更能突出两个人不同的心理状态，推动情节的发展。

有一天，他忍不住对她说：“你看那个书呆子！”她若无其事地回答了一句：“哦，那个人！”就像她第一看次到这个人似的。

“我真傻！”冉·阿让想道，“她没有注意他，反而是我先指给她看了。”

啊，老人那么天真！孩子那么老成！

有一次，他要走，她说：“怎么要走？”他们已经在那板凳上待了三个钟头。

冉·阿让仍装作没事一样在公园里继续散步，但他的眼里充满了异常阴沉的神色，在他心里，不曾有过的火山口正在形成。

一次，马里尤斯跟着珂赛特到了西街，看门人告诉了冉·阿让。一个星期后，冉·阿让搬到了普吕梅街。他们不再去卢森堡公园了。

珂赛特没有丝毫反对，但她闷闷不乐的心情被冉·阿让察觉到了。

一天，他试探着问珂赛特：“咱们去卢森堡公园走走好吗？”珂赛特非常高兴。

但马里尤斯不在那里。

“啊！创伤也可以是美好的！”

第二天，冉·阿让又问珂赛特想不想去卢森堡公园。

“不想。”珂赛特说。

珂赛特终日闷闷不乐，面容憔悴。

冉·阿让内心也很苦恼，他想留住她。

他们的生活只剩下一种快乐的事情：把面包和衣服送给穷人。做这件事时，珂赛特陪着冉·阿让，她还能显得快乐一些。那个时候，他们去了戎德雷特的戈博旧宅。

从戎德雷特家里回来的第二天早晨，珂赛特发现冉·阿让左臂上出现了一条大伤口，他胡乱解释了一下。他不愿请医生，珂赛特替他包扎伤口，他望着珂赛特说："啊！创伤也可以是美好的！"

珂赛特以后几乎整天待在冉·阿让身边，她念书给他听，唱一两首在女修院学的歌曲，他们又找回了以前的幸福时光。

冉·阿让的伤口慢慢好了，珂赛特的脸上又变得红润了，光彩照人。"啊！美好的创伤！"他反复对自己说，甚至对泰纳迪埃怀着感激的心情。

一天，她忽然想起了马里尤斯，她几乎忘记了他。就在那一个星期里，她发现一个相当漂亮的军官从园子的铁栏门前走过。从那天起，她每天都能看见他走过。

那军官就是泰奥迪尔·吉诺曼，马里尤斯的表弟。

此时，冉·阿让又受到了一次意外的打击。

> **领起句**
> 这句话领起下文，以倒述手法，设置悬念，吸引了读者的注意力和好奇心。

他们在孤独的生活中，养成了每天散步的习惯。他们习惯大清早就出去散步，那时街上行人稀少，鸟儿放声歌唱，对喜欢孤独的人来说真是再合适不过了。而且，冉·阿让喜欢去偏僻的地方，他常去巴黎各城门附近那些贫瘠的田地旁。珂赛特也愿意跟他去，在那里，珂赛特可以像一个小女孩一样奔跑，玩耍，采野花。

1831 年 10 月的一天早晨，他们早早来到了梅恩城门附近散步。天还未全亮，几颗星星散布在天空，天地苍茫，拂晓笼罩在一片神秘的气氛中。四周寂静无声，偶有几个早起上班的工人走在路上。

> **渲染**
> 通过描写凌晨时的景象，交代了故事发生的时间，渲染出一种恐怖、神秘的气氛，使故事变得更加生动可感。

冉·阿让坐在小路上一个工地门口的屋架堆上，脸冲着大路，背向着太阳，陷入沉思。他想，如果他和珂赛特之间不插进什么，他们一定会很幸福的。珂赛特给他的生活带来了光明，他离不开她。

突然，远处隐约可见一团模模糊糊的东西从林荫大道出来，拐进大路，越来越大，看上去很像一辆车。等走进了看，的确是车。

不是一辆，而是七辆。全是四轮载货车，车上有人影晃动，伴有叮叮当当的声音，好似铁链的摆动声。

白描

作者通过描绘铁颈圈、大铁链、背枪的人、铁锅、生铁罐等一系列物件，为读者清晰地展示出苦役犯面临的残酷处境。

前六辆车的形状像运酒桶的平板马车，在两个轱辘上架上了一个形似长梯子的东西，梯子上还拖着一串人。一边 12 个，共 24 人。这些人背靠背，每个人都套着铁颈圈，用一个大铁链拴在一起。车上还站着一前一后两个背枪的人。第七辆车则装着铁锅、生铁罐、铁炉和铁链等一大堆东西，以及几个被绳绑索捆着的人。车队两旁是押送人员，穿着可笑的制服，既有乞丐的卑劣，又有刽子手的威风。

这时，不知是从哪里钻出来的看热闹的人群拥挤在大路两旁，而车上的人沉默不语，任车辆颠簸前行。天气很冷，这些人都穿得很寒酸，冻得索索发抖，还要忍受押运人员不时落下的皮鞭。悲惨景象，怎不叫人浑身战栗！

太阳出来了。万道光芒照在这些人的脸上，显示出魔鬼的面孔，暴露出凶狠的灵魂。这些人被苦难折磨得没了人形，奇丑无比。

那个领头的人挥动起长鞭，啪的一声，发出一个信号，于是，七辆车上同时皮鞭乱飞，犯人被打得口吐白沫。

冉·阿让的眼睛里透出异常可怕的神色。他想站起来，他想迅速逃走，但他没法挪动一下，他似乎被什么东西攫住，钉在原地，目瞪口呆。猛然间，他想起 35 年前，他也是这样从这道城门出去的。

珂赛特也感到十分害怕，她不敢相信自己的眼睛。她大声问道："父亲！车子里是什么？"

冉·阿让回答："那是苦役犯。"

"他们要被带到哪里去？"

"去上苦役船。"

这时，押运人员更加起劲地挥舞棍棒，苦役犯经不起这样的暴打，一个个乖乖服从，全都静了下来。珂赛特看得全身发抖。她接着问："父亲，苦役犯是人吗？"

"有时候是的。"那可怜人回答。

冉·阿让带着沮丧的心情回家了。回家的路上，珂赛特提了一些问题，但他心情沉重，根本没有听见她的问话。晚上，他似乎听到珂赛特自言自语说："要是我要从近处看这些人一眼，可能会死的！"

4 月的一天，冉·阿让出门了几天。每次他这样出门的时候，正是家里没钱的时候。走的时候他说："大概三天我就回来了。"

那天晚上，珂赛特待在客厅里，弹琴唱歌解闷，而后，她一个人坐着发呆。忽然，她仿佛听见园子里有走路的声音。她跑到楼上自己的卧室，从窗户朝园里望去，一个人也没有。

第二天，她在园里散步的时候又听到那种声音。

设置悬念

声音是从何而来的呢？作者设置悬念，吸引了读者的好奇心，使故事情节一波三折，同时为后文的故事情节做了铺垫。

冉·阿让回到家里后，珂赛特把这件事讲给他听，冉·阿让显得有些不安。

园子里有一条石凳，紧靠着临街的铁栏门，石凳旁还有一排绿篱，但是过路的人仍能透过铁栏门和绿篱，将手伸到石凳上面。

一天黄昏，珂赛特发现石凳上放了一块相当大的石头，而刚才她还在这里坐着，这石头应该是有人偷偷放在这里的。她没有拿那块石头，连忙逃到屋子里。

第二天，她又来到院子里，发现石头还在。她鼓足勇气，搬开石头，发现下面有一封信。她拿起来看，上面没有姓名地址，里面有几张纸。

“她鼓足勇气，搬开石头，发现下面有一封信。”

珂赛特很疑惑，把里面的纸抽出来看，她轻轻地念着：

把宇宙缩小到唯一的一个人，把一个人扩张到上帝，这是爱。

不见那唯一的人，生活何等的空虚！啊！情人成为

弥撒圣祭是天主教最崇高之祭礼，耶稣基督的圣体圣血在祭坛上经由祝圣而成为真正的祭祀，乃十字架祭祀的重演，是天主教纪念耶稣牺牲的宗教仪式。这幅中世纪的油画展示了当教士布道、举行弥撒和圣餐礼时，周围的信徒都应恭敬地跪在地上。

上帝。啊，春天，你便是我写给她的一封信。啊，爱！崇拜！互相爱慕，互相喜悦，互相陶醉！幸福，你会到我这里来的！

无论我们是谁，如果我们缺少爱情，就像缺少空气，不能呼吸，我们便会死去。

如果你是石头，就是一块儿磁石；如果你是小草，就是一颗含羞草；如果你是人，就是我的意中人。

“她还会来卢森堡公园吗？”“她不会再来了。”“她以前常到这个小教堂里来做弥撒，不是吗？”“她已经不来这儿了。”“她还住在这里吗？”“不，她搬走了。”“搬到什么地方去了？”“不知道。”

多么凄凉，我不知道自己的灵魂在哪里。

人间如果没有爱情，太阳也会熄灭。

珂赛特读完信后，恰好看到之前那个漂亮的军官从铁栏门前走过，珂赛特顿时觉得他真丑。

她细细品味那封信，寥寥几行字里有一种激烈、诚实的性格，一颗犹豫的心，一种坦率的爱慕。一定是他！

她心里燃起了希望，是他写给她的！他偷着来到这里找她。她以为自己把他忘了，不过那不是真的，她始终爱着他，始终崇拜着他。她能领悟到那信里的每一句话。“是啊！”她说，“我深深理解了这一切！从前，这些东西在他眼睛里全展现过。”

当她第三遍读那封信时，中尉又打那铁栏门前走回来，她越发觉得他是那样庸俗无礼，连忙把头转了过来。

一整天，珂赛特都如醉如痴。她什么都不想，什么也没法想，只有一心期待。她反复问自己：“这是真的吗？”她认为上帝又把他交还给她了。啊，爱的魅力！

天刚黑，冉·阿让出门了，珂赛特开始动手打扮自己，她自己也不知道为什么这样做。她来到园里，走到那条石凳跟前，石头仍在那里。她坐下来，忽然有一种说不出的感觉：身后站着一个人。

她转过头，看见了他。

他面容憔悴，简直没个人样了。

珂赛特几欲摔倒，慢慢向后退，退到一棵树旁，靠在树身上。

他吞吞吐吐，声音很低地说："请原谅我，我不能再那样，所以我来了。您看到我放在这里的东西了吧？您不会不高兴吧？我不知道说些什么，您生气了吗？"

她瘫软了下去。

他连忙用手臂扶住她，把她紧紧抱住，他满脑子里迷糊，心里也迷糊。

她拿起他的手放在胸口，他感到藏在里面的信。

他们在石凳上，不再说话。他们的嘴唇一吻，心里同时吃了一惊，眼睛互相注视着，不知不觉中，彼此的手握在一起。

渐渐地，他们谈起话来了。

"您叫什么？"

"马里尤斯，"他说，"您呢？"

"珂赛特。"

侧面描写

通过描写马里尤斯憔悴的面容，侧面反映出他对珂赛特深深的思念，使语言更有说服力。

"渐渐地，他们谈起话来了。"

阅读导航

马里尤斯经历了很多曲折之后，终于和珂赛特走到一起，但是苦难的命运似乎并没有打算放过他们，这次他们的爱情又要经历怎样的波折呢？恰逢泰纳迪埃也从牢狱出来了，他会采取什么行动呢？

4. 痛苦的分离

自从那幸福和神圣的一吻后，马里尤斯没有一天不去找珂赛特。整个 5 月的夜晚，在那荒芜的小园子里，总有那两颗纯洁、忠实的心。他们相互依偎。

烘托

通过把荒芜的园子描写成生机勃勃的样子，烘托出恋爱中的两人的愉快心情。

夜晚，那荒芜园子似乎生气勃勃，春意盎然，所有的花都向他们献出香气。

他们在一起谈些什么呢？不过是些声息，仅仅这些已足够了，这是人间最深刻的话！唯一值得说和听的话！

珂赛特对马里尤斯说："你知道吗？我的名字是欧弗拉齐。"

"不会吧，你不叫珂赛特？"

"珂赛特多难听，我的真名是欧弗拉齐。你不喜欢吗，欧弗拉齐？"

"当然喜欢……"

"你觉得珂赛特比欧弗拉齐好些吗？"

"呃……是的。"

"我也这样认为。还是珂赛特好听，你就叫我珂赛特吧。"

一次，马里尤斯对珂赛特说："有一段时间，我还以为你叫于絮儿呢。"

他俩为这个名字笑了一整夜。

"啊！"马里尤斯低声说，"你多么美！我都不敢看你。有时我会觉得你只是幻境中的人。多么奇特，多么迷人，我要疯了。"

珂赛特回答说："我越来越爱你了。"

他们就这样一问一答，想到哪里就说到哪里。

珂赛特天真，淳朴，坦率，明亮，甜美和深刻全包含在她身上了，见到她的人仿佛感到看到春光，马里尤斯既崇拜她，又爱慕她。他们常常无拘无束地放声大笑。

他们稀里糊涂地，被幸福冲昏了头脑。即使霍乱正在巴黎流行，他们也全不在意。他们互相倾诉内心所想，尽量了解对方。马里尤斯告诉珂赛特，他叫马里尤斯·蓬梅西，他父亲是个上校英雄，而他和有钱的外祖父闹翻了。她说她的母亲已经死了，父亲叫福勒施旺，为人非常之好，自己并没有钱，却好施舍给穷人，还要保证她什么也不缺。

霍乱是由霍乱弧菌引起的急性肠道传染病，发病急、传播快、波及面广、危害严重，常经水、食物、生活接触和苍蝇等而传播。19 世纪之后，由于轮船、火车以及新兴工业城市的出现，霍乱开始肆虐全球，7 次在全球范围内流行，其中有 6 次是在 19 世纪，因此也被称为“19 世纪的世界病”。上图为 1912 年的《法国画报》，封面上将霍乱描绘成死神。

马里尤斯自从再次遇见珂赛特以后，过去的事，突然变得模糊遥远，他甚至一到晚上，便想不起自己在早晨干了些什么。这两个年轻情人就像梦游人那样过活。爱使人忘掉一切。对珂赛特和马里尤斯来说，世上除了对方，便不再有旁的什么了。

马里尤斯和珂赛特都不曾想过他们会怎么样。

对这一切，冉·阿让什么也没有感觉到。

珂赛特心情轻快，这使冉·阿让很快乐。珂赛特的心被马里尤斯占据了。当两个情人形成默契以后，事情便很顺利，企图干扰他们的人会被蒙蔽过去。所以，珂赛特对冉·阿让百依百顺。

冉·阿让总在夜间 10 点钟上床睡觉，这一天，马里尤斯便要到 10 点过后才跨进园子。

那个老杜珊，也和冉·阿让一样被蒙在鼓里。

马里尤斯和珂赛特在一起时，便藏在台阶附近的一个凹角里，免得被人看见，或听见他们说话。其实他们只不过是彼此紧捏着手，这时候即使雷神落在他们身边，也不会使他们有所感觉。

马里尤斯每次进出，总要把铁栏门重新摆好，不露痕迹。

他经常要到夜半 12 点才回到库费拉克家里。库费拉克对巴奥雷说：“马里尤斯现在要到凌晨一时才回家！”

巴奥雷说：“年轻人总要这样的。”

库费拉克不习惯那些未公开表现的热恋，他不时对马里尤斯发出警告，想把他拉回来。

一天早晨，他说：“亲爱的，她叫什么名字？”

马里尤斯不说话，不过库费拉克看到他虽不说话，脸上却喜

气洋洋。

马里尤斯听珂赛特谈衣服，珂赛特听马里尤斯谈政治；膝头挨着膝头，听街上的马车驶过；静静地坐在一起不说话，比说话有更大的乐趣。

可是，各种麻烦事儿正慢慢走来。

一天晚上，马里尤斯低着头走路，听到有人在喊他："晚上好，马里尤斯先生。"

他抬起头，是埃波妮。

自从那天她把他引到普吕梅街以后，他再没见过她，甚至把她忘了。

他带点尴尬的样子回答说："啊！是您吗，埃波妮？"

"您为什么要对我说'您'？"

"晚上好，马里尤斯先生。"

"您误会了。"他回答说。

他对她没有丝毫不满，不过，他现在只对珂赛特说"你"了。

他不再说话，她也说不下去了。

"晚安，马里尤斯先生。"她忽然急促地转身走了。

1832年6月3日傍晚，马里尤斯正顺着他以往常走走的那条路往前走，忽然看见埃波妮，他连忙改变路线，从另一条街去普吕梅街。

埃波妮跟着他一路走到普吕梅街，看见他钻过铁栅栏，走到园子里去了。

她走过去，躲在一个黑暗的角落，足足有一个多钟头，想着自己心里的事。

将近10点钟的时候，有6个人走进了普吕梅街。

"就是这里。"其中的一个说。

他们开始察看铁栅栏，突然看见一个面色苍白的姑娘站在面前。

"这是谁？"

"你的女儿。"

答话的是埃波妮，对面是泰纳迪埃。泰纳迪埃早已从监狱里逃了出来，连同他的那几个同伙。他们准备了好几天，才准备对这里下手的。

“你在这儿干什么？”泰纳迪埃尽量压低声音吼着说，“不要来管我们的事！”

埃波妮笑着跳过去抱住父亲的脖子。

“难道不许我坐在这里吗？你们来这儿干什么？这里什么都没有。”

“好了，现在你赶紧离开。”

埃波妮不松手。

“您怎么出来的？妈妈呢？告诉我，妈妈在什么地方？”

“她过得很好。我不清楚，你赶紧离开这里。”

“我向您发誓，这宅子里没有你们要的东西。”

“见你的鬼！”泰纳迪埃把她推过一边，要冲过去。

“你们一定要进？”

“是的。”

“我不同意。你们如果跨进这园子，碰一下这铁栅栏，我便喊警察，把你们6个全抓起来。”

“这事儿她准能干出来。”泰纳迪埃对身后的人低声说。

泰纳迪埃朝前动了一下。

“我向您发誓，这宅子里没有你们要的东西。”

“不许向前来！”她大声说。

6个歹徒垂头丧气，又羞又恼，不知道该怎么办好。

最终他们还是走了，普吕梅街又恢复了往日的平静。

此时，马里尤斯正坐在珂赛特身旁，他发现珂赛特闷闷不乐，眼睛还是红的，显然哭过。

“你怎么了？”

“没什么。”

她坐到台阶旁边的凳上，继续说：“今天早晨，父亲说有要紧的事，也许我们要走了。”

马里尤斯从头颤到脚。6周以来，马里尤斯生活在梦幻之中，如今，一个“走”字狠狠地把他拉回了现实。他的手冰冷，说不出一句话。

> **引号**
> 文中把“走”字加上引号，是加重和表示强调的意思，也突出“走”给马里尤斯带来的悲伤之深。

“你怎么了？”这是珂赛特在问。

他有气无力地回答：“我不懂你在说什么。”

她解释说：“早晨父亲要我收拾东西，他要出门去旅行一趟，一切都要在一个星期以内准备好，还说我们也许要去英国。”

“太可怕了！”马里尤斯大声说，“什么时候？”

“他没有说。”

“还回来吗？”

“不知道。”

“您去吗？”

“哪儿？”

“英国，您去吗？”

“为什么说‘您’？”

“我问您，您去吗？”

> **语言描写**
> 马里尤斯对珂赛特的称呼，由表示亲切的“你”变为表示敬意的“您”，表明这一刻他内心的转换，表现了珂赛特即将离开给两人造成的心理距离的疏远。

珂赛特没有回答。

“好吧，”马里尤斯说，“您一走，我就到别的地方去。”

珂赛特脸色惨白。

“你说什么？”

“没有什么。”

珂赛特笑了，她心里早想出了一个办法，就是要马里尤斯到他们去的地方来找她。

马里尤斯很清醒，他大声对珂赛特说：“你疯了吗？我现在还欠库费拉克至少10个路易。珂赛特！我是个穷人。”

他冲到一棵树前，呆站了许久，身后传来一阵抽噎声，是珂赛特在哭。

他跪在她跟前，捏着她的手：“珂赛特，明天不要等我，我后天再来。”

“啊！为什么？”

“我要去见一个人。”

“一定要这样？”

“是的，”马里尤斯说，“记住我的地址，玻璃厂街16号，这是那个叫库费拉克的朋友家。”

他摸出一把小刀，在石灰墙上刻下了“玻璃厂街16号”几个字。

“我祈祷上帝，等你着来。后天夜里九点整。”

吉诺曼老爹这时已91岁，他感到他日渐衰竭。四年来，他时时都在盼着马里尤斯有一天来拉他的门铃。他不怕死的威胁，却怕不能再和马里尤斯相见。他叫人在他卧室的床头，挂一幅蓬梅西夫人18岁时的旧画像。他常看个不停。一天，他说：“他很像她。”

6月4日那天晚上，吉诺曼老爹独自待在卧室里，手里拿着一本书。老仆人巴斯克走进来问道：“先生，马里尤斯先生来了。”

老人突然坐得直挺挺的，他结结巴巴地说：“哪个马里尤斯先生？让他进来。”

> **动作、语言描写**
> 通过描绘吉诺曼老爹的动作和神态，生动地表现出他听到外孙回家后激动和喜悦的心情。

一个年轻人走进来，正是马里尤斯。

吉诺曼老爹又惊又喜，几乎晕了过去，盼了四年，终于盼到了！他恨不得马里尤斯马上冲上来拥抱他，但他表现出来的却是冷漠无情。

“您来这里干什么？是来请求我原谅的吗？”

他希望孩子向他屈服。

“不是，先生。”

“那您干什么来了？”老人有些悲痛。

“先生，”马里尤斯说，“我来求您一件事，说完就走。”

“您这个傻瓜！”老人说，“谁又要您走了？”

他心里满心希望马里尤斯能理解他的话，但马里尤斯偏偏不能领会，老人非常生气。

“先生，我来是请求您允许我结婚的。”

“请问，您做律师能赚多少钱？”

“一文也没有。”

“那姑娘有钱吗？”

“她和我一样。”

“她父亲是干什么的？”

“我来是请求您允许我结婚的。”

“不清楚。”

“决不同意。”

“我的父亲！”

马里尤斯脱口而出的“我的父亲”使形势发生了变化，吉诺曼先生变成慈祥的外祖父了。老人脸上容光焕发，说不出的高兴。

按照19世纪法国的法律，男子25岁，女子21岁，结婚可以不用家长同意，但必须通过公证人向家长发一份结婚意见征求书，名为征求书，实为通知书。

“来吧，说说事情的经过。”

马里尤斯刚要说话，吉诺曼先生打断了他，从抽屉里掏出100金路易。

“看你穿得跟小偷一样，拿去买顶新帽子。”

“我的父亲，”马里尤斯紧接着说，“您知道我多么爱她吗，我十分苦恼！不和她结婚，我会发疯的。她住在普吕梅街一个花园里。”

吉诺曼老爹喜笑颜开。

“普吕梅街？那边有个兵营，你表哥泰奥迪尔和我说过。一个不错的小姑娘，你的眼力不错。但是，马里尤斯，你知道吗？不能太着急，现在不是谈结婚的时候。这里有200皮斯托尔，拿去开心去吧。不要结婚，你懂吗？”

马里尤斯连连摇头。

“傻孩子！让她做你的情妇。”吉诺曼老爹放声大笑着说。这句话像一把剑，插进马里尤斯的心中。他拿起他的帽子，对外祖父深鞠一躬，说道：“5年前，您侮辱了我的父亲，今天，您侮辱了我的爱人。先生，咱们之间永别了。”

比喻

把吉诺曼老爹的话比喻成一把剑，说明这句话对马里尤斯的伤害之深，也侧面表现了马里尤斯对珂赛特的感情之真挚。

吉诺曼老爹惊呆了，半晌动弹不得，看着马里尤斯走出房门，神情沮丧，活像个死人。

马里尤斯心情沮丧地离开了吉诺曼先生的家。他在街上走个不停，直到凌晨2点，他才回到了库费拉克的住处，一头倒在他的褥子上。

他醒来时，看见库费拉克他们都站在屋子里，非常忙乱。库费拉克见他醒了，对他说：“你跟着去上街吗？我们要送拉马克将军入葬。”

让·马克西米利安·拉马克将军为法国大革命期间共和党人的重要领袖，因曾在稳定七月革命后的局势中发挥重要的作用，被视为是政府和民众沟通的重要桥梁。1832 年 6 月 1 日，拉马克将军因感染霍乱不治病逝，共和党人认为和平变革的希望幻灭。1832 年巴黎共和党人起义，又称六月暴动，是法国七月王朝期间一次失败了的反君主制起义。拉马克将军的病逝是这次起义的导火线。

他没有听懂库费拉克在说什么。

他们走后不久，他就上街了，随身带着上次沙威给他的两支手枪，很难说清他心里到底有什么隐忧。

他毫无目的地荡了一整天，只等着天黑九点和珂赛特见面。巴黎方面不时传来有些奇特的声音。他想：“是不是打起来了？”

九点整，他遵守诺言，来到普吕梅街。他溜进园子，在约定的地方没有看见珂赛特。“她一定是在哪里等着我。”他说。他到处找，却发现园子是空的，房子各处的板窗也是闭着的。他用力捶打窗户，喊着珂赛特的名字。没人答应。

完了。园子里没有人，屋子里也没有人。他们走了。

马里尤斯大失所望。忽然，街上有声音在叫他。

“马里尤斯先生！是您在那里吗？”

“是我。”

“您的那些朋友在尚弗里街的街垒里等您。”

这人的声音有点像埃波妮，他把头伸过去，看见一个人向昏暗处跑去。

我的好词好句

⊙春意盎然　无拘无束　默契　百依百顺　喜笑颜开

⊙马里尤斯自从再次遇见珂赛特以后，过去的事，突然变得模糊遥远，他甚至一到晚上，便想不起自己在早晨干了些什么。

⊙六周以来，马里尤斯生活在梦幻之中，如今，一个“走”字狠狠地把他拉回了现实。

阅读导航

1832年6月，法国为拉马克将军举行隆重的葬礼，全体市民都涌上街头，表达他们的崇敬和哀悼，就在这时，一场史无前例的战争正在悄然袭来……

5. 再生

1832年6月，巴黎一触即发的情绪被拉马克将军之死点燃。

拉马克将军有声望，深受群众爱戴。无论在战场上，还是在讲坛上，他都是勇敢的。他高举自由的旗帜。他的去世，使人们悲痛万分。像任何苦痛一样，悲痛可以转化为反抗。6月5日发生的情形正是这样。

那天早晨，圣安托万郊区沸腾起来了，殡葬行列要从这里过。工人把他们做工的工具打造成匕首、钢刀。他们自己武装起来了。

天时而下雨，时而晴朗，拉马克将军的殡葬行列为了预防不测而稍微加强了的，有两个营和一万国民自卫军伴随着棺材前行。后面跟着浩瀚的人群，举着各色各样的旗帜，挥舞着棍棒，大声叫喊。大路两旁的阳台、窗口、屋顶，人头攒动，他们眼睛里充满不安。

铺垫

用白描的手法铺陈了送葬的人群和场景、物件，以场面的浩大表现将军受到的爱戴，同时混乱场面的描绘，为下面的事件爆发做出必要的铺垫。

政府也在注视着。在路易十五广场上，长枪短炮，子弹上膛，一切准备待命行动。政府唯恐群众暴动，在市区布满了二万四千士兵，在郊区布满了三万士兵。

七月王朝建立之后，原本尖锐的社会矛盾不但没有能够解决，反而更加明显。正统派希望再次复辟波旁王朝；共和党人则对社会变革感到失望，要求实行共和制。被饥饿抛上街头的工人别无选择，只有拿起武器。1832年6月23日，巴黎到处筑起街垒。

殡葬行列慢慢来到了巴士底广场，又沿着运河，穿过小桥，到达奥斯特里茨桥头广场。它了停下来。人群忽然静了下来。拉法耶特开始致辞，所有的人都脱下帽子向拉马克告别。

突然，一个穿黑衣的人骑着马出现在人群中，手举一面红旗，人群动荡起来了。他们喊道："拉马克去先贤祠！拉法耶特去市政府！"一群年轻人，立即动手将柩车里的拉马克从奥斯特里茨桥拉走，并拉着拉法耶特的马车顺着沿河马路走去。

这时在塞纳河的左岸，市政府的骑兵队挡住去路，右岸的龙骑兵则顺着莫朗河沿散开。拉法耶特坐的马车来到面前，他们让出一条路，让马车过去。

谁也搞不清楚在这危急时刻到底发生了什么事，总之，风暴到来，事情无可挽回。投掷石块的声音和枪声此起彼伏，许多人跳到河岸下，警察和龙骑兵逢人便砍，群众四散奔逃，人们喊着：“拿起武器，冲啊！”巴黎的四面八方都响起战斗的号角。

鞍垫

马勒

马镫

龙骑兵，又名龙兵，是最早的一种“骑马步兵”的兵种，大多出现于17世纪晚期至18世纪早期的欧洲军队，兵士同时接受马术与步兵战斗技巧的训练，他们的武器有火绳枪（后期的火铳有装上刺刀）、马刀或腰刀和一对手枪；他们的装备与火绳枪兵的差不多，但多了一双长筒靴。18世纪后，龙骑兵逐渐演变成轻骑兵单位。

圣十字架街，二十来个青年从一间咖啡馆走出来，三个领头的都带着武器，他们搞举着一面横条三色旗，旗上蒙一块黑纱。

诺南迪埃街，有个衣服整洁的资产阶级，腆着肚子，公开向过路行人散发枪弹。

圣皮埃尔－蒙马特尔街，有些光着胳膊的人举着一面黑旗在街上走，黑旗上写着这么几个白字：“要么共和，要么死亡！”

圣马丁林荫大道，一个武器工厂和三个武器商店被抢。

无数工人、大学生、居民读着告示，高呼：“武装起来！”人们走进居民家里，收集武器，并告诉他们明天到市政府去取。街上一些哨兵和国民自卫军被人解除了武装。

只有一处，国民自卫军打退了起义的人。国民自卫军把拾得的一面红旗撕成条条，挂在他们的枪刺尖上。

不到3个小时，巴黎的三分之一已被暴动卷入其中。

傍晚6点前后，鲑鱼巷也成了双方交战的战场。巷子的一端是暴动者，另一端是军队。双方相互射击。

国民自卫军、宪兵和部队拿起武器，走到街上。在铁锚小巷的对面，一个鼓手挨了一刀。另外一个鼓手在天鹅街受到了三十来个青年的围攻，他们打坏了他的鼓，夺走了他的刀。在米歇尔伯爵街，有三个军官相继被打死。

两年以来，巴黎的起义不止一次，一般总是平静到出奇。每当起义，集合或告警的鼓声响起时，店老板只会漫不经心地说一声：“那边又在闹事了。”

过后，当人们听到稀疏或密集的枪声时，又说：“这次是真的吗？是啊，来真格的了！”

再过一阵，如果暴动到了眼前，他便连忙把货物藏好，关上店门，换上制服，亲自参与到暴动中。

人们在战斗，而在相隔几条街的地方，却能听到咖啡馆里台球撞击的声音。

这边战火横飞，那边好奇的人谈笑风生，戏院演着闹剧，出租马车来来往往，有时候去的地方正好是打仗的街区。1831 年，有一地方正在对射，为了让一对新婚夫妇和他们的亲友穿过，竟然停了下来。

在 1832 年 5 月 12 日的那次起义中，圣马尔丹街上，有个残废的小老头，拉着一辆手推车，里面载着一些盛满某种饮料的瓶子，在街垒和军队之间来回供应着一杯又一杯的椰奶，时而供给这边，时而供给那边。

这个世界上只有巴黎暴动才具有这样的特征，因为巴黎的伟大和快乐，因为它是伏尔泰和拿破仑的城市。

可是在 1832 年 6 月 5 日，这个大城市害怕了。人们看见，在那些最远的地方，门窗都关上了。勇敢和胆小分开了。街上没有了不闻不问，单为自己奔忙的行人。

傍晚时分到了，戏院还没有开门，巡逻队带着愤怒的样子在街上来回巡视，形迹可疑的人被抓了起来。9 点钟的时候已经有 800 人被逮捕了。监狱人满为患，囚犯一个挤着一个。

处处忧虑不安，家家胆战心惊，这在巴黎可是史无前例。

拉法耶特侯爵，是法国贵族，1789 年出任法国国民军总司令，提出人权宣言和制定三色国旗，成为立宪派的首脑。1830 年七月革命时，成为温和派共和主义的象征，再次被任命为国民自卫军总司令。由于参加了美国独立战争和经历了法国大革命，被称为新旧两个世界的英雄。第一次世界大战中，美国参战时有一个著名的口号就是：“拉法耶特，我们来了！”

我的好词好句

⊙殡葬　浩瀚　投掷　漫不经心　人满为患

⊙他高举自由的旗帜。他的去世，使人们悲痛万分。像任何苦痛一样，悲痛可以转化为反抗。

⊙国民自卫军把拾得一面红旗撕成条条，挂在他们的枪刺尖上。

阅读导航

法国的革命战争一触即发，在这样的形势下，巴黎街头准备加入战斗的游行队伍在不断壮大，其中就有小加弗洛什和一位前文出现过的老人。

6. 小加弗洛什要战斗

冲突发生后，小加弗洛什从梅尼蒙唐街走下来，手里捏着一枝花。在一个旧货铺子门前，一眼瞧见里面有只手枪，于是抓起那手枪便逃。他边逃边喊：“这玩意儿归我了。”

他走到林荫大道时，才发现那手枪没有撞针。

然而，拿着一支没有撞针的手枪招摇过市，多少也算是件大事，因此小加弗洛什还是很得意，边走边唱《马赛曲》。

这时，一个国民自卫军的枪骑兵骑着马走过来，突然连人带马摔倒在地。小加弗洛什将枪放在一边，把骑兵扶起来，又帮忙扶起马，然后捡起枪，接着赶路。

他来到托里尼街，一切都很平静，只有几个长舌妇在聊天，他站在她们后边，说道：“你们这几个老太婆，为什么谈政治？”

四张嘴，像一阵排炮，齐向他射来骂声。

“小无赖。”

“这小叫花子！”

“他爪子里拿的是个啥玩意儿？手枪吗？”

“太不像话。”

小加弗洛什满不在乎，做了一个大拇指顶鼻尖的姿势，转身走开了。走了一会儿，他自言自语道：“你们这些老太婆竟然侮辱要参加革命的人，这手枪是为了保护你们，让你们能在那背篓里多装点好吃的东西。”

在拉莫瓦尼翁公馆门前，他发出号召：“去战斗！”

随即，他惋惜地望着那支手枪说：“可惜你不能发射。”

小加弗洛什来到圣约翰市场，正好碰到昂若拉、库费拉克、孔布费尔、弗伊率领的人。他们手里或多或少都拿着武器。巴奥

《马赛曲》于1795年7月14日被法国督政府宣布为法国国歌，又译《马赛进行曲》，原名《莱茵军团战歌》，作者名叫鲁热·德·利尔。法国大革命期间，有过许多鼓舞斗志的战斗歌曲，而最受群众喜爱、流行最广的，是自由的赞歌即《马赛曲》。

图为马赛曲浮雕。

雷和让·普鲁韦也参加了进来，壮大了队伍。

“我们去哪里？”小加弗洛什问。

“跟着走。”库费拉克说。

巴奥雷穿了一件鲜红的背心，一个过路人看见了他，害怕地说：“是红党！”

图为法国大革命期间国民自卫军的旗帜，其上文字为“自由、平等、博爱”。

巴奥雷瞧见墙角上贴着一张布告，那是巴黎大主教的训谕文告，他顺手撕了下来。小加弗洛什被这一行动征服了，从这时起，他开始留意巴奥雷了。

“巴奥雷，”昂若拉说，“何必这样呢，留点力气吧，我们今天不是针对它的。”

巴奥雷反驳说：“那篇文章叫我生气。”

很多人在后边跟随着他们，有大学生，有艺术家，有工人，拿着棍棒，拿着刀，还有几个裤腰里插着手枪。小加弗洛什在这一群人发现一个很老的老人，他奋力前进，身上没有武器。

“他是谁？”他问孔布费尔。

“一个老人。”

这个老人是马伯夫先生。当龙骑兵进行攻击时，昂若拉和他的朋友们在去街垒的路上遇见了马伯夫先生。库费拉克认识他，因为他曾多次陪马里尤斯找过他。他知道这个老人一贯爱好清静，从不惹事。

“马伯夫先生，您赶紧回家吧。”库费拉克说。

“为什么？”

“一会儿这里有战斗。”

“你们去干什么？”

“去把政府推翻。”

“好。”

于是，他跟着队伍向前走去。

队伍越走人越多，到比埃特时，库费拉克、昂若拉、孔布费尔都注意到一个头发花白的高大个子加入了进来，但都不认识他。小加弗洛什忙着唱歌领路，没有注意到这个人。

经过玻璃厂街的时候，库费拉克顺便跑到他楼上的屋子里，去拿他的旧帽子和钱包。下楼时，看门大妈告诉他，有人来找他，就在门房里。

“真是倒霉！”库费拉克说。

找他的是一个穿一身工人服装的小伙子，长得像女人，说起话来一点也不像女人，他问：“马里尤斯先生在吗？”

“他不在。”

“今晚回来吗？”

“我不知道他回不回来，但我不会回来了。”

“为什么？”

“和你有什么关系吗？我要去堡垒。”

“我跟您一道去。”

“随便。”

库费拉克追上他那些朋友，回头看到那小伙子真跟上来了。

队伍来到了圣德尼街。

我的好词好句

⊙招摇过市　自言自语　满不在乎　背篓　训谕

⊙四张嘴，像一阵排炮，齐向他射来骂声。

⊙你们这些老太婆竟然侮辱要参加革命的人，这手枪是为了保护你们，让你们能在那背篓里多装点好吃的东西。

阅读导航

库费拉克和朋友们常到林斯酒馆聚会，最近更是如此，他们在这里谈论革命，也谈到马里尤斯，还一起喝酒，观察街上的革命动向，有天酒馆来了个神秘的男人，他是谁呢？接着还发生了一起命案，是怎么回事？

7. 酒馆

科林斯酒馆的老板是于施卢大爷。酒店一共三层，第一层是个大厅，设有柜台，楼上有台球，于施卢一家住三楼。二楼有一扇暗门，可以通到三楼。

于施卢大爷是个厨师，他发明了一道名菜——塞肉鲤鱼，即在鲤鱼肚里塞上肉馅，好些顾客为此专程远道而来。

细节描写

对于施卢的人物刻画中，添加了“塞肉鲤鱼”的细节描写，使他的厨师形象变得更加具体丰满，也加深了读者印象。

这是库费拉克和他朋友们的聚会地点之一。是格朗泰发现的科林斯，他们在那里大吃大喝，有时少付账，有时欠付账，有时不付账。但于施卢大爷始终欢迎他们。

于施卢是个老好人，生着八字胡，很有趣。他脸上总是狠巴巴的，一副存心要把顾客吓跑的样子。说也奇怪，他的酒店始终生意兴隆。他常突然大笑，笑声中透着爽朗，足见他心地光明。他的老伴于施卢大妈则是一个模样儿很丑的女人。

1830 年左右，于施卢大爷死了。塞肉鲤鱼的做法也随着他的死去而失传。于施卢大妈接手店铺后，烹调远不如从前，但库费拉克和他的朋友们照旧去那里。

6 月 5 日上午，墨城的莱格尔和若利到科林斯酒馆去吃午饭。若利患了鼻炎，莱格尔也受到感染。

早上 9 点钟，他们到了科林斯酒馆，推开门上了楼。酒店没有人，他们选了一张桌子坐下。酒店的女仆吉贝洛特认识他们，给他们拿了一瓶酒。恰好格朗泰来了，吉贝洛特又放了两瓶酒到桌子上。莱格尔和若利开始吃饭，格

从 18 世纪开始，廉价酒在欧洲南部变得非常丰富，欧洲北部的啤酒也是如此，乙醇提馏早在中世纪就被开发出来，小酒馆得到了繁荣发展，逐渐有了连锁。而这些小酒馆为中等以及较低社会阶级的人提供了聚会场所。
图为 19 世纪欧洲小酒馆内的场景。

朱尔·奥古斯特·阿尔芒·马里，即波利尼亚克亲王，是波利尼亚克伯爵朱尔之子，1780 年朱尔晋升为公爵。1804 年被乔治·卡杜达尔和夏尔·皮舍格吕策划叛乱阴谋牵连，被囚禁到 1813 年。1829 年查理十世任命他为首相兼外交大臣，七月革命爆发后出逃，后在格朗维尔被逮捕。审判后被判永久监禁，但 1836 年得到大赦，改判为流放。

朗泰一口气便喝了半瓶酒。

“格朗泰，你从林荫大道上来的吗？”莱格尔问。

“不是的。”

“刚才若利和我看见送葬行列刚过去。”

格朗泰把酒杯递给若利，若利给他倒满，他马上喝了一大口，说道：“什么也不要相信，只有喝酒是可靠的。你们谈到林荫大道、送殡行列，谁知道革命是不是又要来一次？慈悲上帝只剩下这种穷办法，行不通了就来一次革命。如果是我，我就会利索地引导人类，把他们安排妥帖，而根本不需要什么临时应急措施。啊！这世界真可怕！人们互相倾轧，屠杀，一点办法也没有！”

“说到革命，”若利说，“马里尤斯好像正在恋爱。”

“是谁，你们知道吗？”

“不知道。”

“马里尤斯的爱情是一团雾！”格朗泰大声说，“因为马里尤斯本人就是一种雾。我能想象出来。他们在地球上冰清玉洁，双双躺在星星里睡觉。”

格朗泰已经喝完了一瓶酒，这时，从楼梯口的方洞里冒出不到 10 岁的男孩，眼睛机灵，浑身是雨水，一脸高兴的样子。他上来就对着莱格尔说：“博须埃先生是您吗？”

“你找我干什么？”

“林荫大道上的一个金发高个子让我到这里找博须埃先生，他要我告诉你：ABC。他还给了我 10 个苏。”

莱格尔给了他 20 个苏，10 个苏是向若利借的，另 10 个苏是向格朗泰借的。

“谢谢你，先生。”小孩说道。

“你叫什么名字？”蓬格尔问。

“叫我萝卜，我和小加弗洛什是朋友。”

“你就待在我们这儿和我们一道吃饭吧。”

“不，我是游行队伍里喊口号的人，打倒波利尼亚克！”

孩子走后，莱格尔低声说：“ABC，是拉马克的葬礼。”

“一定是昂若拉派他来的。”格朗泰说。

“去吗？”博须埃问。

若利说他正感冒，不能冒着雨前往。格朗泰也认为在这里吃午饭比送棺材来得有味些。

“好吧，我们都留下，”莱格尔说，“继续喝酒，我们不会错过暴动的。”

格朗泰接着喝酒，他愁闷地说：“昂若拉看不起我，他要是派萝卜来找我，我会去的。”

将近下午两点时，他们差不多都喝醉了，博须埃还能保持镇静。他坐在窗台上，望着他的两个朋友，忽然听到背后传来一阵鼓噪的声音。有人大喊：“拿起武器。”

他转过头去，看见昂若拉、小加弗洛什，还有库费拉克，他们拿把枪和刀剑冲在前面，后面跟着一大群带着武器气势汹汹的人。

“昂若拉、小加弗洛什，还有库费拉克，他们拿把枪和刀剑冲在前面，后面跟着一大群带着武器气势汹汹的人。”

起义学生以大红旗作为旗帜，以示与持着三色旗镇压起义的政府军队的不同。早在1832年巴黎共和派起义和1834年里昂起义时，工人阶级就举起了红旗。这次起义，红旗更是飘扬在街垒的上空，鼓舞着工人群众的斗志。他们认为：七月王朝的反动统治已使三色旗丢丑，新成立的共和国应当有一个新的标志。

“库费拉克！库费拉克！喂！”博须埃大声喊道。

库费拉克听到博须埃的喊声，一挥手，那一伙全拥进了尚弗里街。

这里地势非常好，街口宽，越往里越窄，科林斯酒馆正处咽喉，左右两侧的蒙代图尔街都容易堵住，攻击只能来自正面的圣德尼街。

看到队伍拥进来，整条街上的人全躲了起来，一眨眼工夫，周围的门窗全关上了，只剩那酒馆还开着。它开着的原因是已经有人进去了。

不多大一会儿，半条街已被一座一人多高的堡垒堵塞住了。

“啊，上帝！上帝！世界末日来了。”于施卢大妈说，她害怕地躲到楼上去了。

昂若拉站立在街垒的顶上，看到格朗泰的醉样，喊道：“格朗泰，你到别处喝酒去。这里是战场，不是喝酒的地方。”

昂若拉含着怒气的话好像在格朗泰的身上泼了一杯冷水，他忽然清醒过来了。

“昂若拉，你知道我一直信服你。”

“赶紧走开。”

“让我在这里睡吧，直到我死在这儿。”

昂若拉藐视地看着他：“格朗泰，你没有信仰，没有思想。”

格朗泰以严肃的声音反驳说：“那走着瞧吧。”

他一头栽在桌子上，睡着了。

库费拉克一面从酒馆里拆东西去建堡垒，一面安慰酒馆女主人：“于施卢大妈，那天您不是说就因为吉贝洛特在您的窗口抖了抖毯子，您便被罚了款吗？”

“是啊，我的好先生好库费拉克。啊！上帝，您还搬走我的桌子吗？政府已罚了我100法郎，你们还要这样，真是太不像话了！”

“于施卢大妈，我们在替您报仇。”

于施卢大妈不大能理解这种解释。

雨已经停了。有些工人偷着带来了一桶火药，一个篮子，几个火把，一筐灯笼。昂若拉、孔布费尔和库费拉克指挥着一切。人们同时建造了两座街垒，都靠着科林斯，构成一个直角形。

这个队伍真是奇特，穿什么衣服的人都有，拿什么武器的人都有。有个人大声喊道：“让我们战斗到最后一刻，让我们死在自己的刺刀尖上！”说话的人并没有刺刀。

厨房里燃起了炉火，用来熔炼，制造子弹。他们工作、喝酒两不误，桌上堆满了霰弹和酒杯。于施卢大妈和两个女仆待在有台球的厅堂里做绷带。

小加弗洛什高兴地走来走去，时而爬高，他浑身都是力量，好像是为了鼓励每一个人。到处都是他的身影，到处都能听到他的声音。他无时无处不在。

“加油啦！拿石块！拿木桶！你们的街垒还要高些。”

他想到他那没有撞针的手枪，便挨个儿问这个，问那个，要求给他一支步枪。

昂若拉摇了摇头。

“要等到大人分完了，才能分给你。”

“要是你先死，我便要你的枪。”

这时，一个在街头闲逛的衣冠楚楚的人吸引了他的注意力。小加弗洛什喊道：“来吧，年轻人！为这古老的祖国出点力。”

这个衣冠楚楚的人连忙溜走了。

堡垒不到一小时顺利完成，红旗插上，库费拉克站在桌子上高兴地把枪弹分给大家。

各人进入各自的岗位，枪弹上膛，四周静悄悄的，没有一

“要是你先死，我便要你的枪！”

点声息，暮色加深，黑夜逐渐来临。他们手中紧握武器，等待着。

孔布费尔、库费拉克、让·普鲁韦、弗伊，还有另外几个人，和大家聚在一起，他们开始念一些情诗。

你可还记得我们的甜蜜生活？
当时我俩年少，
一心向往，
穿着漂亮，长相欢好。
……

渲染

通过环境描写渲染出一种紧张、恐怖的气氛，使读者更能体会到战争的情景。

小街垒里燃起了一盏灯笼，大街垒里也燃起了火把，火把的光像聚光灯似的，全部打在那面红旗上，发出一种骇人的紫红色。

天完全黑了，还没有发生任何事。昂若拉有些急躁，他走去找小加弗洛什，小加弗洛什正在楼下厅堂里做枪弹。

来自比埃尔街上的那个人坐在烛光最暗的那张桌子旁边，他走进来时，小加弗洛什完全没有注意。但他坐下时，小加弗洛什突然站了起来，踮着脚走过去，围着他转了几圈。

他开始有点怀疑，但最终确定了。当昂若拉走来找他时，他看着墙角那个人说："要提防他，他是个密探。"

昂若拉立即走出去。不一会儿，四个工人走进来，站在那个人的后面。那人丝毫没有察觉，仍坐着不动。

昂若拉走上前来，问道："你究竟是什么人？"

经此突然一问，那人吃了一惊。他直视昂若拉坦率的眼睛，已猜出对方的思想。他傲慢地说："你猜得没错……是的！"

"密探？"

"政府人员。"

"你叫什么？"

"沙威。"

昂若拉对旁边的四个人使了个眼色，一眨眼间，沙威便被按倒在地，绑了起来，捆在大厅中

法国大革命期间，执政者所承诺的和平与稳定并不受到民众的许可，大失所望的结果是抱怨之声如同野火般四处蔓延。而执政者对于自由思想属于颠覆传统的罪恶根源的认定，让发现"异端思想"的萌生与扼杀成为他们最热衷的事情，无处不在的密探伴随着怨恨与报复灼痛着人们的视线与内心。下图中一名密探（右）正在窃听人们谈话。

间的木柱上。

“我们是法官，不是刽子手。”

库费拉克、博须埃、若利、孔布费尔等人跑进来，昂若拉告诉他们沙威是个密探。

他又转过头对沙威说：“街垒被攻陷前，你也会被枪毙。”

“现在为什么不动手？”

“为了节省弹药。”

“那可以用刀子。”

“我们是法官，不是刽子手。”

在这件事情之后，还发生一件可怕的事。

队伍里有个叫卡比克的家伙，这或者是他的名字，或者是他的外号，他注意到街垒背后那幢六层楼房，它俯视整条尚弗里街，并且与圣德尼街相望。

“伙计们，我们应该守住那些窗口！”

“那房门关了。”

“砸开！”

他去连着敲了几次门，没人答应。他抓起枪托，用力砸门。

四楼的一扇小方窗开了，一个老头儿满脸惊慌地探出头来。

欧洲原始的手枪出现在14世纪，它是一种单手发射的手持火门枪，15世纪发展为火绳手枪，随后又被燧发枪所取代。19世纪初，出现了一种击发式后装弹多枪管旋转手枪。
图为当时在法国已经出现的多枪管旋转手枪。

“开门！”

“先生们，这可不行。”

“到底开不开？”

“不开！”

卡比克拿起枪，枪响了，老头一声不吭倒下了。

“活该！”他说。

刚说完这句话，身后有只手，像鹰爪似的落在他的肩头上。

“跪下。”

是昂若拉，他听到枪声，马上赶来了，手里拿着一支手枪。

整个街垒里的人都跑了过来。

昂若拉给他一分钟祷告的时间。时间一到，大家听见了枪响，凶手倒在石块路面上。昂若拉突然提高声音，对大家说：“公民们，起义应当有纪律。我们是宣传共和的神父，我们不该让革命受到诽谤。他杀了人，我杀了他，你们回头便能看到我判处自己的刑罚。”

“我们和你在一起。”孔布费尔喊起来。

事实上，这事过去没多久，人们在卡比克身上搜出了一张警察证。

我的好词好句

⊙狠巴巴　心地光明　冰清玉洁　熔炼　提防　衣冠楚楚

⊙昂若拉含着怒气的话好像在格朗泰的身上泼了一杯冷水，他忽然清醒过来了。

⊙小街垒里燃起了一盏灯笼，大街垒里也燃起了火把，火把的光像聚光灯似的，全部打在那面红旗上，发出一种骇人的紫红色。

阅读导航

街头的战斗激烈地开展起来，马伯夫先生壮烈牺牲，库费拉克和战友不久也落入险境，就在千钧一发之际，马里尤斯赶了过来。在形势依然危急，爱情已经无望的情况下，马里尤斯抱了必死的心态。

8. 绝望的壮举

圣梅里教堂的已敲响 10 点的钟声。昂若拉和孔布费尔都握着枪，侧耳细听那些最远、最微弱的脚步声。

一阵急促的脚步声传来，接着，一个矫捷的人影跳进街垒，是小加弗洛什，他气喘吁吁地说道：“我的枪呢！他们来了。”小加弗洛什将沙威的那支枪取了过来。

43 个起义者，都在自己的战斗岗位上聚精会神地等待着。弗伊领着几个人，守在科林斯酒馆的窗口处，端着枪瞄着外边。

过了一会儿，一阵整齐沉重的脚步声传来，声音越来越大，越来越近。街尽头隐隐约约出现很多人影。

停顿了一会儿，黑暗中有人喊话：“口令？”

“法兰西革命。”

那边的回答是：“放！”

火光闪耀，爆炸声响起，红旗倒了，一下子伤了好几个人。

“同志们，”库费拉克喊着说，“等他们走进来再打，不要浪费弹药。”

“我们要把红旗竖起来，”昂若拉说，“谁有胆子去？”

再大胆的人也要考虑一下。

马伯夫先生出现在酒馆门口，他径直向昂若拉走去，人们敬畏地让出一条路。

他夺过红旗，昂若拉也愣住了。没人敢拦住他，也没人敢去搀扶他，他，这个 80 岁的老人，坚定地向着街垒的石级一步一步跨上去。人们不约而同地喊道：“脱帽！”

所有的人都屏住了呼吸，老人在这沉寂中，挥动着那面红旗，喊道：“革命万岁！共和万岁！博爱！平等！死亡！”

燧发枪始于 1547 年，有超过两百年的使用历史，由转轮火枪改进而成。其原理是用燧石激发出火星，引燃火药，故而得名。这一发明极大地简化了射击过程，提高了发火率和射击精度，便于使用，并且降低了成本，实现了大批量生产。
下图为 1800 年左右制造的燧发手枪。

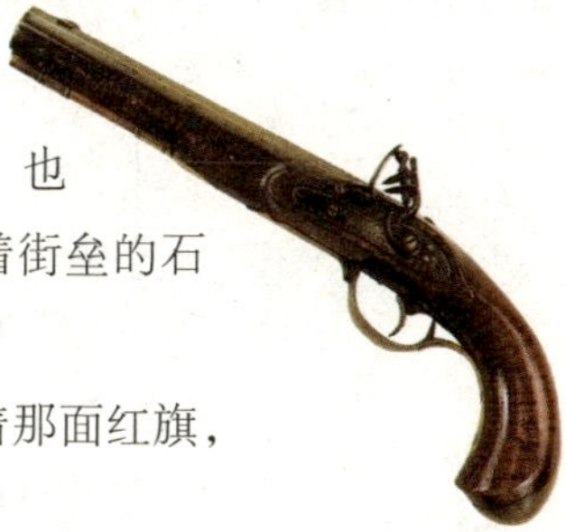

街垒那头喊道：“下去！”

“革命万岁！”

“放！”

旗子从老人手中滑脱，他向后倒在石块上，鲜血从他身下流出来。

群情激愤，昂若拉大声喊道：“公民们！老一辈给我们做出了榜样。他死得光荣。”

❝他蹲下去在老人的额头上吻了一下。❞

他蹲下去在老人的额头上吻了一下，然后解下老人的衣服，指着上面的弹孔和血迹说道：“现在，这就是我们的红旗。”

人们庄严地把马伯夫抬进大厅的一张大桌子上。当从沙威身旁经过时，昂若拉说：“你！一会儿就轮到你了。”

小加弗洛什看见有些人朝着街垒偷偷地摸过来。他喊道：“大家小心！”

库费拉克、昂若拉、让·普鲁韦、孔布费尔等人连忙从酒馆里冲出来，只见一大排闪着光的刺刀在街垒顶上晃动，几个高头大马的警察正在侵入堡垒，正扑向小加弗洛什。小加弗洛什被逼得直往后退，却不逃跑，大家都来救他，一时陷入了混乱的枪战。

库费拉克被打倒在地，他喊道：“救我！”此时小加弗洛什也正面对危险，他的枪没响，沙威没装子弹，一个警察正朝他逼来。不过，他们俩都安然无恙，一颗子弹打中小加弗洛什面前警察的眉心，另一颗子弹打中了进逼库费拉克那个警察的心窝。

原来是马里尤斯及时赶到了，救了他们。

马里尤斯丢掉那两支空手枪，看见厅堂门旁的有桶火药。他没有注意到有一个士兵正对着他瞄准。这时，有一个人突然跳上来，堵在枪口上。这人就是那个跟着库费拉克过来的少年工人。

枪响了，他倒了下去。当时烟雾太大，马里尤斯只听见了枪声，但没看清楚怎么回事。

起义者没有害怕，他们聚集在一起，面对着对面层层部队，仍在继续战斗。

突然有个声音吼道："你们滚开，不然，我就炸掉这街垒！"

原来，就在刚才，马里尤斯冲进大厅，抱起那桶火药，利用烟雾的掩护，顺着街垒，溜到放置火把的石笼旁边。他一只脚踏在石块上，一只手握着火把，怀着必死之心，发出了令人惊心胆战的吼声。

动作描写

"冲""抱""溜"等一系列动作，刻画了马里尤斯在革命中的果断和英勇。

"你要是敢炸，"一个警察说，"你自己也活不了！"

马里尤斯回答说："当然。"

他的手伸向火药。街垒上的进攻者丢下伤员，一窝蜂全逃走了。

大家把马里尤斯围在中间。

"没有你，我就死了！"库费拉克说。

"没有您，我也完蛋了！"小加弗洛什补充道。

马里尤斯问道："谁是头头？"

"就是你。"昂若拉说。

起义者清点人数，发现让·普鲁韦不见了，显然，他被俘了。

孔布费尔对昂若拉说："他们逮住了我们的人，但是我们有他们的密探，我们可以拿他们的人去换。"

对面传来扳动机枪的声音，接着一个男人喊道："法兰西万岁！未来万岁！"

那是让·普鲁韦的声音。枪声立即响起。

昂若拉看着沙威，对他说："你的朋友们刚才把你枪毙了。"

"你们滚开，不然，我就炸掉这街垒！"

马里尤斯到小街垒去查看了一番，一个人也没有。马里尤斯正要回去时，忽然，听见一个人有气无力地喊着他的名字。

他吃了一惊，这声音正是在普吕梅街外边喊他的那个人的。

他弯下腰，隐隐约约望见一张煞白的脸。

“我是埃波妮，我就要死了。“

他连忙蹲下去。

“您怎么会在这儿？等一下，我把您抱到大厅里去，您伤得重吗？”

“您先前看见有杆枪对着您瞄准吗？我把它堵住了。我的手和背被打穿了。”

马里尤斯心里十分难受。

埃波妮把头枕在马里尤斯的膝盖上，说：“啊！这样多好，多舒服，我已经不痛了。”

她沉默片刻，然后费力地把脸转过来，望着马里尤斯说：“马里尤斯先生，您知道吗？我真是太傻了，是我告诉您那座房子的，其实我明白，像您这样的年轻人……”

她停顿了一下儿，心里肯定有许多伤心话要说，但她惨然一笑，接着说道：“马里尤斯先生，您觉得我丑吗？嗯，好痛……”

省略号

这里省略号表示语言的断断续续，侧面表现了埃波妮伤势严重。

鲜血从她身上的弹孔里一阵阵流出来，马里尤斯内心沉重地望着她。

这时，大街垒里响起小加弗洛什的歌声。埃波妮低声说：“这是我的弟弟，不要让他看见我。”

“您弟弟？哪个是？是唱歌那个吗？”

“是的。”

马里尤斯想站起身来。

“啊！不要走开！”她几乎要坐起来了，断断续续地说，“有件事我要告诉您，有一封给您的信，昨天我便拿到了。但我不愿意您收到它。您会怪我吗？”

她把马里尤斯的手放在她衣服的口袋里，里面有一张纸。

“答应我，我死后，请在我的额头上吻一下。我会感觉到的。”

她的头落在马里尤斯的膝上，勉力笑了笑，便去世了。马里尤斯在她的额头上吻了一下，以示告别。

然后，他迫不及待地走进大厅，在蜡烛下看那封信，上面有地址，写着：玻璃厂街 16 号，库费拉克先生转马里尤斯·蓬梅西先生。

他拆开信封，看到里面写着：

我亲爱的，父亲要我们立刻离开此地。今晚我们住在武夫街 7 号。一周后，我们去英国。

珂赛特

6 月 4 日

“她把马里尤斯的手放在她衣服的口袋里，里面有一张纸。”

一切全是埃波妮造成的，她拿到了这封信，又把马里尤斯引到街垒，她怀着“谁也别想得到他”的心情，悲壮而欢乐地死去了。

马里尤斯想到珂赛特仍是爱他的，但她父亲却要带她去英国，外祖父也不允许自己结婚，还真不如死了干脆。他决定把他决死的心告诉珂赛特。另外，他还要把埃波妮可怜的弟弟救出去。

他掏出随身活页夹，撕下一张纸，用铅笔写了一封诀别的信：

我们是不可能结婚的。我的外祖父不同意。我爱你，但我决心去死。

他在上面写上地址。

信写好后，他又拿起他的活页夹，在第一页上写道：

我是马里尤斯·蓬梅西。请把我的尸体送到我外祖父吉诺曼先生家，沼泽区髑髅地修女街 6 号。

他喊来小加弗洛什。

“你愿意替我办件事吗？”

"当然，没有您的话，说真的，我早就死了。"

"拿着这封信，绕出这街垒。明早把它送到武夫街7号福勒施旺先生家，交给珂赛特·福勒施旺小姐。"

"明天早晨去送好吗？"

"太迟了。明天街垒也许会被封锁，就出不去了，你现在立刻就走。"

小加弗洛什想不出怎么反驳好，他愁眉苦脸地想了一会儿，突然抓过那封信，从巷子里跑出去了。

小加弗洛什想赶紧把信送去，也许还能及时赶回来。

6月5日这天的前夕，冉·阿让带着珂赛特和杜珊迁到了武夫街。珂赛特不愿离开普吕梅街，而冉·阿让是非搬不可。珂赛特让步了，但他们在去武夫街的路上，彼此没说一句话。

珂赛特待在她的卧室里，直到傍晚才露面。她为了表示对她父亲的顺从，看了看餐桌上摆的那盘鸡，然后便借口头痛得难受，向冉·阿让道过晚安后，又回到她卧房里去了。

19世纪上半叶，由于受到发生于1789年至1815年间的重大事件的影响，法国财政拮据，在家具设计方面表现为更少地应用昂贵的木材，并简化了装饰工艺。家具的品种和类型要少得多，在巴黎，情况即是如此，但在乡村，家具仍然是路易十六风格的。
下图为当时餐厅内的带写字台的碗橱。

冉·阿让吃晚饭时，曾几次听到杜珊唠叨道："先生，外面打起来了。"但他心里正在想别的事情，对这些事情没有留意。

冉·阿让在房间里来回走动，心情渐渐平静下来了。他在想着珂赛特，他倒不担心这孩子头痛，头痛不过是小毛病，过一两天就会好的，他想的是将来。只要珂赛特跟他在一起，他就感到幸福，但珂赛特会不会幸福呢？

突然，他看到一件奇怪的东西，碗橱前面上的镜子清晰地印着这样几行字：

我亲爱的，父亲要我们立刻离开此地。今晚我们住在武夫街7号。一周后，我们去英国。

珂赛特

6月4日

冉·阿让一下子惊呆了。

昨晚珂赛特不小心把她的吸墨纸簿放在碗橱上的镜

子前，当时她正愁苦欲绝，就把它丢在那里，丝毫没有注意到吸墨纸簿摊开了，并且摊开那页正是那天在普吕梅街给马里尤斯写完信时用来吸干纸上墨汁的那一页。信上的字迹印在吸墨纸上，而镜子又把它照出来了。

冉·阿让重读了一遍，他感到那是一种幻觉，是不可能存在的。慢慢地，他的感觉恢复了真实感，他打了个趔趄，瘫倒在碗橱旁的破旧围椅里，神情沮丧，茫然不知所措。命运对他进行多次审讯，目前的这次是最可怕的。他感受到人生最严峻的考验，他即将失去心爱的人儿。冉·阿让的这种父爱掺进了其他的爱，他把珂赛特当作女儿，当作母亲，当作妹妹来爱，他的这种情感更像是本能，蕴藏在他对珂赛特所怀的无尽的慈爱中。除了珂赛特，在他这一生的漫长岁月中，冉·阿让再也不知道有什么可以爱。这父亲把这孩子当作光明、家庭、祖国和天堂。他爱她。当这一切就要破灭，一切如烟云和泡影，他只是个父亲了，他生命的光全熄灭了。

“冉·阿让一下子惊呆了。”

他的痛苦超过极限，内心深处的“我”在哀号。他憎恨那个在卢森堡公园里跟踪他们的年轻人，那个蠢材、无赖。

冉·阿让不知不觉来到了街上，天已经黑了，他坐在家门口的护墙石上静听远处发生的一切。

那条街很冷清，没有几个人。突然，从中央菜市场那边传来一阵枪炮声，使沉寂的夜间显得格外狂暴，不禁让人大吃一惊。

这时，小加弗洛什来到了武夫街，他看到了冉·阿让，却没有理他。他踮着脚尖去摸那些临街的门和窗子，全都锁上了。他耸了耸肩，说道：“真见鬼！”

冉·阿让忍不住问道："小孩儿，你要干什么？"

"找吃的，肚子饿了，"小加弗洛什干脆地回答，末了他还加上一句，"我不是小孩儿。"

冉·阿让摸出一个5法郎的硬币。

小加弗洛什从地上拾起一块石头，向路边那盏路灯扔去，路灯上的玻璃碎了，街上一下子变得漆黑。

冉·阿让把那枚硬币递到小加弗洛什的手里。

"可怜的孩子。"他自己对自己说。

小加弗洛什高兴地细看了一阵儿那枚硬币，又把它递还给冉·阿让。

"您收回去吧，我还是喜欢去砸路灯。"

"把这个钱留给你母亲吧。"

小加弗洛什注意到和他谈话的这个人没有帽子，瞬间对其增加了不少好感。

"您知道哪儿是7号吗？"

"你问这个干什么？"

"没什么。"

在当时的欧洲，帽子是地位身份的象征。哪怕仅仅是一次随性的乡间散步，或轻松的门球活动，都必须穿戴上花呢套装、针织背心、鸭舌帽以及雕花布洛克鞋。什么场合穿什么衣服，佩戴什么样式的帽子，甚至精确到帽檐直径是多少最合适，也都有一套规矩。

冉·阿让心里忽然一动，他对那孩子说："你是来送信的吧？信是给珂赛特小姐的，对吧？"

小加弗洛什把那封信递给他，随即行了个军礼。

"向临时政府发出的文件致敬礼。"他说。

"回信应当送到圣梅里街吧？"

"胡扯，"小加弗洛什大声说，"这信是从尚弗里街的街垒送来的。"

说完，小加弗洛什便走了。一眨眼，他的身影就已消失在黑夜中。

冉·阿让拿着马里尤斯的信回到家里。

他摸上楼梯，轻轻打开他的房门，珂赛特和杜珊都已睡了。他点上蜡烛，两肘支在桌上，展开那张封信来看。

"……我爱你，但我决心去死。"

他心里起了一阵幸灾乐祸的欢呼。冉·阿让感到前途又有了希望。他只消把这信藏起来，等着，那人迟早会死。真是太好了！

不过，这样想过以后，他又感到心里焦虑不安。

他随即走下楼去，叫醒看门人。

大致一个钟头过后，冉·阿让穿上国民自卫军的全套制服，带着武器出去了。

此图为当时士兵制服的标准配置。袖口上的镶边，其颜色为士兵所在军团制服的颜色；环绕在腰上的剑带结，它系于剑柄上，以防止剑出鞘而伤及人身或丢失；图中具有黄铜柄、长而重剑身的佩剑是胸甲骑兵的必备武器；腰上挂着的包为装子弹的盒子；脚上配黑色皮靴。

我的好词好句

⊙隐隐约约　不约而同　一窝蜂　唠叨　愁眉苦脸　趔趄

⊙他蹲下去在老人的额头上吻了一下，然后解下老人的衣服，指着上面的弹孔和血迹说道：“现在，这就是我们的红旗。”

⊙慢慢地，他的感觉恢复了真实感，他打了个趔趄，瘫倒在碗橱旁的破旧围椅里，神情沮丧，茫然不知所措。

阅读导航

昂若拉指挥着这支队伍坚持战斗，不久，冉·阿让也参与进来，在这里他见到了马里尤斯，还见到了老对头沙威，他们之间又会演绎出怎样的恩怨呢?

第五卷

1. 最后的战斗

由于马里尤斯放弃了领导权，所以还是由昂若拉指挥起义者利用夜晚的时间加固了街垒。街垒修理后加高了两尺。外表看似乱七八糟，但里面构成了一堵墙。台阶重新修复，厨房变成了医院。大家包扎好伤员，分配好丢在地上的武器，搬走了尸体。酒馆里那3个女人偷偷溜走了。

昂若拉命令大家睡两小时，但只有三四个人真正睡觉了。弗伊利用这两个钟头在酒馆的墙上刻下“人民万岁！”四个大字。

战地医院厨房里有五个重伤员，其中两个是保安警察。他们首先被敷药包扎。地下室是停尸间，里面是站着的沙威和躺着的马伯夫，好像一个大十字架。街垒里的旗帜换成了已牺牲的老人马伯夫的血衣。

1832年6月5日晚上，政府军击溃大部分的巴黎外围起义者，起义者被赶到巴黎老城区。起义者原先计划中的巴黎全民大起义没有能够成功发动。历史现实和本故事的描述类似，暴动没有发展成全巴黎大起义，军队也没有出现大规模倒戈的迹象，缺乏社会基础。起义的力量已经被严重削弱，他们只能够以血肉之躯守着仅存的一两个街垒。图为当时街垒战的场景。

街垒里已没有食物，酒馆里的食物也被吃得一干二净，酒窖中只剩下满满15瓶封存完好的葡萄酒。但昂若拉不准大家喝葡萄酒，只定量配给些烧酒。

清晨两点左右，他们清点了一下人数，还有37个人。

曙光初生，昂若拉出去侦察敌情。起义者充满了乐观情绪，他们确信革命会爆发，援军马上就会到来。

昂若拉很快就回来了，他说：“整个巴黎三分之一的军队压在这个街垒上，还有一个钟头他们就要发动攻击。昨天还很激愤的人民今天却没了动静。我们很难得到支援了。”

“就算是这样，我们也会坚持到底。”有人这样大声说道。

这几句话，让大家原本忧心忡忡的心瞬间变得坚定，不可动摇，引起了热烈的欢呼。

“死亡万岁！大家全体留下！”

“留下 30 个人就足够了。为什么要牺牲 40 个人呢？”昂若拉说。

“没人想离开！”

昂若拉大声动员留下几个人，他们要为共和国节约人力。但没人愿意留下，再说，街垒被包围，也不容易出去。

昂若拉和孔布费尔走到下面的厅堂里，他们出来的时候，两手托着四套国民自卫军的制服，那是从敌人尸体上扒下来的。

马里尤斯正忍受着痛苦的折磨，他一心等死，但这不妨碍他想去拯救别人。他大声说：“大家不要做无谓的牺牲，凡是有家属的人站出来。”

马里尤斯在这里威望很高，大家互相揭发对方有家属。最后，大家选出 5 个人。5 个人，但只有四套制服，所以得有一个人留

“大家不要做无谓的牺牲，凡是有家属的人站出来。”

下来。

又是一场慷慨地争论，谁也说服不了谁。大家同意由马里尤斯指定一个人留下。

那五个人争先恐后的说：“我！我！我！”马里尤斯看着五个英雄真诚炙热的眼神，又看了看地下的四套制服。

就在这时，第五套制服从天而降，落在上面。

马里尤斯抬头看去，认出是福勒施旺先生。冉·阿让穿着国民自卫军的制服，所以顺利地走进了街垒。

博须埃开口问道：“他是谁？”

马里尤斯回答道：“我认识他。”

马里尤斯看到福勒施旺先生的到来，心情很沉重，他在想念着珂赛特。福勒施旺先生不看他，也不和他说一句话。

等那5个指定的人离开后，昂若拉来到地下室，去看一下绑在柱子上的沙威。沙威提出要喝一点水，昂若拉给他倒了一杯水过去。他还提出要躺一下，就像桌子上的马伯夫那样就行。于是，昂若拉命令起义者把沙威放到桌子上面，紧紧捆牢。捆绑的时候，沙威看到了门口的冉·阿让，傲慢地说了句：“没什么奇怪的。”

天很快就要亮了，昂若拉分给每人一定量的烧酒，命令各人回到各自的岗位上去。时间并不长，一阵阵链条的喀啦声传来，紧接着传来一个庞然大物的令人不安的颠簸声，像是青铜打在铺路石上发出的隆隆声。一尊大炮出现了，上面的导火线已经点燃。

> **细节刻画**
> 对大炮出现前的声音，进行了细致的描摹和刻画，烘托出一种紧张和恐怖的战争气氛。

“射击！”昂若拉命令。

整个街垒在可怕的爆炸声里倾泻出大量浓烟，烟雾散去，没有一个人被击中。

“来吧！”库费拉克说，“大家伙来了，街垒要狠狠地震动一下了。”

起义者开始重上子弹，那边炮兵们也在上炮弹。

又是一炮，随着一声轰响，小加弗洛什跳了进来。炮弹只打烂了一个车轮子，起义者不由得大笑起来。

“来呀。”博须埃向敌人大声喊道。

大家围住小加弗洛什，但是他没时间说什么话，马里尤斯激动地把他拉到了一边。他让小加弗洛什送信有两个目的，一个是送信，另一个是救小加弗洛什出去，目前只完成了一半。

卡宾枪，即马枪、骑枪。它是枪管比普通步枪短，子弹初速略低，射程略近的较轻便的步枪。卡宾枪的名称来源于英文“Carbine”的译音。卡宾枪实际上归类属于步枪。它一般采用与标准步枪相同的机构，只是截短了枪管，是一种枪管较短，质量较轻的步枪。

“你怎么回来了？信送到了吗？”

小加弗洛什有些内疚，他急忙要回来，没有把信送到收信人手中，他只好撒谎说，收信人在睡觉，于是他把信交给了门房。

马里尤斯又指着福勒施旺问：“你认识他吗？”

“不认识。”确实，小加弗洛什见到冉·阿让的时候是夜里。

昂若拉一边听着，一边关注着敌人的动向。敌人可能对刚才的炮弹不满意，炮长稍微调整角度，改变了射击点，将炮口微微偏向左边，并亲自去点火。

“低下头！”昂若拉喊道，“大家沿着街垒跪下！”

那些起义者乱哄哄地冲向街垒，有人还没来得及躲闪，炮弹弹回来的碎片打死了两人，三人受伤。

“不能让他们发第二炮。”昂若拉说，同时放低他的卡宾枪，瞄准那个正调整方位的炮长。

这炮长是一个长得很英俊的年轻人，有一头金黄色的头发。孔布费尔站在昂若拉身边说：“多可惜！没有国王就不会再有战争。昂若拉，他看起来不过 25 岁，可以当你的兄弟！”

“他就是我的兄弟。”昂若拉说。一滴眼泪从昂若拉面颊上慢慢流下。同时，扳机扣动，一道闪光，那个炮长身子转了两下，然后倒在炮上不动了。

“他就是我的兄弟。”

他死了。敌人换个炮手需要几分钟，这样就争取了一些时间。

起义者议论纷纷，无论如何要削弱大炮的轰击力。昂若拉命令在街垒的缺口处放一块床

从火炮出现到19世纪中叶以前，大炮一般是滑膛前装炮，发射实心球弹，部分火炮发射球形爆炸弹、霰弹和溜霰弹。最初的线膛炮是直膛线的，主要目的是为了前装弹丸方便。
上图为当时的欧洲常见的滑膛炮。

垫。孔布费尔告诉床垫都用来躺伤员了，没有多余的。

冉·阿让注意到街垒外边，有户居民窗子上放着一块床垫，在紧靠街垒外面一幢七层楼的屋顶上，一块床垫被两根绳子挂在窗户的两根钉子上。

冉·阿让向昂若拉借了他那支刚上了子弹的枪，瞄准绳子放了一枪，绳子的一根被打断了。接着放第二枪，床垫滑了下来，落到街上。

全街垒的人鼓掌叫好。但怎么把它拿进来呢？这床垫处在攻守两方的中间，街上子弹横飞，十分危险。冉·阿让冒着枪林弹雨，奔到床垫旁，拿起来之后马上回到街垒。

床垫挡住了缺口，果然产生了很好的效果，街垒安全了。

“公民，”昂若拉对冉阿让说，“共和国感谢您。”

敌人继续在开火，为节省弹药，昂若拉他们毫不回击。街垒的沉默使敌人不安，一个消防队员跑到临近的屋顶上侦察街垒的情况，他头上的钢盔在阳光中闪烁。

冉·阿让一声不响，对准那消防队员，一秒钟后，钢盔被打落，士兵惊慌逃开了。一个军官过来接替了他的岗位。冉·阿让又拿起枪，瞄准，射击，新来军官的钢盔又被打落，军官赶紧退了下去。没有人再出现在屋顶上侦察了。

下图为火绳杆。点燃火绳杆的虎钳口处的导火索，是发射炮弹的方法之一。

“您为什么不打死他们？”博须埃问冉·阿让。

冉·阿让没有回答。

“他在用枪行善。”孔布费尔说。

起义者和镇压者力量悬殊，起义者只有有限的弹药，很快就消耗殆尽，无法补充，镇压者却拥有整个军队和工厂。街垒最后的结果不容乐观，除非大的革命突然爆发，民众都站起来，巴黎将为之震动。在防卫街垒的起义者们，有勇敢，有朝气，有荣誉，有激情，有理想，有坚信仰，有顽强，特别是还有一线希望。

“你们听，”一直严加戒备的昂若拉突然叫起来，“巴黎好像醒了。”

6月6日清晨，有一两个小时，圣梅里教堂持续不断地敲响警钟，起义者燃起了微弱的希望。梨树街筑起了街垒，格拉维利埃街也筑起了街垒。一名青年在圣马丁城门前，端起卡宾枪杀死了骑兵队长，他也被砍死了。有位妇女在圣德尼街从垂下的遮光帘后向保安警察开枪。在科索内里街，警察抓走了一个 14 岁的孩子，从他口袋里搜出来满满一口袋子弹。

面对人们重新燃起的怒火，军事将领们惶恐不安。他们推迟了打莫贝埃、尚弗里和圣梅里等这些街垒的时间，集中兵力肃清大街。不到半小时，重新燃起的暴动破灭了。

普遍暴动仅仅稍微显露了一下苗头，便告破产了。危险越来越大，库费拉克和博须埃的心情却越来越好，他们用开玩笑来代替饮食。博须埃说："我对昂若拉十分佩服，他一直过着孤独的生活，从未因要献身伟大事业使他单身而抱怨。昂若拉没有女人，他不谈情说爱，冷若冰霜而又猛如烈火，真难以想象。"

夸张

用开玩笑来代替饮食，作者用夸张的手法表现了革命者的乐观主义精神。

昂若拉嘴里喃喃低语："祖国。"但博须埃他们都没有听见。

他们还在谈笑的时候，敌人那边又运来第二门火炮，就架在第一尊炮旁边准备射击。两门炮猛轰尚弗里街垒，不远处，另外两门大炮也一齐瞄准圣梅里街垒。四门大炮一起进攻，炮声此起彼伏，街垒好不凄凉。

"杀杀他们的威风，"昂若拉大声喊道，"开火！"

沉寂许久的街垒奋起反击了，连续发射了七八排枪弹，大约三分之二的炮兵倒下了。

"很好，"博须埃向昂若拉说，"十分成功！"

昂若拉摇摇头，回答说："再过一刻钟，街垒里便剩不下 10 颗子弹了。"

小加弗洛什在旁边好像听到了这句话。他回到酒馆，取来一个篮子，从缺口走去街垒，自顾自地捡那些倒在斜街上的国民自卫军装满子弹的弹药包。

"危险，你赶紧回来！"库费拉克吼道。

"等一下就回来。"

他一跃跳到街心，那里躺着将近二十具尸体，这意味着有二十来个弹药包。

街上的烟使白昼也变得阴暗起来，交战双方离得不远，但

伏尔泰，本名弗朗索瓦－马利·阿鲁埃，伏尔泰是他的笔名。法国启蒙思想家、文学家、哲学家、史学家。伏尔泰是 18 世纪法国资产阶级启蒙运动的旗手，被誉为"法兰西思想之王""法兰西最优秀的诗人""欧洲的良心"。

几乎望不见彼此。小加弗洛什的行动便容易很多。他紧贴着地面，从一具死尸爬到另一个死尸，把一个个的弹药包和子弹盒都倒进篮子里。他不断往前爬，越走越远，最后来到里烟雾稀薄的地方，他被敌人发现了。

第一颗子弹打中了他旁边的尸体，第二颗子弹打在他身边的路面上，第三颗子弹打翻了他的篮子。

小加弗洛什站起来，看着那些开枪射击的国民自卫军，唱起歌来：

楠泰尔人太丑，
这怪伏尔泰。

“他很快坐了起来，脸上流着血，他冲着打枪的方向又唱起歌来。”

随后他拾起他的篮子，把子弹都捡回去，一颗不剩。然后他继续向开枪的地方前进，把另一个弹药包里的子弹倒到篮子里。在那里，第四颗子弹没有射中他。小加弗洛什又唱道：

我是一只小鸟，
这要怪卢梭。

引用

在紧张激烈的战斗中，作者引用了一段轻快俏皮的歌词，既刻画出小加弗洛什调皮可爱的形象，也表现了他视死如归的革命英雄主义精神。

敌人向小加弗洛什射击，而他却跟他们逗乐。他一边唱歌，一边捡子弹，有时躲在这里，有时突然跳出来。起义者们紧张地看着他，心里充满了焦虑。

终于，有一颗子弹射中了他，他东倒西歪地走了几步便倒下去。不过他很快坐了起来，脸上流着血，他冲着打枪的方向又唱起歌来。但他刚唱了几句，又一个子弹打过来，歌声戛然而止。

这次，这个伟大的小灵魂飞逝了。

马里尤斯和孔布费尔冲出街垒。但是，太迟了，小加弗洛什已经死去。他们抱回了那篮子弹和孩子。一颗子弹从马里尤斯的前额上掠过，他也受了伤。

他们把小加弗洛什并排放在马伯夫身边。孔布费尔为马里尤斯包扎了伤口，并给大家分发子弹。每人15发。冉·阿让摇摇头没有要。

远处响起12点的钟声。一支扛着斧子的消防队出现在街的尽头。

“把铺路石搬到二楼和屋顶室的窗台上，要赶快。”昂若拉命令道。

不到一分钟，准备工作就完成了。昂若拉又命令把那些酒搬到二楼。下面的窗户和街垒的缺口都堵上了。

昂若拉检查了一遍，然后对马里尤斯说：“我们两个是领头的。我去里面交代命令，你在外面观察情况。”

他们一共剩下26个战士、34支枪，外加两把斧子和一把砍柴刀。昂若拉命令20人待在街垒里，6个埋伏在屋顶和二楼。布置完了，他又转向沙威，将一把手枪放到桌子上说：“最后离开屋子的人负责打死他。”

“现在您自由了。”

冉·阿让站出来，向昂若拉说：“交给我吧。”

沙威看见冉·阿让，不自禁地抖了一下，动作很不易察觉，他说：“这很公正。”

“有人不同意吗？”昂若拉环视一下四周，“把他带走吧。”

几乎同时，外边想起了号角声，起义者乱哄哄地冲出去。背后，沙威嚷道：“一会儿见！”

冉·阿让解开绳索，让沙威站起来。沙威脸上带着笑容，似乎有一

1832 年 6 月 6 日早晨，国民警卫军和起义民众在圣梅里展开血战，起义学生坚守的街垒最终在大炮的轰炸之下被打破，93 人死亡，291 人负伤。同在 6 月 6 日早上，路易－菲利普在香榭丽舍大街和协和广场再次检阅军队，然后他前往巴黎北部探望士兵和国民警卫军，接受军人的欢呼。
图为路易－菲利普。

种优越感。冉·阿让拖着他慢慢走出酒馆，跨过了围墙，来到小路上。没人能看见他们，现在只有他们两个人。

冉·阿让盯着沙威。沙威回应道：“来吧，报复吧。”

冉·阿让拿出一把刀，割断他身上的绳子，然后说：“现在您自由了。”

沙威目瞪口呆。冉·阿让接着说：“我可能要死在这里，如果我侥幸脱身，记住，我住在武夫街 7 号，用的名字是福勒施旺。”

冉·阿让目送他离开，然后朝天空开了一枪。他回到街垒，对大家说：“解决了。”

突然，攻击的战鼓敲响了。大炮开始狂吼，军队向街垒冲来。起义者也展开了激烈的反击。街上堆满了尸体。

起义者们的子弹逐渐耗尽，但他们依旧保持乐观，时不时还会彼此调侃。博须埃看到库费拉克光着脑袋，问他：“你的帽子哪儿去了？”

“被大炮轰掉了。”

军队逐渐逼近街垒，恐怖越加强烈。肉搏开始了。博须埃、弗伊、库费拉克、若利都被杀死了，孔布费尔被刺刀刺穿了胸部，也死了。

马里尤斯浑身是伤。只有昂若拉没有受伤，武器没了，他就改用刀。

好几个人退到街垒后面那所七层的楼房前面，楼房后面就是大路。房门半开了一下，但又立即关上。他们砸门，哀求，但没人来开门。

昂若拉一手持剑，一手拿枪，站在酒馆门前，掩护大家冲进去。马里尤斯还留在外面，他被一颗子弹击中，昏了过去。在昏过去的一刹那，他感觉一只有力的手抓住了他。

昂若拉发现马里尤斯没逃回酒馆来，但他没时间多想，插上门闩，将进攻者挡在了外边。

昂若拉走向躺着马伯夫和小加弗洛什的长桌，吻了吻老人的手。头天晚上他曾吻过老人的额头，这是他一生中仅有两次吻。

于施卢酒馆遭受到了前所未有的突击。最后，门破了，进攻者冲进来，没被杀死的人都退到了二楼。他们手里拿着瓶子，里面装有硝镪水，他们就这样把一切东西变为武器。

最后，二十来个敌人利用人梯攀住天花板，砍伤洞口最后几个抵抗的人，乱哄哄地冲了进来。

只有昂若拉一个人站在那里，昂首挺胸，手握断枪，神情十分吓人。

对比

二十几个敌人乱哄哄的场景，与昂若拉的肃穆神情形成鲜明对比，这样写突出了昂若拉的英雄形象。

“这是他们的头头，是他杀死了炮长，杀了他！”有人喊道。

“开枪吧。”昂若拉说。

一个中士刚要喊瞄准，一个军官说：“需要替您蒙上眼睛吗？”

“不需要。”

格朗泰早已醒了，他在角落地躺着，士兵们没有注意到他。他从酒醉中醒来，刚一睁眼，就全明白了。士兵们瞄准了昂若拉，中士正准备再一次发令：“瞄准！”突然，旁边一个洪亮的声音：“共和国万岁！算我一个。”

格朗泰坚定地来到昂若拉身边。他温和地问昂若拉：“你允许吗？”

昂若拉微笑着握了握他的手。这微笑尚未消失，枪就响了。

街垒被占领，士兵们开始搜查，追捕逃亡的人。

“开枪吧。”

阅读导航

冉·阿让带着马里尤斯逃进了巴黎的下水道，经历九死一生，才挽救了自己和马里尤斯的生命，随后却又落入老对头沙威手里，这次他还能逃脱吗？

2. 死里逃生

冉·阿让身处巴黎的下水道中，和他一起的是马里尤斯，马里尤斯做了冉·阿让的“俘虏”。

冉·阿让没有参加战斗，他只是默不作声地帮助受伤者。在战斗的硝烟中，表面上冉·阿让好像没看马里尤斯，其实他一直关注着他。当马里尤斯中枪时，冉·阿让扑过去将他抱住，然后背着他走过街垒战场，藏到了科林斯酒馆的拐角处。冉·阿让紧靠着墙，四面扫视，左边是战场，死亡就在这墙角的后面。

怎么办？

> **神态描写**
>
> 作者对冉·阿让的张望和眼睛恨不得挖地道的夸张神态描写，表现了他想脱离险境的急切心情和强烈的求生欲望。

冉·阿让环顾四周，恨不得用眼睛在地上挖出一个窟窿。突然，他发现几步以外的墙脚下，有一扇安在地上的铁栅栏。透过铁条，一个阴暗的洞口依稀露出来，那是巴黎的下水道口。冉·阿让越狱的老本领再度发挥了作用，他敏捷地扫除障碍，然后背着昏迷的马里尤斯钻了进去。

好像突然掉入地窖，什么也看不见了，什么也听不见了。过了一会儿，他已经适应了地窖里的黑暗，可以看出一些东西。这里的危险不见得比刚才小，到处是陷阱和腐烂气味。他辨不清方向，只能顺着斜坡走，斜坡指向河流。

冉·阿让估摸自己身处中央菜市场的下水道中。因此，如果他沿左边的斜坡走，大约一刻钟可到塞纳河。但那里巴黎居民最多，两个浑身是血的人从地底下钻出来，很快就会引来警察。所以他决定向右拐。

但他走着走着突然发现，他是在下坡，他怀疑这是通向塞纳河的出口，自己是不是要接着走呢？走是危险的，但后退更危险，于是他继续前进。其实，他走的路通向环城下水道，而这个方向是正确的，只不过他不知道。

有一阵他忽然听到头顶上有连续不断的车辆行驶声，这是巴黎正常的街道。

他大概走了半个小时，忽然，在身前，他看见自己的影子被一种微弱的光衬托出来。他心中一紧，惊慌地回头望去，依稀看到在离他很远的地方，有十个八个模模糊糊的黑影在暗中乱动。

在6月6日的白天，警方担心有人通过下水道逃跑，于是命令搜索下水道。刚才冉·阿让看到的身影便是其中的一队，幸亏冉·阿让与他们离得远，且同黑暗融为一体，他们没有看见他。如果他们接下来继续向里搜查的话，就会发现冉·阿让，但他们商议了一下，认为再往里去纯属浪费时间，所以他们就离开了。临走的时候，他们还朝冉·阿让所在的地方开了几枪。就差这么一点。

“冉·阿让没敢动弹，紧盯着警察们的身影慢慢消失。”

冉·阿让没敢动弹，紧盯着警察们的身影慢慢消失。

警察们除了搜索下水道外，一些正常工作职责还是在照样履行的。比如6月6日白天的下午，有个警察就在塞纳河右岸的河滩上跟踪一个小偷。河滩上冷冷清清，几乎没什么行人，两个人隔着一段距离，不慌不乱地走着，后边一个穿着国家发的制服，而前面那人衣衫破烂。后边的人在追前面的人，不过是想对方穿上耻辱的红衣服。

河滩上一辆出租马车经过，后边的人向车夫做了个手势，车夫显然明白自己在跟什么人打交道，心领神会地慢慢跟在他们后边。执行任务时需有一辆马车在附近，以备不时之需。这是警署给密探的规定。而最前面那个人对这一切丝毫没有察觉。

那人走到了塞纳河拐弯处接近耶拿桥的地方，那儿有一堆六七尺高的垃圾形成了一个小丘，挡住了视线。他绕了过去。跟踪者也跟了过去，但当他走过那堆垃圾之后，惊奇地发现自己跟踪的人不见了。

那人沉思了一会儿，突然有所醒悟，他搜索四周，终于在河滩和河水的交际处发现了一个铁栅栏，上面有一把锁和三根粗铰链。铁栅栏后面是一条阴暗的下水道。

他过去摇了摇铁栅栏，纹丝不动。他猜到那人手里肯定有开门的钥匙，不禁十分愤怒。他在周围埋伏下来，等着有人再进去，或者希望能有人出来。

下午 3 点钟，冉·阿让到达环城大下水道。他觉得下水道突然变宽了，也变高了。

这里是几条下水道的汇合处，冉·阿让选择了一条最宽的，接下来的问题是沿上坡的通道走，还是往下坡的通道走。冉·阿让考虑到形势危急，决定尽快赶到塞纳河，于是左转往下坡方向走。

幸亏他是这样做的。沿上坡的通道走是一条死胡同，向下走才有获救的希望。

他很累。在一个挺大的通风口处，他停了下来，轻轻将马里尤斯放在沟坡上。透过通风口的光亮，冉·阿让看到马里尤斯鲜血模糊的脸，他尽力为他包扎好伤口。在解开马里尤斯的衬衣时，他发现他口袋里有一个活页簿，上面第一页上写着：我叫马里尤斯·蓬梅西。把我的尸体送到沼泽区髑髅地修女街 6 号，我的外祖父吉诺曼先生家里。

他低声重复了几遍上面的名字和地址，然后将它放回去。恢复了一下体力后，他又将马里尤斯背起来，开始沿着下坡走。

渐渐地，他感到脚下不再是石块，而是淤泥了。这是地陷，那时候，这种事情在香榭丽舍大街的地下屡见不鲜。

上面是水，下面是淤泥。冉·阿让已不可能回头，只能继续前进。这淤泥显然不能承受两个人的重量，冉·阿让的膝盖已经陷入淤泥中，而水则没过了腰。他一边走，一边把马里尤斯举过头顶。水到了腋下，到了脖子，最后是头，他只能仰起脸来呼吸。马上，他就要不行了。

递进

文中用递进的方式表现冉·阿让的危险在不断加深。这样更能表现人物的处境，也能调动读者的情绪。

冉·阿让拼命使了一下劲，向前迈了一步，他的脚触着了一个不知是什么的硬东西。一个支点！来得真是时候！他终于走过了最危险的一段。

现在，他几乎耗尽了力气，只能凭借毅力来支撑。他只顾着低着头往前走走，忽然，一头撞到了墙上，原来是个拐角。过去这个拐角，他抬起头，看到了远处的亮光，这是白天的光。

出口就在前边。

他到了，的确是出口，但是出不去，门被铁栅栏关着，铁栅栏上是一把锁，监狱用的那种锁。

铁栅栏外就是自由，他却出不去。手里没有撬棍，无法撬开门。难道要死在这里？冉·阿让感到十分沮丧，他想到了珂赛特，一股心酸涌上心头。

冉·阿让正垂头丧气，忽然一个声音轻声说：“平分。”

“他认出来那人是泰纳迪埃。”

冉·阿让以为在做梦，他抬头望去，看见一个人站在面前，他认出来那人是泰纳迪埃。泰纳迪埃背着光，把手罩在眼上，仔细看着冉·阿让，但他没认出来，一则冉·阿让满脸的污泥和鲜血，二则他迎着光。

现在的巴黎下水道是19世纪中期巴黎爆发大规模霍乱之后，由设计师巴龙·奥斯曼所设计、贝尔格朗具体负责施工。到1878年为止，修建了600千米长的下水道。随后不断延伸，直到现在长达2400千米。1832年，巴黎的下水道还不是现在的样子，其名声坏到了谈虎色变的程度。
上图为1820年巴黎下水道。

冉·阿让立刻发现对方并没有认出自己来。泰纳迪埃首先开口："打算出去吗？"

"是。"冉·阿让说。

"分我一半。"

"什么？"

泰纳迪埃用手指着马里尤斯，继续说："你杀了人，而我有钥匙。"

冉·阿让明白了，泰纳迪埃把他当成凶手了。

泰纳迪埃又拿出一根绳子，递过来说："听着，伙计。我外加你一根绳子。"

"我要绳子干吗？"

"你不但需要绳子，你还需要一块石头，不过，石头要到外面去找了。"

"要石头干吗？"

"真是个笨蛋，出去之后，没有绳子和石头，你怎么把这个傻瓜扔进河里。"

冉·阿让下意识地接过绳子。任谁都会这样做。

泰纳迪埃好像突然想起了什么，问道："嗨，老兄，我都没敢去那边冒险，你是怎样跑出来的？呸！你身上有一股臭气。"

看到冉·阿让没有回答，他接着说：

"不回答是对的，将来对付预审法官，你肯定不能多说一句话。不要以为我看不清你是谁，就不知道你干了什么。你把这家伙杀了，还想把他扔进塞纳河。来吧，我乐意帮你。"

表面上，他对冉·阿让不说话表示赞许，其实他心里却想引他说话。他甚至找机会推推他的肩膀，想看清他长什么样。

泰纳迪埃喋喋不休说个不停，冉·阿让却沉默不语。泰纳迪埃终于说："现在我们来做个了断。一人一半，平分。我给你看我的钥匙了，那么把你的钱拿出来吧。"

泰纳迪埃说话咄咄逼人，但有一点很奇怪，他似乎故意压低声音，好似旁边有什么人。冉·阿让心想，也许旁边还有他的同伙，而泰纳迪埃不想把钱分给他们。泰纳迪埃接着说："快点拿出来，有多少钱？”

冉·阿让在自己的口袋里寻找，但他只找出三十法郎左右。

泰纳迪埃撇了撇嘴唇，意味深长地说道：“为 30 法郎，你就把他杀了。”

泰纳迪埃放肆地搜索冉·阿让和马里尤斯的口袋。他还趁机将马里尤斯的衣服撕下一块，藏了起来。想必，泰纳迪埃指望这块布日后能帮他认出被害者和凶手。

翻了半天，他一个子儿也没找着。

“不错，”他说，“这种情况估计也就这些了。”

说完，他把钱全部装进自己的腰包。看来，他把“对半分”那句话忘记了。

接着，他拿出钥匙。

“朋友，你付了钱，现在得出去了。”

说完，他笑了笑。

泰纳迪埃拿出自己的钥匙，真是想救一个杀人凶手吗？他是不是还有别的想法？

泰纳迪埃帮助冉·阿让把马里尤斯背上，然后轻轻地用钥匙打开门，没发出一点声音。冉·阿让刚出去，他就把门重新锁上了。

冉·阿让到了外边，他轻轻地把马里尤斯放在河滩上。

四周一片寂静，自由、健康、纯洁的空气充满他的周围。夜来临了。冉·阿让把几滴水洒到马里尤斯的脸上，他的眼睛没睁开，但还有呼吸。

忽然，他感到一种不安，好像有什么人在他身后。他转过头来，看到一个身材高大的人站在他身后几步远的地方。

是沙威。

跟踪泰纳迪埃的人不是别人，就是沙威。沙威离开街垒之后，就到警署口头汇报了情况，又马上来到右岸香榭丽舍大街一带的河滩，监视那里的情况。他发现泰纳迪埃后就一路追踪他来到这里。

泰纳迪埃可以感觉到沙威在跟踪他，并一直在这儿等着，于是他送上了一个替罪羊，不仅可以让自己脱身，还能额外赚点钱，这个机会他不会放过。

1789 年的法国大革命二角帽后取代三角帽成为流行样式，广泛被欧洲与美国的海、陆军所采用，在许多拿破仑的肖像画中也可以看到身着戎装、头戴双角帽的拿破仑。随着拿破仑席卷欧陆，此形象也深植人心，因此双角帽也被称为“拿破仑帽”。图为拿破仑戴过的二角帽。

冉·阿让刚逃离狼窝，又入虎口。

沙威没认出冉·阿让来，他问道："您叫什么？"

"冉·阿让。"

沙威咬住闷棍，两只手紧抓住冉·阿让的双肩，又一把放开，像是梦呓一样喃喃说道："您怎么会在这里？他又是谁？"

他不再用"你"这个称呼跟冉·阿让说话了。"沙威警探，现在您抓住我了，事实上，从上午起，我就是您的囚犯了。我既然给了您我的地址，就没想过要躲开您。"冉·阿让说，"但是在您抓我走之前，请答应我一件事，先帮我把这个人送回家。"

沙威弯下腰，用手帕擦去马里尤斯额上的血迹。

"这人好像是街垒里的人，"他好像自言自语，"别人管他叫马里尤斯。"

"他住在沼泽区髑髅地修女街，那是他外祖父的家……"

冉·阿让从马里尤斯的口袋里拿出那本活页簿，翻出那一页给沙威看。

沙威喊了一声："车夫！"

这辆车就是刚才他跟踪泰纳迪埃时叫的那辆。沙威和冉·阿让坐到车上，马里尤斯被放在后座的长凳上，马车向沼泽区髑髅地修女街驶去。

"但是在您抓我走之前，请答应我一件事，先帮我把这个人送回家。"

很快就赶到了地方，楼房里的人都已睡去。沙威告诉门房，吉诺曼先生的外孙被从街垒带了回来，他已经死了。

门房喊醒巴斯克，随后，巴斯克通知了妮珂莱特，妮珂莱特又去叫来了吉诺曼姨妈。他们把马里尤斯抬到候见室，巴斯克赶紧去找医生。他们没有叫醒吉诺曼先生。

沙威和冉·阿让回到车上。

"沙威警探，"冉·阿让说，"我还有一件事需要办。"

"什么事？"

"我要回一趟家，之后您随便怎样处理我。"

沙威沉默了片刻。

"车夫，"他说，"武夫街7号。"

整个路程中他们不再开口说话。

冉·阿让打算通知珂赛特，告诉她马里尤斯在哪儿，有可能的话，再做些最后的安排。至于他，他不打算抗拒了。

沙威跟着冉·阿让到了7号。

"我在这儿等您。"沙威以奇怪的表情说。

冉·阿让很诧异，这做法和沙威的习惯不相符。但当他上了二楼，从窗口向外望时，发现沙威已经离开了。

沙威缓慢地离开了武夫街。他垂头丧气地朝塞纳河走去，第一次把两手放在背后。他显得惶恐不安。他在圣母院桥的拐角上停了下来，没有比这下面的急流更危险的了，从这儿掉下去的人是必死无疑的。

沙威靠在栏杆上，沉思着。他异常痛苦，心里十分混乱。沙威的良心使他感到，在他面前是两条路，这两条路方向相反，一条排斥另一条，哪一条正确呢？

他违反了自己的意愿，被坏人救了，反过来他又救了这个坏人，还对他平等对待，为了个人的原因而不顾职责。这些事虽然忠于良心，但背叛了他的一贯准则。他吓坏了。另外，他竟然放了冉·阿让。

现在，交出冉·阿让不应该，让冉·阿让恢复自由也不妥。第一种情况使自己比苦役犯还卑贱；第二种情况则使囚犯高于法律。这两种情况将沙威逼到一种绝境里。

有一种东西堵在沙威心里。冉·阿让要被法律制裁，但他同时又是高尚的。苦役犯和高尚竟然结合在了一起，沙威因而烦闷苦恼。难道除了法律、秩序，还有什么更强大的东西？

> **疑问句**
>
> 除了法律、秩序，还有什么更强大的东西呢？作者用设置疑问的方式引发读者去思考，并最终使得"上帝"这个答案给读者留下更深的印象。

冉·阿让成了他精神上的负担。他是苦役犯，又是令人尊敬的马德兰先生，他行善，有同情心，温和，以德报怨，宽恕仇恨，怜悯复仇，这种高尚的道德使他更像天使，而不是苦役犯。在高尚的冉·阿让面前，沙威感到自己很渺小。

沙威失去了坚定的信心，看见在黑暗中可怕地升起了一个道义的太阳，那就是上帝。他一直是法律和秩序的奴隶。他只有一个上司，吉斯凯先生。现在，他想到了另一个上司：上帝。

上帝出现了，他因而心情烦乱。他迷失了方向，不知道该怎么办。他感受到以前的空虚、现在的无用，他已经和过去的生活脱节。现在在他的思想里，权力已经死去，他也没有理由再活着了。

上帝存在于人的心里，永远，这才是人之为人的真正的良心。沙威感觉到了，但他忍受不了变化。他对此不习惯，没能焕发新生，反而害了自己。

主旨句

这句话点明了文章的主旨，起到画龙点睛的作用，表明了作者的观点，信仰上帝和秉持良知才是人生最重要的价值。

他被彻底摧毁了！

沙威离开河堤，向夏特莱广场一角的警察所走去，那里亮着一盏提灯。他到了那里，对里面一个警察说了自己的名字，拿出证件，然后找到一张桌子坐下。他拿起纸和笔，写了一封公文，内容中有几条改善囚犯待遇的具体建议。

他写完之后，放到桌上，又回到刚才那个地方。他站在那里一动不动地待了几分钟，片刻之后，一个高大的人影爬到护堤上，继而竖起身子，笔直地掉进湍急的水流中。

这件事情发生不久之后，费蒙梅的布拉特吕埃尔先生遇到了一件令人震惊的事。前面我们说过，他是费蒙梅的养路工人，他相信有人在费蒙梅森林中埋藏了财宝。

有一天清早，他在树林间又碰到那个人了，凭着惊人的记忆力，他确信自己没弄错。但跟上次一样，他又跟丢了。等他好不容易找到的时候，只看到了一堆新挖的土、一个土坑和一个十字镐。

“强盗！”布拉特吕埃尔先生大声喊道。

我的好词好句

⊙心领神会　纹丝不动　喋喋不休　咄咄逼人　湍急　屡见不鲜

⊙冉·阿让环顾四周，恨不得用眼睛在地上挖出一个窟窿。

⊙后边的人在追前面的人，不过是想对方穿上耻辱的红衣服。

⊙四周一片寂静，自由、健康、纯洁的空气充满他的周围。

阅读导航

马里尤斯终于度过危险期，从昏迷中醒来，刚醒来他就想到要去找珂赛特，他们最终见了面，但是外祖父和冉·阿让能同意他们在一起吗？

3. 儿女的幸福

马里尤斯连续几个星期处于昏迷中，他发着高烧，整夜在垂死挣扎中喊着珂赛特的名字。他的伤口很危险，医生一再叮嘱不要让病人受一点刺激。吉诺曼绝望地守在马里尤斯床前，可怜的老人看着半死不活的外孙，自己也半死不活。这期间还有一个衣着整齐的白发老人，每天都来向门房探问伤者的情况，来的时候还带一大包旧纱布团。

整整 4 个月后，医生才长出一口气，宣布病人已脱离了危险，开始恢复了。这次养伤其实也有好处——使他逃脱了追捕。当时的社会情况是，大家认同发生暴动时每个人都有过错，因而暴动过后，当局不会揪着某个人不放。此外，吉斯凯发布命令，让医生揭发伤员，结果这项可耻的通知激怒了社会公众，还有国王。最终，除去当场被俘的人以外，军事法庭没有找任何一个伤员的麻烦。所以，马里尤斯这才可以相安无事。

马里尤斯平安度过危险期的那天，吉诺曼先生起初忧心如焚，继而大喜若狂，他赏了门房 3 个金路易，晚上还在自己的卧室跳起舞，唱起歌来。

此后，马里尤斯每好一点，外祖父就来一次疯狂的行动。他甚至称马里尤斯为男爵先生，还高呼“共和国万岁！”他整天慈祥地看着马里尤斯，看他吃饭、睡觉。快乐的心情也使外祖父让了位，马里尤斯成了家里的主人。

这种变化使他成了一个令人尊敬的孩子。他待在病人的后面微笑，他感到满足，他感到快乐，他感到年轻。他脸上的皱纹添上了优雅，优雅中又有可爱。

夸张　连脸上的皱纹都添上优雅、可爱，作者夸张地写出了马里尤斯康复后，外祖父的欣喜之情。

至于马里尤斯，他心里只有珂赛特。自从他清醒后，嘴里便不再念这个名字，但他绝对没有忘记。他不知道珂赛特怎么样了，不知道福勒施旺先生为什么会出现在街垒，不知道自己怎么被救了，他只有一个决心：重新找到珂赛特。

他估计到了障碍。外祖父的关心爱护没有赢得他太多感动，他不知道内情，所以对此有些冷淡。马里尤斯认为只要提到珂赛特，外祖父就会是另一种面孔，结论是拒绝。马里尤斯准备好了反抗。

当他度过危险，渐渐恢复健康时，过去的不满又出现了，他想起了父亲，他想起外祖父对父亲的种种不公，于是，马里尤斯又恢复了那种生硬的态度。老人不做任何表示，一味温顺地忍受着痛苦。

马里尤斯为了做好充分的准备，在反抗前，常搞一些小冲突以探虚实。有一天，吉诺曼先生提起了看过的一份报纸，信口谈了一些对国民公会的意见，当谈到保王派对丹东、罗伯斯庇尔等人的结论时，马里尤斯张口说道："九三年的人的伟大是毋庸置疑的。"老人立刻停了下来，接下来那一整天都没有再开口。

马里尤斯看到外祖父一声不吭，以为他已经愤怒到了极点。在马里尤斯看来，外祖父的退让预示着一场激烈的斗争，他做好了思想准备，实在不行，他就绝食，并且拒绝治疗。他要么赢得珂赛特，要么死去。

他耐心等待着有利的时机。

有一天，趁吉诺曼先生的女儿和吉诺曼先生都在场时，他突然说："我要结婚了。"

外祖父哈哈大笑，说："我早知道了，你会娶到她的。"

马里尤斯又惊又喜，他喘不过气来了，全身颤抖着。

吉诺曼先生继续说："是呀，你会如愿以偿的。你那漂亮的小姑娘每天让一位老先生来代她探听你的消息，她为你整天哭泣。我知道她住在武夫街 7 号。啊，是吧！啊！你要娶她。好吧，我同意。你绝对想不到吧，你想使用你那小诡计，啊！你想和我吵一架！你这

乔治·雅克·丹东，法国政治家、法国大革命领袖，雅各宾派的主要领导人之一。受启蒙思想家孟德斯鸠、卢梭等人影响，崇尚自由、平等，积极投身反封建革命洪流。力主废黜国王路易十六，实行共和制，几度任革命政府要职，领导人民奋勇抗击欧洲封建势力的武装干涉，捍卫革命果实。

个傻瓜！我早调查清楚了，她是个迷人、乖巧的姑娘。你要珂赛特，同意！你要爱情，同意！我双手赞成，我心爱的孩子，你就结婚吧。你会幸福的。”

说完，老人突然哭了起来。马里尤斯也哭起来了。

“我的父亲！”马里尤斯喊着。

“啊！你是爱我的！”老人说。

“父亲，我既然已经好了，可以和她见面了。”

“明天吧。”

“父亲！”

“怎么啦？”

“为什么不是今天呢？”

“好吧，今天就今天。你叫了我3次‘父亲’，这就值得了。”

珂赛特终于和马里尤斯相见了。就像太阳的光辉一样，这种情形不必多说。

陪着珂赛特一起进来的是一位白发老人，脸上带着微笑，微笑中又有一种捉摸不定的沉痛。这就是冉·阿让，也是“福勒施旺先生”。

福勒施旺先生靠门口待着，夹着一个小纸包，好像是一本发霉的书。

外祖父抬高嗓门，向福勒施旺先生打招呼：“福勒施旺先生，我不胜荣幸，今天替我的外孙马里尤斯·蓬梅西男爵先生向令爱求婚。”

福勒施旺先生以鞠躬表示同意。

“那就说定了。”外祖父说。

珂赛特站在马里尤斯身边，两人互相倾诉别后心绪。由于这么多人在旁边，他们不得不中止了谈话。

吉诺曼先生对房里的人大声说：“大家都大点声交谈吧，弄出点

“啊！你是爱我的！”

声音来，让两个孩子能够无拘无束地聊聊。”

吉诺曼姨妈惊异地发现，在这陈旧的家中，光明突然降临，可怜的她旁观着爱情的胜利。

她的父亲说：“瞧瞧，多幸福呀！”吉诺曼先生喜形于色。

但他忽然发起愁来，继续说道：“天！我怎么才想起来！我的一大半钱都是养老金，我活着的时候没有问题，如果我死了，马里尤斯就什么都没有了，可爱的男爵夫人就要操劳了。”

“欧弗拉齐·福施勒旺小姐有 60 万法郎。”冉·阿让说。他一直没说话，就站在那里。

“欧弗拉齐小姐是什么人？”外祖父惊愕地问道。

“是我。”珂赛特回答。

“60 万法郎！”吉诺曼先生重复说了一下。

“可能少十四五万法郎。”冉·阿让又说。他把夹着的那个纸包拿出来，里面共计 58.4 万法郎，不包括冉·阿让留给自己的 500 法郎。

一旁的马里尤斯和珂赛特互相注视着对方，似乎没看到这些事情。

家中开始筹备婚礼，医生的意见是明年 2 月举行婚礼。现在是 12 月，还有很长的时间可以准备。

冉·阿让为孩子办理一切。从表面上看，他似乎也很快乐。婚礼有一个麻烦的问题是珂赛特的身份问题，如果直接说出真相，有可能会毁了一切。于是他将她安排成一个孤儿，她不再是他的女儿，而是另一个福勒施旺的女儿。身份证明的问题就这样办妥了，根据法律，珂赛特就是欧弗拉齐·福施勒旺小姐了，冉·阿让以福施勒旺的名字被指定为珂赛特的保护人，而吉诺曼先生则是保护人的代理人。至于那些钱，冉·阿让说那是一个不愿具名的人留给珂赛特的遗产，虽然其中有些漏洞，但没人觉察到。

珂赛特知道了另一个福勒施旺才是她的父亲。如果不是因为她此时身在幸福中，肯定会感到难过的。但她有了马里尤斯，对其他的就不大注意了。而且，从小她身边就有一些谜，所以她宁愿不去深究。但她仍然称冉·阿让为父亲。

外祖父送给珂赛特无数赞扬的话和无数的礼物。他还送给珂赛特一件饰有班什镂空花边的连衣裙，那是他祖母留给他的。他高兴地说："老古董又时兴了。"每天清晨，外祖父都会给珂赛特送来一些古董衣服。她身边的服饰就像盛开的花朵一样，争芳斗艳。

比喻

把珂赛特身边的服饰比喻成花朵，侧面烘托了珂赛特的美丽和她此刻的幸福。

吉诺曼先生把家里最漂亮的卧室——他的卧室——让给准备结婚的年轻人，他的藏书室也变成了马里尤斯的律师办公室。

珂赛特和福勒施旺先生每天一起来到吉诺曼先生的家里。"事情颠倒了，"吉诺曼小姐说，"未婚妻亲自上未婚夫的门。"但马里尤斯久病初愈，所以只能这样了。

这对情侣天天见面，珂赛特和福施勒旺先生一同来。而马里尤斯和福勒施旺先生相见后并不多做交谈，双方似乎很有默契。在仅有的几次谈话中，马里尤斯注意到福勒施旺先生在一定程度上谈吐很高雅，但缺少某种上流社会绅士所具有的东西，不过在有些地方，福勒施旺先生又有所超越。

"珂赛特和福勒施旺先生每天一起来到吉诺曼先生的家里。"

关于福勒施旺，马里尤斯内心还有一些疑问，但已经过了长达几个月的时间，很多事情都淡忘了，他甚至怀疑自己在街垒是否真遇见了福勒施旺先生。他试着问过几次，但福勒施旺先生很自然地说他对尚弗里街没有印象。马里尤斯最后确信，在街垒的见面可能是他的幻觉。

此外，还有两个人是马里尤斯担心的，一个是泰纳迪埃，另一个是将他送回吉诺曼先生家中的那个陌生人。他还要替父亲还恩情，替自己还恩情，他不想因为自己的幸福而欠下感情的债务。泰纳迪埃是个恶棍，但不能抹杀他在马里尤斯心中的分量。另外，马里尤斯不了解当时滑铁卢战场上的真实情况，他不知道泰纳迪埃虽然救了他父亲的命，但他绝不是恩人这一特殊情况。

不过，马里尤斯没找到泰纳迪埃的踪迹。他的老婆死在了狱中，他和他的小女儿阿赛玛失踪了。戈博旧宅绑架案中的人越狱了，泰纳迪埃被缺席判了死刑，他肯定藏到了深深的黑暗中。他也没找到那个救他的陌生人，只找到了那辆马车和那名马车夫。马里尤斯虽然什么都记不得了，但也知道自己是倒在了尚弗里街的街垒。而马车夫告诉他，他是被人从残老军人院桥附近的河滩上抓住的。就是说，那个陌生人背着他通过下水道逃出来的。前所未闻的献身！

马里尤斯还去了警察总署，但没有找到线索，警察总署甚至认为马车夫造谣，因为他们没收到任何关于这件事的报告。另外，家里的仆人、门房那天注意力都在马里尤斯身上，都没怎么关注那个脸上带血的陌生人。

所有的这些谜都没有解开，马里尤斯将那天自己穿的衣服保留了下来，他发现其中一件衣服被人撕下一块。

照应前文

文中又一次写到马里尤斯被撕下一块衣服，这个细节描写照应了前文泰纳迪埃撕下一块衣服的情节，使得文章逻辑严密，故事线完整。

阅读导航

马里尤斯和珂赛特结婚了，有情人终成眷属，就在一家人过上幸福生活时，冉·阿让却公布了自己苦刑犯的身份，导致与马里尤斯的误解。不久，泰纳迪埃又站出来诬陷冉·阿让杀人，最终能否真相大白呢？冉·阿让又将迎来怎样的结局呢？

4. 冉·阿让

1833年2月16日之夜是上帝降福之夜，也是马里尤斯和珂赛特的新婚之夜。

那是欢乐的一天。

在那前一天，冉·阿让就把那58.4法郎交给了马里尤斯，吉诺曼先生就在旁边。珂赛特带来了杜珊，让她做自己的贴身女仆。吉诺曼家中特意为冉·阿让布置了一间漂亮的卧室，冉·阿让几乎就要答应来住了。

婚礼前几天，冉·阿让的右手大拇指伤了，他没麻烦任何人，自己包扎起来。但这样他就不能签字了，所以吉诺曼先生代替了他。

在婚礼当天，有一件事情是大家所没有注意的。

由于修路，婚车绕道林荫大道去圣保罗教堂。而那天是狂欢节，当地狂欢节有戴假面具、乘马车在街头狂欢的传统，所以林荫大道正好有假面行列通过，这一点也不奇怪。假面行列中有两个人注意到了第一辆婚车上的冉·阿让，这两个人一个是老人，一个是女孩。下面这段对话就发生他们两人之间。

“看那个老头。”

“哪个老头？”

“第一辆马车里的。”

“怎么了？”

“我认识他。”

“是吗？”

“那老头让我心烦。”

狂欢节，通常是基督教四旬斋前饮宴和狂欢的节日，这个节日起源于欧洲的中世纪。古希腊和古罗马的木神节、酒神节都可以说是其前身，有些地区还把它称之为谢肉节和忏悔节。许多国家都有一个传统的狂欢节节日，化装舞会、彩车游行、假面具和宴会是狂欢节的几大特色。一般在2－3月份举行。图为《酒神节的狂欢》。

《圣经·新约》中有一个魔鬼试探耶稣的故事，说的是魔鬼把耶稣困在旷野里，40天没有给耶稣吃东西，耶稣虽然饥饿，却没有接受魔鬼的诱惑。后来，为了纪念耶稣在这40天中的荒野禁食，信徒们就把每年复活节前的40天时间作为自己斋戒及忏悔的日子，叫作大斋节或者四旬斋。上图展示的是魔鬼在试探耶稣。

“你心烦什么，你又不是年轻姑娘。”

“他在第一辆车里，那是新娘的车。你能看见新娘吗？”

“看不到。”

“新郎呢？”

“新郎不在这辆车上。”

“无论如何，我肯定认得这老头。”

“认得他又有什么用？”

“他在新娘的车里，那他就是父亲。”

“人人都有父亲。”

“听着，我不戴面具就不能出来，明天是封斋期的第一天，我得躲回我的洞里去，而你比我自由。”

“那又怎样呢？”

“你去跟踪这辆婚车。”

“为什么？”

“我要你打听一下这辆婚车到哪儿去，那老头参加的婚礼是怎么一回事。不管怎样，你要办到，明白没有，阿赛玛？”

阿赛玛就是泰纳迪埃的小女儿，而另一个人当然就是泰纳迪埃本人了。

新婚夫妇幸福地来到教堂，珂赛特艳丽动人，光彩夺目，马里尤斯闪闪发光。外祖父神气飞扬，在前面领着珂赛特，这事本来该由冉·阿让来做，但他受伤了。他笑着跟在后面。

“福勒施旺先生，”外祖父对他说，“今天真是个好日子。对天发誓！我应该颁布快乐法令！人本善良，是魔鬼的杜伊勒里宫造成了痛苦。”

仪式相继进行，当马里尤斯和珂赛特从教堂走出来时，珂赛特还不敢相信这是真的。她看看这一切，像是在做梦一样，惊讶不安的神情给她平添了一种说不出的魅力。

神态描写

作者通过描写珂赛特如梦幻般的感觉，以及脸上惊讶不安的神情，表现了她极度的喜悦和幸福之情，同时也侧面揭示了她过往生活的苦难。

他们回到到髑髅地修女街家中，很多宾客都应邀而来，已是上尉的泰奥迪尔·吉诺曼也来参加表弟的婚礼，但珂赛特没有认出他来，而他也想不起曾见过珂赛特。

"幸好没有相信这小子的谎言。"吉诺曼老爹暗自想道。

珂赛特对冉·阿让从来没有过此刻这样温柔和体贴，她用她幼年时的语气，用微笑表示爱戴，温柔而调皮地向父亲行了一个礼，问道："父亲，您高兴吗？"

冉·阿让说："我当然高兴。"

"那您笑一笑呀！"

冉·阿让笑了起来。

几分钟以后，巴斯克通知喜宴准备好了。

吉诺曼先生走在前面，他让珂赛特挽着他的手臂，宾客们跟着一同进入餐厅，大家按照指定的位子坐下。两张大安乐椅摆在新娘的左右，一个是吉诺曼先生的，另一个是冉·阿让的。

但福勒施旺先生不见了。

"先生，"巴斯克说，"福勒施旺先生叫我告诉您，他受伤的手有点痛，所以先走了。"

喜宴上有那么一小片刻的时间，氛围有所冷却。但吉诺曼先生的快乐情绪可以抵得上两个人，他说福勒施旺先生既然不舒服，早点休息也好。然后他让马里尤斯坐这个位子，坐在珂赛特的身边。珂赛特本来还为父亲的缺席而怏怏不乐，这样一来，她又感到很满意了。

大家不再感到有什么空缺，5分钟后，全桌宾客笑逐颜开，刚才

"新婚夫妇幸福地来到教堂。"

的一切都抛到九霄云外了。

冉·阿让回到了武夫街，回到自己的房中，将自己的右手从吊带中解出来，把那个多年不离身的小箱子打开。

里面是珂赛特的衣服，10 年前离开费蒙梅时穿的衣服。他一边看，一边回忆。后来，他倒在床上，从楼梯上就可以听见他的哭声。

以往那种可怕的内心搏斗又开始了。

第二天中午刚过，他就来找马里尤斯。巴斯克正忙着打扫房间，他将福勒施旺先生领到客厅。冉·阿让让巴斯克去通知一下，但不要说是他，因为他想给男爵先生一个惊喜。

马里尤斯昂着头，带着笑，走了进来。

“有一件事我要告诉您。我过去是一个苦役犯。”

“原来是您呀，父亲！”他喊道，“这个傻瓜巴斯克装出一副神秘的样子！”

马里尤斯称福勒施旺先生父亲，这意味着无比的幸福。幸福已经将彼此之间的隔阂融化，他和珂赛特一样把福勒施旺先生当作父亲来看了。

“真高兴见到您！父亲。您的手好些了吗？我和珂赛特一直在谈论您。您忘了，这里有您的房间。我们不再需要武夫街的房子了，真的不需要了。啊，今天您和我们一起进早餐吧？”

“先生，”冉·阿让说，“有一件事我要告诉您。我过去是一个苦役犯。”

冉·阿让将过去的事情一一讲了出来，但不是全部。他只说自己是个苦役犯，他的名字不是福勒施旺，而是冉·阿让。他与珂赛特毫无关系，这一点他请马里尤斯放心。10 年前，一个老人看到可怜的孩子，一个孤儿，这就是他爱她，保护她的原因。至于那笔钱，那是一笔存款，其他的都不重要。他现在做的就是交出这笔钱，然后说出自己的真实姓名。

冉·阿让看着马里尤斯，马里尤斯心乱如麻，不知所措。

“您为什么要向我说这些话呢？”他喊着，“您大可以不说的，没人告发您，没有人跟踪您，也没人追捕您，您为什么要承认这件事？”

“我是一个苦役犯，我是处于生活之外的人，难道我有权利得到幸福？先生，只有说出来，我才能放下。继续过你们幸福的生活吧！忘了我这个可怜的受苦人。”

“我的外祖父可以帮您，”马里尤斯说，“他有很多朋友，我将设法使您获得赦免。”

“不用了，”冉·阿让回答，“别人认为我已死去，死亡就等于赦免了。”

“啊，可怜的珂赛特！”马里尤斯喃喃地说，“她要是知道了可怎么办哪。”

冉·阿让听到这句话，顿时打了个寒战。

“珂赛特！是啊，您会告诉她的。您这样做没有错。不过，先生，我恳请您答应我，别告诉她。这件事我可以告诉您，告诉大家，告诉全世界，这都无所谓。可是她，她知道了会吓坏的。她曾看过一群正在押送中的苦役犯。啊，天哪！”

> **语言描写**
> 冉·阿让祈求马里尤斯的隐瞒，是因为想到珂赛特曾经表现出来的对苦役犯的恐惧，语言描写揭示了冉·阿让的内心，表现了他对珂赛特的关怀和爱护。

说完，他双手捂住脸，瘫在安乐椅上，从他那抽动的双肩上，可以清楚地看到他在哭泣。“您放心吧，”马里尤斯说，“这件事我一定替您保密。”

马里尤斯渐渐相信了这个凄惨的现实，福勒施旺，苦役犯，距离正在他们之间产生。马里尤斯接着说：“您转交了那笔款子，我得说您很正直，应该得到酬谢。您定个数吧，我保证如数给您。不要定低了。”

“不用了，先生，谢谢您。”冉·阿让温和地回答。说完，他沉思了一下。

“还有一件事……”

“什么事？”

“您觉得我是不是不应该再见珂赛特了？”

“我想那样最好。”马里尤斯回答。

“我不能再看她了。”冉·阿让低声对自己说。

他朝门口走去，停在了那里，转过身来，他的脸色已由苍白转为青灰。他说道：“听着，先生，我还是希望您同意我来看她。假如我不想再见珂赛特，那我就会一走了之，也不会告诉您这一切了。您能听懂我讲的意思，是不是？她跟着我生活了9年。我们从林荫大道那幢破房子里到了修道院，又从修道院搬到卢森堡公园附近。我记得你们就是在卢森堡公园认识的。后来，我们搬走了，又到了残疾军人院区的普吕梅街。9年多了，我们一直没有分开过。她是我的孩子，而我就像是她的父亲。您能理解吗？离开了她，我就变得一无所有。如果您同意的话，我就来看看她，不会常来的，也不会待太久。”

“那就每天晚上过来看她吧，”马里尤斯说，“她会等您的。”

“谢谢您，先生。”冉·阿让说。

马里尤斯向冉·阿让鞠了一躬，把他送到门口，幸福的人和绝望的人就此分手了。

对比

作者用幸福的人和绝望的人来分别定义马里尤斯和冉·阿让，更突显了冉·阿让的悲惨处境，引发读者无限的同情。

冉·阿让离开后，马里尤斯陷入了心烦意乱中，珂赛特的父亲福施勒旺先生，竟然是苦役犯冉·阿让。对这个人，马里尤斯一开始就有种疏远感，现在又加了一点厌恶，或者还有些同情。他主动交出了存款，还主动交代了身份，这意味着他的良心在觉醒，他的心灵无疑还是高尚的。但不管怎样，他对他有些反感，毕竟他是个苦役犯。可以说，苦役犯不是人。一想到这个人还要同珂赛特接触，他就感到害怕。他要对珂赛特负责。

冉·阿让不时过来看看珂赛特，就在楼下那间有时储藏食物的房间里，房间又脏又乱。珂赛特惊讶地说：“父亲，您怎么选择在这样破旧的房间见面？咱们去楼上的客厅吧。”

冉·阿让说：“夫人，您知道我的想法有时很奇特。”

珂赛特拍了拍小手。

“夫人？您这又是在玩什么新花样？”

“您现在是夫人了。”

“对别人是，但对您不是，我的父亲。”

“别再叫我父亲了，叫我冉先生。”

“您怎么啦？我做错事了吗？我不再是您的珂赛特了吗？”

冉·阿让苦笑了一下，他说：“您现在是蓬梅西夫人了，我当然要做冉先生了。”

“我要请示我的丈夫，希望他不允许我叫您冉先生。您这样叫我太难过了。”

珂赛特请求冉·阿让搬过来跟他们一起住，冉·阿让没有同意。

第二天，冉·阿让又来看她，她不再惊讶，任由他称呼自己为夫人。她可能同马里尤斯谈过了，心爱的男人给出了满意的解答。不过，她不再像以前那样快乐了。

此后，冉·阿让每天都在同一时刻过来。有一天，他发现马里尤斯和珂赛特并没有花那笔钱，珂赛特还告诉他，马里尤斯问她，有没有勇气只靠外祖父给他们的三千里佛尔（货币单位，银币）生活。冉·阿让不知道说什么好，他陷入了各种猜测中。显然，马里尤斯开始怀疑这笔钱来路不正了。接下来的一天，冉·阿让去看珂赛特时，发现屋里的椅子已经不在了。他连着几天没有去，珂赛特有些难过，但只消马里尤斯一个吻，这种难过的心情就会消解。

渐渐地，冉·阿让不再过来了。

马里尤斯认为他在做必须做的正确的事。他从拉斐特银行以前的一个职员手里得到了一些秘密材料。就是从那时起，马里尤斯决定暂且不动这笔钱。

有时，珂赛特会提起冉·阿让。她说：“他怎么还不来看我？”马里尤斯总是安慰她说：“他或许去旅行了？”

“这倒不假。”珂赛特想道，“他从前常常这样，一声不吭就走掉的。可是从来没去过这么久。”

也有过几次，她派人到武夫街去打听冉先生旅行

疑问句

文中通过写珂赛特的连续疑问，表现了她的急切和激动，以及对担心失去父爱的惊恐之情。

雅克·拉菲特（1767–1844年），法国银行家和政治家。木匠之子，早年在巴黎佩尔戈的银号中当簿记员，1804年接替佩尔戈为银号老板，1809年成为佩尔戈·拉菲特公司的银行的董事。拉菲特银行是当时欧洲最大银行之一。

回来没有。冉·阿让关照过那里的人，让他们回答说：没有。

后来，珂赛特就不再多问了，她已经有了马里尤斯，这就够了。

1833年春夏之交，沼泽区的行人注意到，每天傍晚，有个老人会从武夫街出来，经白大衣街、圣卡特琳田园街、铺石街，然后进入圣路易街，最后走向圣路易街上靠近髑髅地修女街的拐角处。越走近那拐角，他的眼睛就越发亮，他的双唇神秘地翕动着，像在对谁说话。但是，马上就要走到拐角的时候，他又仿佛不走了，他的目光也凝滞了。待到最终走到髑髅地修女街时，他胆怯地从拐角的房子边上探出脑袋，向远处张望。慢慢地，他眼角蓄满泪水。他像石雕似的站在那里，几分钟后，他便原路返回。

过了一段时间，这个老人只走在圣路易街的中途就停下来，不再向前走了。不久之后，他连圣路易街也走不到了，他只走到铺石街就停了下来，然后摇摇头，便扭头返回。他就像钟摆一样，摆动的幅度越来越小。他的眼神暗淡下来，不再有光彩，眼泪也已经流干。

一天，冉·阿让从家里出来，只在街上走了几步，就停了下来。几分钟后，他上了楼。这是钟摆摆动的最后一次。第二天，他没有出来。第三天，他连床都没有起来。

女门房每天给他送来一些饭菜，十分简单，就是一点儿白菜或一点儿土豆什么的，外加几片肥肉。这天，女门房上楼来看他，惊叫道："昨天给您送的饭您怎么没吃！"

"我喝了点水。"冉·阿让回答。

"喝水不等于吃饭。"

"我只想喝水。"冉·阿让说。

"如果只想喝水不想吃饭的话，说明您发烧了。"

"好吧，我明天会吃的。"

"我对您可不满意，我烧的饭可好吃了。"女门房说。

除了这个女门房，冉·阿让几乎见不到其他任何人。在巴黎，有些街道是从来没有人光顾的，冉·阿让住的就是这样的地方。他在自己还能出门的时候，买了一个小的铜十字架，挂在床头对

此时法国的茶具还带有帝国时期的特色。图为19世纪初法国贵族用的茶具，外形酷似希腊水罐。

面的钉子上。

又过了一个星期，冉·阿让病得爬不起来了。女门房对自己的丈夫说：“楼上的老头心里愁闷，不起床，也不吃饭，活不了多长时间了。我老是想，可能是因为他女的婚结得不好。”

“他从这个家具走到另一个家具，最后瘫倒在一张椅子上。”

丈夫回答：“要是他有钱的话，还是应该请个医生，否则会死的。”

“请来医生会好吗？”

“一样会死。”门房老头说。

女门房看见本区的一个医生从街口走过，没有征得冉·阿让的同意，就将他请上楼。医生上楼看了看，问了一些情况，下楼的时候对女门房说：“看样子他什么病都有，或者什么病也没有。不过，他活不了了，他失去了最心爱的人。”

“他说了什么吗？”

“他说他身体好得很。”

“那么，您还需要过来吗？”

“会再过来的，不过不是我。”

一天傍晚，冉·阿让吃力地坐起来，穿上衣服。他的衣服还是那套旧工装，这套旧工装是他最喜欢的衣服。他穿得很费力，中间还停了好几回。然后，他打开装着珂赛特衣服的手提箱，将珂赛特的衣服拿出来，摆到床上。他从抽屉了找到两支蜡烛，插到主教给的那对银烛台上，点燃它。

他在房间里走动着，每走一步都很费劲，不得不休息一下。

他从这个家具走到另一个家具，最后瘫倒在一张椅子上，这张椅子就放在珂赛特用过的镜子前。就是在这镜子里，他发现了珂赛特的秘密——她写给马里尤斯的信。冉·阿让看见镜子里的自己好像有80岁了，可在一年前，珂赛特和马里尤斯刚结婚时，他看上去只有50岁的年纪。他脸颊下垂，面色如土，死亡已经在他额头上刻下了神秘的印迹。

夜幕降临。他用尽全身的力气，把桌子和那张破安乐椅摆好，又拿出笔、墨水和纸，慢慢地写出了下面几行字：

珂赛特，祝福你。我要向你解释一下。你丈夫是一个优秀的青年，值得你永远爱他。我死后，蓬梅西先生，也希望您永远爱珂赛特，我亲爱的孩子。珂赛特，我要对你说，那笔钱确实是属于你的……

此时法国家具的特点是刚健雄伟，体量厚重，装饰包括厚重的平木板、青铜支座，镶嵌宝石、银、浅浮雕、镀金，家具外观对称统一。木材为红木、橡木、山毛榉、枫木、柠檬木等。采用恪守严格对称的法则，采用厚重的造型和刻板的线条来显示宏伟和庄严，注重细部装饰，喜用黑、金、红的调和色彩。

写到这里，他停了下来，笔从他手里滑落。可怜的人再次从心底里发出绝望的哭泣。

“呵！”他心里号叫道（这心底的号叫，唯有上帝能听到），“我要死了，却不能再见到她。呵！哪怕只是一小会儿，让我听听她的声音再死去！难道这也不行吗？上帝啊！我的上帝啊！”

就在这时，外面响起了敲门声。

就在这一天，马里尤斯收到一封信，巴斯克说写信的人在候客室里。拿到那封信，马里尤斯一眼就看出来是谁写的了。

信上有股他熟悉的烟叶味，信上的字他也认得，就连折信的方式，淡淡的墨水，他都是那样熟悉。戎德雷特，也就是泰纳迪埃，戈博旧宅的一切浮现在他眼前。“让他进来。”马里尤斯激动地说。

一个人走进来，马里尤斯感到有些失望，他不认识，或者说，他没认出来。

这个老头头发已花白，戴着一副绿眼镜，大大的鼻子。他穿一身很旧的黑衣服，手里拿着一顶旧帽子。这个人给他的印象是，衣服太过肥大了。

外貌描写

作者通过描写泰纳迪埃糟糕的外貌特征和不适宜的装束，表现了他的反面人物特征，也传达出作者的批判态度。

马里尤斯上下打量完毕，生硬地问道："什么事？"

那人咧开嘴，一脸的假笑。

"我觉得我幸会过男爵先生，或许在巴格拉西翁亲王夫人府上，或许在法兰西封臣当布雷子爵大人的沙龙里。"

马里尤斯专心听他的声音，仔细琢磨他的手势，更加令他失望了。这人的声音与他期待的尖利干涩的声音有很大的区别。

"对不起，"马里尤斯回答说，"你说的这两个人我都不认识。"

那人对马里尤斯粗暴的回答不以为意，坚持说道："那可能是别的地方，或许是在夏多布里昂府上，我跟他很熟。"

马里尤斯的神色变得严肃起来："我没去过夏多布里昂府上。您有事就直说吧。"

"男爵先生，我有一个秘密向您出售。"

"男爵先生，我有一个秘密向您出售。"

"一个秘密？"

"是的。"

"和我有关？"

"是的。"

"什么秘密？"

"您家里有人是盗贼和杀人犯。"

马里尤斯感到吃惊。

"我家里？没有。"他说。

陌生人用臂肘擦擦帽子，非常冷静地继续说："盗贼和杀人犯。请注意，男爵先生，我讲的事情可不是什么陈年旧事，而是最近才发生的事情。这个人骗取了您的信任，几乎混进了您府上。现在，我就来揭穿他的真面目。不要您任何报酬。"

“说吧。”

“他就是冉·阿让。”

“这我知道。”

“那么，接下来我就要告诉您他到底是谁，这个秘密仍然是免费提供的。”

“说吧。”

“冉·阿让以前是个苦役犯。”

“这我也知道。”

马里尤斯冷淡的态度摆明了自己不想多做交谈，这让陌生人有些生气。他的目光中透出愤怒的神色，虽然只是一刹那，但足以使马里尤斯认清那神色背后的灵魂。这种目光只要见过一次，就不会再忘，即使戴着眼镜也遮掩不住。

陌生人笑了笑，接着说：“我还有一个秘密，这涉及男爵夫人的财产。这个秘密非同寻常，是需要男爵先生花钱买的，只需要两万法郎。”

“你这个无赖。拿着吧。”

“不用了，你说的秘密我都知道。”

那人感到钱要多了，有必要压低些价码：“给一万法郎吧，我告诉您。”

“我再重复一遍，你要说的我全知道。”

那人的眼中闪出一道光，他大声叫喊道：“我总得要吃饭呀，二十法郎好了。”

马里尤斯眼睛紧紧盯着他：“我不但知道你掌握的那些秘密，还知道您叫什么。”

“这不奇怪，男爵先生。我在刚才的信里有幸给您写了名字。泰纳。”

“还有‘迪埃’。”

“什么？”

“泰纳迪埃。”

听到马里尤斯的话，这人用手指弹掉衣袖上的一粒灰尘，哈哈大笑起来：“这人是谁？”

马里尤斯继续说：“你是蒙费梅小客栈的店主。”

“绝对不是。”

“你这个无赖。拿着吧。”

马里尤斯从口袋里抽出一张500法郎的钞票，摔在他脸上。

“500法郎！”泰纳迪埃又惊又喜，抓住钞票左看右看，一边把钞票揣进腰包，一边说：“好吧，让我来告诉你。”

说完，他像变戏法一样，将眼镜拿掉，把假发往后一推，变回了那个猛禽般凶恶机敏的面目。

“男爵先生真是好眼力，”他的声音不再带有鼻音了，“我就是那个泰纳迪埃。”

泰纳迪埃本来想让人大吃一惊的，结果自己先吃了一惊，但好歹得到500法郎的回报，所以这个耻辱他还是认了。

马里尤斯在心里沉思。他一直以来想找的人，今天终于找到了。他可以履行蓬梅西上校的遗嘱了。这也让他感到高兴，他终于可以将父亲的亡灵从这个可耻的债权人手中解救出来了。

除此之外，他还有另一个打算，似乎泰纳迪埃知道一些什么，也许可以从他这里澄清珂赛特那笔钱的来源。

“泰纳迪埃，刚才你想告诉我的秘密，要不要我来告诉你，冉·阿让是杀人犯和盗贼。他抢劫了一个富有的手工业厂主马德兰先生，并使他破了产。他还杀了沙威，我亲眼见到的。”

泰纳迪埃有些惊讶，旋即却用至高无上的目光瞪了马里尤斯一眼，那表情就像一个败军之将即将反败为胜收复失地一样。

> **夸张**
> 作者用夸张的手法写出泰纳迪埃得意洋洋的表情，生动可感。

“男爵先生，您搞错了，我说的根本不是这回事。”

说着，他把手中那串表链转了一圈，借以强调自己刚才的这句话。

“什么？难道不是这样吗？”

“您刚才的想法纯属是空想出来的，男爵先生。冉·阿让没有抢马德兰，冉·阿让也没有杀死沙威。”

“不可能。”

“我有两条理由。”

“什么理由？”

“第一，冉·阿让没有抢马德兰，因为他就是马德兰先生。”

“胡说。”

“第二，冉·阿让也没有杀死沙威，因为沙威是自己跳河自杀的。”

“证据呢？把你的证据拿出来！”马里尤斯气得大叫道。

“就在这里。”

泰纳迪埃的准备很齐全，他拿出一个灰色信封，里面是两张报纸。这两期报纸当中最旧的那份是1823年7月25日的《白旗报》，证实马德兰和冉·阿让是同一个人。另一份是1832年6月15日的《箴言报》，证明沙威是自杀的。这两份报纸明白无误地验证了他的话。

马里尤斯拿过那两份报纸。那上面的事实很清楚，冉·阿让就是马德兰先生，而且，他也没有杀死沙威。

此时男装总的趋势是减少刺绣和装饰，面料也有过去男女共用的华美织物变成了朴素的毛织物。并且出现了前襟自腰节开始向后斜着裁下去的夫拉克，并逐渐在男士中普及，后来不仅在整个欧洲，还普及到大洋彼岸的美国。

啊，他搞错了，马里尤斯搞错了，冉·阿让的形象忽然变得高大起来，马里尤斯禁不住高兴地喊道："那么，这是真的？冉·阿让是一个地区的保护人，是沙威的救命恩人。他是一个英雄，一个圣人。"

“您错了，他不是一个圣人，也不是一个英雄，”泰纳迪埃说，“他只是个杀人犯和盗贼。”

泰纳迪埃的话犹如一瓢冷水浇到马里尤斯头上，他以为冉·阿让已经洗脱了嫌疑。

泰纳迪埃感到自己的话有点权威性了，便得意地说道：“男爵先生，这事您肯定不知道。您没有发现，冉·阿让如何巧妙地通过赠送他的财产，钻进了一个体面的家庭，与他们一起生活。既能享受自己偷来的钱，又能掩盖自己的罪行。这不能不说他十分聪明。”

“我本可以打断您的，”马里尤斯说，“不过，请讲下去吧。”

“男爵先生，1832年6月6日，就在是巴黎暴动那一天，有个人躲在残废军人院和耶拿桥之间的下水道入塞纳河的出口处。”

听到这里，马里尤斯突然向前靠了靠。泰纳迪埃觉得自己就像一个演说家那样抓住了听众的心脏，于是继续慢条斯理地说：“大概一年前，也就是1832年6月6日暴动那天，我在残疾军人院和耶拿桥之间塞纳河的下水道出口处曾看见他背着一个年轻人从里面走出来。那个死了的年轻人穿着讲究，一看就是个富家子弟。毫无疑问，那人是他杀害的，他谋取了那个年轻人的钱。但他没有出来的钥匙，是我给了他钥匙，我一面同他谈话，一面趁机从那个年轻人身上撕下一块布来。”

“马里尤斯拿起那块布，和自己那件衣服比对，完全吻合。”

说着，泰纳迪埃从口袋里掏出那块血迹斑斑的布，用拇指和食指捏着，举至齐眼高，展示给马里尤斯看。马里尤斯大叫一声，眼睛盯着那片布，面色惨白。他一句话也没说，起身走到靠墙的壁橱前，取出了一件同样血迹斑斑的衣服。马里尤斯拿起那块布，和自己那件衣服比对，完全吻合。

照应前文

文中衣服上撕下的布是马里尤斯获救事件的重要线索，这里再次提到，照应前文，使得文章逻辑严谨。

“你这个蠢货，那个青年就是我。”马里尤斯喊道。说完，他将那件血衣扔到地上。

泰纳迪埃惊得目瞪口呆，心想：“这次完蛋了。”

马里尤斯颤抖着站了起来，对泰纳迪埃满是失望，又对这个新消息喜不自禁。他抓起一大把钱扔给泰纳迪埃。

“你这个卑鄙的家伙，你跑来诬告一个清白的人，没想到反而还了他的清白。泰纳迪埃·戎德雷特。我对你很熟悉，你自己才是盗贼和杀人凶手！我本来可以马上送你去服苦役，如果我愿意的话。拿着，这是给你的1000法郎，恶棍！拿着这些钱滚出去。

感叹句

感叹句通常是为了加强语气，文中的感叹句表现了马里尤斯对泰纳迪埃的极大憎恶。

滑铁卢救了你。”

说完，他将钞票扔到泰纳迪埃脸上。

“滑铁卢！”泰纳迪埃嘴里嘀咕着，将钱一股脑儿装进兜里。

“是的，你这个凶手！在那里你救过一位上校的性命……”

“不是上校，是将军。”泰纳迪埃纠正说。

“是上校！”马里尤斯愤怒地说，“如果是将军，我不会付给你一个大子儿。听着，我再给您3000法郎，拿着这些钱离开这儿，明天就和你女儿到美洲去。我会监视着你离开。你这个强盗，到了那里，我会再给你两万法郎。滚吧！”

“男爵先生，”泰纳迪埃高兴极了，深深地一鞠躬，脑袋都顶到了地上，“非常感激。”

泰纳迪埃莫名其妙地出去了，他被劈头盖脸扔来的钞票弄蒙了。两天后，马里尤斯安排他和他的小女儿去了纽约，并给了他一张两万法郎的汇票。到了美洲，他做了贩卖黑奴的商人。

“泰纳迪埃刚一离开，马里尤斯就跑到花园里，拉起正在散步的珂赛特，一起来到武夫街7号。”

泰纳迪埃刚一离开，马里尤斯就跑到花园里，拉起正在散步的珂赛特，一起来到武夫街7号。

“啊！真幸福呀！”珂赛特说，“武夫街，你不说我都不敢向你提了！”

“你的父亲，珂赛特，他救了你，救了沙威，还救了我，但我竟成了一个忘恩负义的人。珂赛特，不论他愿意不愿意，我们不让他再离开我们了。你懂了吗！”

珂赛特一点也没听懂，但她还是说道：“你说得很对。”

19世纪上半叶欧洲产业革命的深入发展，摧毁了欧洲的传统经济，造成大量剩余劳动力；加上欧洲革命运动的失败与欧洲大陆的政治和宗教迫害，使得人们向往美洲的一片乐土；殖民地工业化的迅猛发展，急需大量的劳动力，无疑吸引了大批欧洲移民迁往美洲，形成了美国历史上的第一次移民高潮。

图为欧洲殖民者移民后与土著人的交易。

冉·阿让听见敲门声，转过身看去，珂赛特和马里尤斯出现在门前。

珂赛特跑进来，激动地倒在冉·阿让的怀中。

“父亲！”她喊道。

冉·阿让精神有些错乱。

“是你！你来看我了，你原谅我了！”

马里尤斯强忍着不让眼泪淌下，他轻轻地喊了一声：“我的父亲！”

“您也原谅我了！”他断断续续地说，“我真傻！我以为再也见不到你了。慈悲的上帝说：‘他们不会就这样把你遗弃的，不会的，不会。来吧，这个可怜人需要一个天使。’说完我的珂赛特就来了，天使就来了！”

珂赛特说：“您上哪儿去啦？为什么离开我们这么久？您是个坏父亲！您是不是生了病？马里尤斯，你来摸摸他的手，冷成这个样子！”

“这么说，蓬梅西先生，您原谅我了？”冉阿让又问了一遍。

“您为什么不告诉我全部的事情？您救了我的命，却还要瞒着我！”

“我应该走开，这样大家才不会拘束。”

“谁会拘束呢！”马里尤斯回答，“您是她的父亲，也是我的父亲，难道我们会让您走吗？啊！天哪！您和我们以后是分不开的了。您明天也不会再待在这里了。”

反问

反问是为了加强语气，文中的反问表现了马里尤斯对冉·阿让的坚定的挽留。

“明天，”冉·阿让说，“我是不会待在这里了，但也不会待在您的家里。”

“啊，我们现在是不允许您再去旅行的，我们不放您走。”

“这一次，我们有车子在下面接您走！”珂赛特说。她笑着，做出一个用手臂拥抱老人的姿势。

“太可惜了。”冉·阿让轻声说，他的眼泪差点落下来，赶紧用微笑代替了它。

珂赛特握住老人的双手，她感到他的手是那样冰冷。

“我的上帝！”她说，“您病得很严重吗？”

“我马上就要死了。”冉·阿让喘了一口气，微笑着说。

“您不会死的！”马里尤斯大声说，“您要和我们生活在一起，我们要让您幸福。”

“珂赛特和马里尤斯跪在冉·阿让的身边，每人抓着他的一只手。”

“您……”珂赛特哭着说，“您不会死的。”

门口发出声音，是医生推门进来了。

医生为病人诊了脉，凑近马里尤斯的耳边轻声说：“太迟了。”

珂赛特扶着冉·阿让的双肩，含着眼泪说：“父亲，我们刚找到您，怎么能马上失去您呢？”

女门房走上楼，通过半开的门向里面望着，医生示意她走开，她大声说：“您需要一个神父吗？”

“这里有一个了。”冉·阿让回答。

他用手指指着头上

方，好像大主教这时候来到了。

冉·阿让越来越衰弱，呼吸已断断续续，行将停止。

他的脸虽然带着笑容，但生命已经结束。

珂赛特和马里尤斯跪在冉·阿让的身边，每人抓着他的一只手。这双手非常庄严，但已不能再动弹了。

夜晚没有星光，世界一片漆黑。在黑暗中，也许会有一个大天使，展开双翅，等待着这个灵魂。

情景交融 双关

文中没有星光的黑暗，正映衬了失去冉·阿让后人们内心的悲痛，使用了寓情于景的写作手法；同时“黑暗”也是双关语，既是现实环境的黑暗，也是失去冉·阿让后人们内心情绪的暗淡。

我的好词好句

⊙光彩夺目　笑逐颜开　九霄云外　至高无上　吻合　断断续续

⊙她看看这一切，像是在做梦一样，惊讶不安的神情给她平添了一种说不出的魅力。

⊙他就像钟摆一样，摆动的幅度越来越小。他的眼神黯淡下来，不再有光彩，眼泪也已经流干。

⊙夜晚没有星光，世界一片漆黑。在黑暗中，也许会有一个大天使，展开双翅，等待着这个灵魂。

图书在版编目（CIP）数据

悲惨世界 / (法) 维克多 · 雨果著 ; 赵广娜编译. -- 南昌 : 江西美术出版社, 2018.10

（世界文学名著拓展阅读 : 名师导读版）

ISBN 978-7-5480-6322-3

Ⅰ. ①悲… Ⅱ. ①维… ②赵… Ⅲ. ①长篇小说－法国－近代 Ⅳ. ①I565.44

中国版本图书馆CIP数据核字(2018)第182640号

出 品 人：周建森
企　　划：江西美术出版社北京分社
（北京江美长风文化传播有限公司）
策　　划：侯海博
责任编辑：楚天顺　朱鲁巍　　策划编辑：朱鲁巍
责任印刷：谭　勋　　封面设计：冬　凡

世界文学名著拓展阅读：名师导读版
悲惨世界　［法］维克多 · 雨果 著　赵广娜 编译

出　　版：江西美术出版社
社　　址：南昌市子安路 66 号　邮编：330025
网　　址：http：//www.jxfinearts.com
电子信箱：jxms@jxfinearts.com
电　　话：010-82093785　0791-86566124
发　　行：010-88893001
经　　销：全国新华书店
印　　刷：三河市万龙印装有限公司
版　　次：2018 年 10 月第 1 版
印　　次：2018 年 10 月第 1 次印刷
开　　本：720mm × 1020mm　1/16
印　　张：14
I S B N：978-7-5480-6322-3
定　　价：25.00 元
